SEI D
E UN

CW01658960

SEI DONNE E UN LIBRO

1936

Augusto De Angelis

l'Aleph

Augusto De Angelis

SEI DONNE E UN LIBRO

Quest'opera è protetta dalla legge sul diritto d'autore.

È vietata ogni duplicazione, anche parziale, non autorizzata.

Prima edizione digitale 2020

© 2020 Wisehouse Publishing | Sweden— Edizione *l-Aleph*

www.l-aleph.com

ISBN 978-91-8030-015-5

Indice

Prologo

«Prego consegnare alla Questura»

Era rimasto a contemplare l'involto, che giaceva sui gradini della chiesa.

Le prime luci dell'alba illuminavano la piazzetta deserta. Sotto l'androne, che metteva in un cortile aperto, si vedeva il chiarore della lampada accesa davanti all'immagine della Madonna. Qualche minuto prima, tutte le luci delle strade si erano spente di colpo. L'aria era piena di brividi.

Un nuovo giorno nasceva così sulla grande città, che ancora rimaneva immobile, come estatica. Soltanto il rumore di qualche tranvai in lontananza, sul corso Vittorio Emanuele, e, dall'altra parte, per via Cavallotti.

L'uomo in uniforme grigia, filettata di rosso, guardava l'involto.

Dovevano essere stracci ravvolti in un giornale. Eppure quel pacco appariva troppo accuratamente confezionato, per contenere stracci.

Gli diede un colpo con la scopa e l'involto rotolò pei gradini sul selciato. Non si aprì. Doveva essere fermato ai due capi con qualche spillo, perché legato non era. Ma dal centro di esso, di sotto al margine del giornale, sbucava una busta bianca.

Lo spazzino si chinò a raccoglierla. Era aperta. Conteneva un foglio piegato in quattro. E sul foglio una sola riga di una scrittura grande e affrettata, a inchiostro azzurro «Prego consegnare alla Questura».

Ai suoi occhi, adesso, il pacco aveva acquistato importanza. Lo guardò con rispetto. E anche un poco con spavento. Qualunque cosa fosse stata ravvolta in quel giornale, una ce n'era di certo per lui, che lo aveva trovato: il fastidio di andare a San Fedele a consegnarlo e poi anche, forse, quello più grosso di tornarvi, di subire interrogatori, di dar spiegazioni, di doverle ripetere in Tribunale o alle Assisi, magari.

Conosceva quelle cose! Una volta aveva raccolto un pacco di biglietti falsi e aveva dovuto maledire i falsari di tutto il mondo.

Tutte a lui capitavano! In venti anni che faceva lo spazzino municipale, per terra non aveva trovato che noie e immondizie, immondizie e noie.

Si guardò attorno. Nessuno.

Diede un calcio al pacco e quello rotolò più lontano. Ma tanto leggero non era, poiché fece sì e no un paio di metri.

Sospirò. Si passò il dorso della mano sulla bocca. E, finalmente, raccolse il pacco. Vi erano due spilli, infatti, a tenere le piegature del giornale, ai due capi. Tastò l'involto e sentì ch'era molle: indumenti certo. Anche però qualcosa di duro in mezzo agli indumenti, che faceva da peso.

Si avvicinò alla carretta di ferro, ancora vuota, e mise il pacco sul coperchio chiuso. Depose la scopa sui due ganci laterali. La lettera se l'era messa in tasca. Afferrò le stanghe e spinse la carretta. Si avviò lentamente giù per via Pasquirolo, verso piazza Beccaria, e la carretta di ferro cominciò a risuonare sul selciato.

Arrivò davanti a San Fedele che era giorno chiaro.

Aveva fatto il giro lungo e s'era fermato davanti alla Galleria a bere un caffè con la grappa, dal caffettiere ambulante, che lo squadrò due volte prima di servirlo, poiché non era suo cliente e non lo aveva visto mai.

«Nuovo da queste parti? Al posto di chi v'hanno messo?».

«Di nessuno. Sono di passaggio».

«A spasso con l'Isotta Fraschini ve n'andate?».

Lui non rispose. Non aveva voglia di chiacchierare. Quella storia dell'involto da consegnare alla Questura lo aveva messo di malumore... Afferrò di nuovo la sua Isotta Fraschini e se ne andò.

Sulla porta di San Fedele, si fermò con l'involto fra le mani. A chi doveva consegnarlo?

Un carabiniere lo guardava.

«Mi dica… scusi!…».

«Io non so nulla. Lì, sotto il porticato, c'è un agente».

Lo spazzino affrontò l'agente, che stava fumando.

«L'ho trovato sui gradini della chiesa di San Vito, al largo di via Pasquirolo…».

«E qui lo portate?! Eppure, dovreste saperlo che c'è il Municipio…».

«Gli oggetti perduti, lo so. Il dieci per cento di mancia. Ma leggete qui!».

E gli tese la busta col foglio.

L'agente lesse e rise.

«Uno scherzo! Avete guardato dentro?».

«No. Non voglio noie, io!».

«Perché? È pesante? Che ci sia la testa d'una donna fatta a pezzi!».

E rideva.

L'uomo fissò l'involto che aveva tra le mani con un lampo di spavento. No! Una testa non poteva essere. Molle era. Il peso stava in mezzo, ma era troppo piccolo per essere una testa.

«Beh! Andate là in fondo. Alla Squadra Mobile. Ci dev'essere ancora il commissario. Quello di notturna dorme, a quest'ora».

Lo spazzino traversò il cortile e bussò a una porta, sulla quale aveva letto: «Squadra Mobile — Commissario Capo».

Gli rispose una voce netta, cortese, una voce senza collera, senza nervi.

«Avanti. Che c'è?».

L'uomo si trovò dinanzi a un giovanotto bruno, vestito con eleganza, che lo guardava con occhi vaghi, ancora assorto a qualche suo pensiero o a una lettura.

«Ho trovato questo, signor commissario… sui gradini di San Vito al Pasquirolo…».

«E poi?».

«C'era questa lettera assieme».

Il commissario lesse la lettera.

«Ebbene, date qui...».

Prese l'involto, tolse gli spilli, li guardò — spilli comuni erano — aprì il giornale.

Apparve un camice bianco, lindo, di quelli che indossano i medici o gli infermieri. Il commissario lo svolse e sul tavolo caddero quattro ferri chirurgici, brillanti, lucenti, acuminati come tutti i ferri chirurgici.

Nient'altro.

Lo spazzino guardava.

Il commissario prese i ferri e li esaminò uno a uno. Riconobbe un bisturi e poi vide una specie di cacciavite, una forbice strana e una lunga pinza, con una rotellina alla punta.

Il bisturi recava qualche macchia bruna. Gli altri ferri sembravano nuovi.

Il commissario suonò il campanello e poco dopo apparve il piantone.

«Il brigadiere Cruni» ordinò, sempre con quella sua voce cortese.

Il piantone scomparve.

Cruni arrivò ancora assonnato. Era basso, muscoloso, col corpo troppo lungo e massiccio sulle gambe corte.

«Dottore, che è accaduto?».

«Fate un verbale di consegna di oggetti trovati e prendete le generalità di quest'uomo...».

«Sì, cavaliere... Venite con me, voi...».

Rimasto solo, il commissario De Vincenzi toccò il camice, lo sollevò, guardò i ferri chirurgici, prese il bisturi e l'osservò con attenzione. «Macchie di sangue» mormorò. Alzatosi, andò a chiudere tutto in un armadio. Poi tornò a sedere al suo tavolo e prese dal cassetto il libro che stava leggendo. Era l'ultimo romanzo di Kormendi. Lui leggeva tutto.

Ma quasi subito alzò gli occhi dalla pagina e fissò l'armadio. Sul tavolo era ancora spiegato il foglio con quella strana preghiera e la busta.

Chi mai aveva abbandonato quattro ferri chirurgici, tra cui un bisturi macchiato di sangue e un camice bianco?

Prese il foglio ed esaminò la scrittura di quell'unica riga. Doveva essere stata vergata di furia, con la stilografica. Non sembrava artefatta: chi aveva scritto o era tranquillo di sé o aveva la sicurezza che non lo avrebbero pescato mai. Tutt'al più aveva fretta.

Lasciò cadere il foglio sul tavolo e guardò l'orologio: quasi le sette. Pronunciò forte, con un sorriso amaro, leggendo sul calendario, che aveva davanti: «Alle 8 e 30 il Sole entra nel segno dell'Ariete... e alle 14 e 28 comincia la primavera».

Strappò il foglio dal calendario e apparve il 21 marzo, tutto nero.

«Ariete...» mormorò ancora. «Se credessi agli Oroscopi!».

E alzò le spalle. Ma credeva agli Oroscopi, come credeva a tante altre cose, compresi il malaugurio, la telepatia e i presentimenti. Era superstizioso.

Perché gli avevano portato quattro ferri chirurgici e un camice bianco, proprio il primo giorno di primavera?

Che doveva farsene? Nulla, evidentemente. Così da soli, quella lettera e quell'involto non potevano permettergli di far nulla, né come commissario di polizia, né come uomo. Pensarci, poteva. Questo sì.

Il giornale in cui erano stati avvolti era il Corriere del 20 marzo. L'osservò e non trovò nulla di speciale. Lo piegò e lo mise nel cassetto.

Nel pomeriggio, al suo ritorno in ufficio, avrebbe mostrato i ferri a un medico, per saperne qualcosa di più. E poi avrebbe atteso. Poteva darsi che non accadesse più nulla, come che accadesse qualcosa o che fosse già accaduto.

Un delitto?

Bah! Chiuse il libro e lo mise nel cassetto, si alzò, indossò il soprabito, prese il cappello e, giunto alla porta, spense la luce.

Dalla finestra bassa sul cortile, attraverso l'inferriata robusta e polverosa e i vetri chiusi, più polverosi ancora, entrò la luce scialba del giorno.

De Vincenzi mandò un sospiro. C'era abituato ormai ad andare a letto quando il sole era già alto, che tutte le notti quasi le passava in Questura, a lavorare o a leggere. Eppure, ogni mattina sospirava. Poiché ogni mattina, alla vista del nuovo giorno, senza volerlo, pensava a quella sua casettina di campagna, nell'Ossola, dove era nato e dove sua madre viveva ancora, con le galline, il cane e la domestica. Lui se ne sarebbe andato tanto volentieri lassù, accanto alla mamma, con le galline, il cane e la domestica. Era giovane, neppure trentacinque anni, eppure si sentiva vecchio. Aveva fatto la guerra. Ed era uno spirito contemplativo. Qualche suo compagno, in collegio, lo chiamava poeta, per riderne, naturalmente. E lui era tanto poeta, che si era messo a fare il commissario di polizia...

Stava per aprire la porta e uscire, quando squillò il telefono. Sussultò. A quell'ora!

Andò all'apparecchio e prese il cornetto.

«Pronto! Squadra Mobile... Pronto!... Pronto!...».

Nessuno rispondeva. Ripeté ancora il pronto e poi depose il cornetto sui ganci della scatola nera. Doveva essere stato uno sbaglio. Fece qualche passo verso la porta, per andarsene finalmente. Ma esitava. Tornò indietro, riprese il telefono, parlò col centralino della Questura.

«Hai chiamato la Squadra Mobile, tu?».

La voce del telefonista rispose subito.

«Sicuro, dottore. Non ha parlato?».

«Ma no! Non c'era nessuno!».

«Strano! Ho sentito una voce di donna. Chiedeva un commissario... Sembrava ansiosa... Io le ho dato la Squadra, perché so che di solito lei alle sette c'è ancora, mentre gli altri dormono o non sono arrivati...», «Una voce di donna? Ne sei sicuro?».

«Sì...».

«E non t'ha detto altro?».

«M'ha detto: Un commissario! Posso parlare con un commissario? Di che si tratta? ho chiesto io... Fatemi parlare con un commissario, ve ne scongiuro!... E io ho subito infilato la spina al suo numero...».

«Bene. Mi trattengo ancora dieci minuti. Se torna a chiamare, fa' attenzione...».

E sedette, aspettando. S'era messo il cappello in testa. Guardava fuori dell'inferriata nel cortile un albero stento e gramo, che già rinverdiva, quasi fosse entrato in convalescenza da una malattia. Pensava. A un tratto si chiese: perché le piante rinascono a ogni stagione, ritrovano la forza, la bellezza, la giovinezza e gli uomini no?

Rammentò la chiusa del "De Profundis" di Oscar Wilde, che lui aveva letto in collegio e che certo aveva molto influito sul suo pensiero: Al di là del muro della mia prigione vi sono alcuni poveri alberi neri di fuliggine, che stanno per coprirsi di gemme di un verde quasi acuto. So con certezza quel che accade a loro: cercano espressione.

Anche lui aveva cercato espressione e aveva finito col fare il commissario di polizia per trovarla! Ma quella stanza con le inferriate per lui non era forse anch'essa una prigione?

Dopo un quarto d'ora di attesa, fu lui che chiamò il telefonista.

«Nessuno?».

«Nessuno più, cavaliere...».

Ebbe un'esitazione, ma fu breve.

«Me ne vado, allora. Alle 14, sarò di nuovo in ufficio».

«Bene, cavaliere».

De Vincenzi uscì e, poco dopo, traversava lentamente piazza San Fedele e poi piazza della Scala, che i getti d'acqua delle pompe inondavano sotto i primi raggi del sole.

Capitolo primo

DOPO UN'ORA DI SONNO

«È venuto a casa alle otto e si è messo a letto. Sono le nove e voi lo venite a chiamare! Oh! Dov'è stato tutta la notte il commissario?».

Cruni sorrise, guardando la donna, che si teneva sulla soglia della porta, quasi a sbarrargliela.

Una buona vecchietta, la domestica del commissario De Vincenzi, che era stata la sua balia e che non aveva più voluto lasciarlo. Cruni lo sapeva.

«È stato in Questura, signora Antonietta, è stato in Questura!».

«Oh! Allora?» esclamò concitatamente la donna, sempre a voce bassa, facendosi tutta rossa ai pomelli. «Oh! Ma volete la pelle di quel ragazzo? Per lo stipendio che gli date! Col suo ingegno!...».

«Appunto, signora Antonietta, appunto perché ha ingegno, chiamano sempre lui. È il migliore!».

Cruni pensava quel che diceva, perché aveva una grande ammirazione pel suo Capo; ma, anche se non lo avesse pensato, lo avrebbe detto per rabbonire la vecchia. Lei, infatti, s'illuminò tutta a quelle parole e sollevò le spalle ed eresse il corpicino magro, stretto nell'abito nero, che neppure il vasto grembiule bianco riusciva a ingoffire.

«Ma non è carità! Se vi muore, come fate?».

«Non morirà, vedrete! Andrebbe in collera, invece, se non lo chiamaste. È cosa grave, sapete? E lo vuole il Questore, subito!».

La donna si trasse da parte con un gesto di rassegnazione.

«Entrate e chiamatelo voi, allora. Ma adagino, neh! Anzi, aspettate! Vado io».

Bussò pianino alla porta della camera del padrone, poi girò il saliscendi, e avanzò diritta nel buio verso la finestra. Spalancò gli scuri e la stanza si empì di luce.

De Vincenzi aprì gli occhi, mugolò e, di colpo, si levò a sedere sul letto.

«Che è accaduto, Antonietta?».

«Il solito, figliuolo mio! C'è il brigadiere, che la vuole subito!... Non volevo svegliarla; ma lui ha insistito».

«Bene. Fallo entrare e portami il caffè».

Cruni entrò in fretta, dimenandosi sulle gambe corte e muovendo le mani attorno alla tesa del cappello.

«Mi perdoni, dottore! Ma il Questore la prega di andar subito da lui».

«Perché? Lo sai?».

«Lo immagino. Hanno trovato un morto in via Corridoni, nella bottega di un libraio...».

«E non ci sono altri commissari a San Fedele? E non c'è il Commissariato di via della Signora?».

«Che vuole, cavaliere? Pare che sia una cosa grossa. Roba da Squadra Mobile. Il Questore ha parlato col vicecommissario e il dottor Sani m'ha dato l'ordine di venire a chiamar lei».

Antonietta arrivava col caffè.

«Preparami il bagno!».

E De Vincenzi saltò dal letto.

«Aspettami di là, Cruni. Faccio presto».

Dopo una ventina di minuti prendevano un tassì, perché De Vincenzi abitava al Sempione e Cruni diceva che non c'era tempo da perdere.

«Tempo da perdere a vedere un morto!» brontolò De Vincenzi.

Ma intanto si ricordò che quel giorno era il 21 marzo e il Sole entrava nella costellazione dell'Ariete e che proprio quella mattina gli avevano portato quattro ferri chirurgici e un camice... «Prego consegnare alla Questura»,..

«Sai null'altro del delitto, tu? E si tratta di un delitto, poi?».

«Ho sentito parlare di due palle nell'occipite».

«Chi è il morto?».

«Non so… Ma sembra qualcuno d'importanza…».

«In una libreria!».

«Ma già! Deve essere quel negozio di libri proprio al principio di via Corridoni… a destra… dove prima c'era una tipografia…».

«Allora, tu non sai nulla?».

«Nulla, cavaliere. Anch'io ho finito il servizio alle otto e mi trovavo in ufficio per caso. Il dottor Sani ha voluto mandar proprio me a casa sua, dicendo che lei mi preferisce agli altri…».

De Vincenzi sorrise. Era vero, però, che lui lavorava, conducendosi sempre dietro Cruni a preferenza di ogni altro. Gli voleva bene e se ne fidava.

Il tassì s'era fermato davanti al grande portone. De Vincenzi pagò ed entrò in fretta avviandosi verso il cortile.

Il vicecommissario Sani lo accolse con un sorriso comicamente desolato: «T'hanno tirato giù dal letto, eh!».

De Vincenzi gli fece un cenno cordiale, con la mano.

«Non importa!» mormorò, andando diritto nella sua stanza».

«Vuoi che ti dica?» gli chiese Sani, seguendolo sull'uscio.

«Aspetta!».

E prese il ricevitore del telefono.

«Qualcuno ha chiamato?».

«Come, dottore? Ho già chiamato quattro o cinque volte la Squadra Mobile, stamattina…».

«Tu sei lo stesso telefonista che c'era alle sette?».

«Sì, cavaliere…».

«Allora, quella voce di donna… ricordi?».

«Sì, dottore. Non s'è fatta più viva».

«Bene. Se dovesse telefonare ancora, chiama sempre la Squadra, veh!».

«Sta bene, cavaliere».

De Vincenzi si volse a Sani, che gli si era seduto di fronte.

«Stamattina alle sette una voce femminile ha chiamato la Questura e ha chiesto con agitazione di parlare a un commissario… Il telefonista l'ha messa in comunicazione con me… A quell'ora, sai… sono l'unico sveglio qui dentro… Io ho risposto subito, ma non ho sentito nulla… Era scomparsa… Capisci?».

«Capisco…».

«Se mai telefonasse quando sono assente, prendi nota di quel che vuole e informami. M'interessa».

«T'interessa, perché è una donna?».

Il commissario alzò le spalle.

«Curiosità, null'altro. Bene. Adesso, parla tu e parla in fretta, giacché immagino che il Questore mi stia aspettando».

«Sì» fece Sani. «È presto detto. Conoscevi il professore Magni?».

«Il chirurgo?».

«Sì, il chirurgo».

«È lui il morto?».

«Già. Due palle di rivoltella nella nuca».

«In una libreria?!» esclamò De Vincenzi. «Oh! E che ci faceva in una libreria di notte?».

«Questo è uno dei punti misteriosi. Ma non è il solo. Appena scoperto il cadavere, un'ora fa, il Questore, data la personalità del morto… Tu sai che Magni era senatore, presidente di non so quante Opere di beneficenza, credo sia stato anche Ministro dell'Istruzione molti anni fa… quando i Ministri duravano tre mesi a dir molto…».

«Lo so, va' avanti».

«Dunque, il Questore ha voluto telefonare personalmente alla famiglia. Ebbene la moglie, appena il Questore ha cominciato a parlare, lo ha interrotto dicendogli: «Vuole mio marito? Dorme ancora, ma posso destarlo». Allora, il commendatore ha chiesto: «È sicura che suo marito si trovi in camera sua?». «Ma certo» ha risposto la signora. «Dove vuole che sia?». «Ieri sera non è uscito?». «Sì, è uscito. Ma è tornato a mezzanotte». «Come lo sa che è tornato?». «Ma lei, perché mi fa tutte queste domande?» ha chiesto quella povera donna, cominciando ad allarmarsi. «Lo so, perché quando è rientrato, è venuto a salutarmi in camera come fa sempre». Allora il Questore ha capito che darle la notizia per telefono sarebbe stato troppo brutale e le ha detto di non chiamare il marito, che non importava. Adesso, aspetta te e poi certo andrà lui stesso a casa Magni».

«Strano!» mormorò De Vincenzi e dopo una pausa: «Preferirei andarvi io...».

Fissava Sani. Si alzò, ma rimase in piedi davanti alla scrivania. Mosse alcune carte. Gli caddero gli occhi sopra la busta bianca e il foglio, che qualche ora prima aveva esaminati e sussultò.

Corse all'armadio, lo aprì, ne trasse il camice bianco e i ferri chirurgici. Tornò e li mise sul tavolo. «Sono i ferri di Magni!» disse. Sani lo guardava stupito. «Chi te li ha dati?».

«Forse, l'assassino stesso. O, forse, non l'assassino, ma qualcuno che mi aiuterà a trovare l'assassino... Adesso vado su dal Questore... Tu lascia quei ferri sul mio tavolo e non fare entrar nessuno qui dentro, nella mia assenza...».

Il Questore accolse il commissario in piedi in mezzo alla camera. Piccolo, grassottello, tutto curato nella persona, dai capelli grigi divisi sul cranio e lucidi di pomata alle scarpe di copale brillanti come specchi, lo si sarebbe detto un placido commerciante in articoli per signora, se non avesse avuto due occhi piccini in mezzo alla grascia, ma così vivi e azzurri e penetranti da dar l'impressione che forassero.

«Ah! Bravo. Un poco in ritardo; ma sempre a tempo. Stamane alle otto, hanno trovato il cadavere del senatore Magni in una libreria di via Corridoni. Un omicidio. Ma non un omicidio volgare. Non un delitto di teppa. Il morto aveva su di sé portafogli, denaro, orologio, anelli, spilla di brillanti, tutto. La cosa è gravissima. Stasera, appena ne avranno parlato i giornali, avremo tutta la curiosità pubblica accesa attorno a noi. Vada lei. Le do carta bianca. Questa è la volta in cui si decide non soltanto la sua posizione; ma tutta la sua carriera. Siamo intesi?».

«Sì, signore» rispose De Vincenzi, cercando di sopportare lo sguardo di quegli occhi traforanti. «Io vado. Ma posso chiederle di attendere il mio ritorno, per recarsi in casa Magni? Vorrei esserci anch'io, fin dal principio...».

«Sta bene. Magni abita in viale Bianca Maria...».

«Non lo so...».

«Lo so io. E via Corridoni...».

«Comincia dal viale Bianca Maria, per finire in via Cesare Battisti...».

«Già. Allora, mi aspetti. Verrò con lei a fare il primo sopralluogo, poi andremo assieme in casa del senatore... del fu senatore...».

S'infilò il soprabito, tolse dall'occhiello il garofano che c'era sempre, lo mise in un bicchier d'acqua, s'infilò i guanti.

«Le dispiace d'avermi con sé?».

«Onore...» mormorò il commissario.

«Onore... ma non piacere! Stia sereno. Non le darò fastidio. Guarderò soltanto. È lei che deve lavorare».

E s'avviò giù per le scale.

De Vincenzi lo seguiva, pensando tra sé: «Purché quella donna torni a telefonare!».

E neppur lui sapeva, perché pensasse a quell'ignota voce di donna, che non aveva sentita.

Capitolo secondo

Gualtiero Gerolamo Pietrosanto

Quella mattina, Gualtiero Gerolamo Pietrosanto era uscito di casa sua a Loreto, ch'eran le sette e mezzo.

Le sette e mezzo era davvero troppo presto per Gualtiero Gerolamo Pietrosanto e la moglie lo scrutò con apprensione: «Ti senti male, Gualmo?».

Gualmo — abbreviazione affettuosa dei due nomi troppo lunghi — si sentiva benissimo e fissò la consorte coi suoi dolci occhi di cane intelligente e fedele: «Ma no, Rita!».

«Hai qualche preoccupazione, Gualmo mio?».

Neppure. O per lo meno non più degli altri giorni. Aveva preso il caffè, aveva le due lire per le sigarette quotidiane, altre due per gli imprevisti, a casa c'era da mangiare; no, decisamente non aveva preoccupazioni.

«Ma allora... allora, arriverai al negozio alle otto!» esclamò la donna, quasi con raccapriccio.

«Che vuoi?» sorrise il marito, infilandosi il pastrano nuovo di quell'anno. «Una volta almeno!».

E la baciò sulle gote.

«Bene! Una volta!...» concesse la donna. «Ma per quel che ti paga, non devi davvero affannarti...».

«Oh! No... andrò a piedi...». Ma, invece, pensando che con cinquanta centesimi a quell'ora avrebbe avuto anche il biglietto di ritorno, Gualtiero Gerolamo prese il tranvai e alle otto precise si trovava davanti alla libreria di via Corridoni.

Lui era stato padrone di libreria, e che libreria! Proprio sul Corso, con tutte le novità di Francia, i volumi più rari, le rilegature più belle. E faceva affari. E s'intendeva di libri come un bibliofilo. Ma era un artista e amava i letterati. Ed era, ahimè, incapace di dir di no ad alcuno, cosicché, dopo qualche anno, aveva dato migliaia e migliaia di libri a credito ai più illustri letterati e ne aveva ricevuto in pagamento delle gran belle e preziose fotografie con dedica. Tante fotografie da far invidia all'inventore di una lozione per capelli o a un medico di sciatica e artritismo. Ma poiché quelle fotografie non avevano corso legale, era stato lui che aveva dovuto chiuder bottega, con un attivo di crediti inesigibili quasi eguale a quello degli Stati Uniti dopo la guerra europea.

Perciò s'era acconciato a diventar l'unico e solo impiegato della libreria antiquaria di via Corridoni, che apparteneva a un ometto piccolo e risecchito, il quale non faceva credito se non contro effetti cambiari e che non sarebbe fallito neppure se i libri vecchi non li avesse comperati più nessuno su questa terra, perché lui avrebbe trovato il modo di mandarli contro assegno in qualche pianeta.

Quando fu davanti alla saracinesca del negozio, Pietrosanto si fermò a guardarla con inconsapevole stupore. Era la prima volta che se la vedeva abbassata davanti a quel modo. E vero che a mezzogiorno e alla sera era lui che la chiudeva; ma di aprirla, né alle otto del mattino, né alle due del pomeriggio, gli era mai capitato. C'era Giovanni che ci pensava. E quella mattina Giovanni, forse perché aveva il freno rotto alla bicicletta, non si faceva ancora vedere.

«Oh! Come faccio!» si disse Gualtiero Gerolamo.

Ma ricordò che la chiave veniva sempre consegnata alla portinaia dello stabile e, entrato nel vicino portone, la richiese con quella sua innata cortesia contenuta e piena di dignità.

«Mi vuoi dare la chiave del negozio, per favore?».

«Oh!» fece la portinaia. «Apre lei, stamattina?».

«Ma già...».

E si scusava come d'una colpa e quasi stava per aggiungere: «Non lo farò mai più!».

Prese la chiave, tornò dinanzi al negozio, fece girare in basso le due serrature e sollevò la saracinesca. Apparve la bottega piena di libri, col bancone in mezzo, la scrivania pel padrone, il tavolo sepolto dalle carte, dalle schede, dai cataloghi, dove lui passava almeno otto ore al giorno a consultar volumi e a preparare un catalogo trimestrale, che era sempre in ritardo per la stampa e che non finiva mai, perché, quando era finito, ricominciava da capo.

Entrò, senza neppur sospirare, tanto gli sembrava una novità piena d'imprevisto e di mistero il varcarne per primo la soglia a giorno nuovo.

Andò nel fondo, accese la luce del corridoio e, passando in mezzo a due pareti di libri, entrò nel retrobottega, per levarsi il soprabito e il cappello.

Il retrobottega era composto di due camere, una dentro l'altra, con una terza stanzuccia più piccola a destra della prima. E quelle tre camere, che aprivano le finestrelle, alte quasi al soffitto e munite di sbarre, sul cortile, erano anch'esse piene di libri vecchi. Tanti libri. Troppi libri. Un odore di polvere. Una luce da fondo di palude.

Si fermò accanto al telefono, dove erano anche gli interruttori elettrici e li girò. Le tre stanze s'illuminarono di colpo e la gran massa dei libri, messi in fila contro le pareti, ammucchiati sui tavoli, accatastati per terra, presero rilievo, mostrarono i dorsi di pelle o di pergamena, i tagli giallastri e rugosi.

Gualtiero Gerolamo aveva cominciato a togliersi il pastrano. Lo faceva con delicatezza, perché era nuovo dell'anno e, con la primavera che cominciava proprio quel giorno, se lo sarebbe ritrovato nuovo l'anno venturo.

Lo prese con le due mani pel bavero e si diresse verso l'attaccapanni, appeso nella stanzetta di destra. Ma si fermò, fissò gli occhi miopi in basso, verso la soglia della porta, che univa la prima camera a quella di fondo. Si chinò un poco. Poi gettò il pastrano nuovo tra la polvere dei libri e fuggì pel corridoio, ansando ed emettendo qualche piccolo grido strozzato.

Raggiunse la porta a vetri sulla via, si scontrò con Giovanni che arrivava, lo urtò, lo fece vacillare, uscì da sinistra, corse fino a metà di via Cesare Battisti e, quando vide il vigile di guardia al crocicchio, gli cadde addosso, esalando con voce soffocata: «C'è un cadavere!...».

Poiché aveva il cappello in testa, il vigile capì che non era ubriaco. E in quanto a crederlo impazzito, questa è una supposizione che si fa di rado, se proprio uno non si mostra nudo in piazza.

Sicché lo prese per un braccio e gli disse: «Si calmi! Dov'è il cadavere?».

Poco dopo, davanti alla libreria era un gruppetto di gente, che un altro vigile, chiamato di rinforzo dal primo, teneva a bada, mentre Giovanni, lungo e dinoccolato come era, coi suoi sedici anni consumati a mangiare pagnotte senza assimilarle, diceva a tutti: «Io non so niente! Ci avevo il freno rotto alla bicicletta, io!».

Nell'interno, Pietrosanto, seduto davanti al tavolo, fissava il vuoto, riacquistando gli spiriti a grado a grado come fa un pesce, che abbian tolto per troppo tempo dal vivaio e che abbian poi rigettato in acqua giusto a tempo per non farlo crepare.

Il primo vigile, veduto il cadavere — la esistenza del quale lui, d'altronde, non aveva mai messa in dubbio — s'era affrettato ad avvertir per telefono il Commissariato di via della Signora e adesso attendeva, ritto in mezzo al negozio, fra tutti quei libri, che contemplava con un senso di stupore quasi sprezzante.

«Lo conosce?».

«Chi?» domandò Gualtiero Gerolamo, scuotendosi. «Il morto». «Non l'ho guardato!».

«Tra poco, glielo faranno guardar per forza!». Pietrosanto inghiottì la saliva. «Era il padrone?».

L'impiegato della libreria saltò in piedi. A quella possibilità non aveva pensato. Eppure era la prima ipotesi, che gli si sarebbe dovuta presentare alla mente. «Che dice?» gridò. «Ohe! Non gridi. C'è gente fuori!». E il vigile guardò con preoccupazione sulla strada, dove il gruppo degli sfaccendati s'andava sempre più infoltendo e s'agitava.

«Il padrone!» ripeté Pietrosanto, a voce più bassa. «Vuol dire il signor Chirico?».

«Chirico? Si chiama così il padrone del negozio? È lei che lo deve sapere!».

«Guardi! Guardi lei! A me non pare. Il signor Chirico è un uomo d'età, basso, magro, brutto e pallido...». «Oh! Oramai, pallido lo è di certo!». E il vigile andò nel retrobottega. Quando tornò era grave. «Ha detto che è basso?». «Un po' più alto di quel bancone». «Questo qui sarà un metro e ottanta per lo meno. Ed è molto elegante. Un vero signore». «Non è lui!» gridò di nuovo Pietrosanto. «Non gridi, le ho detto. Ecco il commissario». Gualtiero Gerolamo ricadde a sedere. Aveva ritrovato gli spiriti e sentiva che doveva perderli per sempre! Chi poteva esser mai quel vero signore alto un metro e ottanta che era penetrato di notte nel negozio, per farsi trovar cadavere da lui alle otto del mattino?

Il commissario Maccari entrò lentamente, guardandosi attorno. Due agenti lo seguivano.

«C'è veramente un morto?» chiese, tirandosi un poco indietro dalla fronte il cappello duro.

«Eh! già» fece il vigile.

«Ma si tratta proprio d'un delitto?».

Il vigile si strinse nelle spalle.

«Come ha fatto a entrare?» esclamò di colpo Pietrosanto, pensando sempre al defunto, e il commissario si volse verso di lui.

«Che dice?».

«Ah! Scusi. Pensavo...».

«Ebbene?».

«Mi domandavo come ha fatto quel cadavere a entrar qui dentro!».

Maccari si guardò attorno.

«Uhm! Sarà stato bibliofilo!».

Non scherzava neppure, che in lui oramai, dopo trent'anni di mestiere, il senso umoristico della vita, anche davanti al macabro e al terribile, si svegliava istintivo e inconsapevole.

«Vediamo il cadavere!» disse poi con un sospiro e il cappello gli scese ancor di più sulla nuca, formandogli raggera attorno al capo rotondo e al faccione pieno.

«Per di qui, signor commissario».

Maccari lo seguì.

Il cadavere giaceva supino attraverso la porta, che si apriva dalla prima stanza del retrobottega nella seconda.

Era un bellissimo uomo d'una quarantina d'anni. Un volto nobile, che la rigidezza della morte rendeva anche più fine e aristocratico. Indossava un soprabito chiaro di taglio perfetto. Aveva i guanti alle mani. La testa era nuda e Maccari guardò attorno per cercare il cappello e non lo vide. Vide, invece, una gran macchia scura di sangue, dietro la nuca del morto, che dava risalto al biondo argenteo dei capelli. «Ma come è morto?...».

Forse un colpo di bastone o di martello sul cranio, pensò. Ma si chinò sul cadavere e vide un foro rotondo in una guancia. Un colpo di rivoltella, evidentemente. Ma quel foro non faceva sangue: da lì doveva essere uscito il proiettile se mai. «È il padrone del negozio?».

«L'altro dice di no» rispose il vigile. «Il padrone è vecchio e basso».

«Portatemi qui quello che sta di là. Chi è, un commesso?», «È l'impiegato della libreria...».

«E stato lui che ha trovato il morto?». «Lui mi ha chiamato. Deve aver avuto un gran spavento!».

Pietrosanto arrivò. Teneva sempre il cappello in testa ed era pallido.

«Guardatelo un po', se lo conoscete».

Gualmo inghiottì la saliva, per esclamare: «Ma come ha fatto a entrar qui dentro?».

Si sarebbe detto che tutto il mistero per lui fosse quello.

«Lo conoscete?».

«No... Sì... Di vista lo conosco...».

«Ma sapete chi è?».

«Dovrei saperlo... credo di saperlo... Ma non ricordo!... Adesso, non riesco a ricordarmi!... Certo, l'ho veduto altre volte. Forse, lo conosco anche per avergli parlato».

«Un cliente?».

«No! Non mi pare che sia venuto mai in negozio».

Maccari si chinò sul morto e gli sbottonò il soprabito e la giacca. Gli prese dalla tasca del petto il portafogli. Lo aprì e trovò quasi subito qualche tessera e biglietti di visita. Lesse il nome. Confrontò la fotografia della tessera col cadavere e mandò un leggero zufolamento.

«Per Sant'Ambrogio!».

«Chi è?» chiese Pietrosanto.

«Il senatore Magni».

«Ah! Sapevo io di conoscerlo!».

Il commissario tirò indietro i due.

«Venite con me. C'è un telefono?».

Pietrosanto glielo indicò.

E dopo una ventina di minuti, il brigadiere Cruni usciva da San Fedele per recarsi a svegliare il commissario De Vincenzi, che s'era concessa una sola ora di riposo.

Capitolo terzo

LE PRIME INDAGINI

Maccari s'era seduto nel negozio, accanto al bancone, e, stesa la mano, aveva preso un libro a caso e se l'era messo a leggere.

Il vigile se n'era andato. Pietrosanto, seduto al tavolo, pensava al modo con cui quel cadavere poteva essere entrato nella libreria, mentre faceva passare le schede del catalogo, senza arrivare a leggervi neppure un nome.

Dopo mezz'ora d'immobilità contro una scansia, Giovanni si scosse, andò in un angolo, dietro lo sportello della vetrina, e prese una scopa.

«Che fai?» chiese Maccari, alzando gli occhi dal libro.

«Pulizia!...».

«Un corno!».

«Come?».

«Dico: un corno! Non lo sai che a scopare distruggi gli indizi?».

Giovanni non capì, ma tornò a posare la scopa dove l'aveva presa e poi si tirò su il pantalone per grattarsi una gamba.

Maccari se ne infischiava degli indizi. E non soltanto perché sapeva che ormai quel «delitto» glielo avrebbero tolto, giacché la personalità del morto era tale da far sì che se ne dovesse occupare, e come, la «Centrale»; ma anche perché proprio non l'interessava. Lui era della vecchia scuola. E oramai ne aveva abbastanza. Dopo trent'anni di quella vita, non si sarebbe certo messo con la lente a guardar per terra i granellini di polvere e le orme... Queste, però, non erano ragioni, per non far trovare tutto in ordine al suo collega della Squadra Mobile.

Si rimise a leggere. Erano i *Promessi Sposi*, un'edizione critica con tutti i raffronti e tante illustrazioni. E lui ci si divertiva. Provava un vero godimento. Sì, forse lo aveva già letto. Ma adesso gli appariva nuovo e sorprendente. Aveva aperto il capitolo dei monatti. Che orrore! Quanti cadaveri! Anche di là c'era un morto. Ma non di peste, grazie a Dio!

«Scendeva dalla soglia di uno di quegli usci...».

Entrò il Questore, seguito da De Vincenzi e da Cruni e il commissario saltò in piedi. Con una mano si tolse il cappello, con l'altra continuò a tenere il libro, mettendo un dito tra le pagine, per conservare il segno, a quel modo che molti anni prima di lui aveva fatto don Abbondio, poco prima di scontrarsi coi bravi.

«Buongiorno, commendatore!».

Il Questore gli fece un cordiale cenno di saluto.

«Mi racconti, Maccari...».

De Vincenzi gli si teneva dietro e guardava Pietrosanto, che s'era alzato anche lui.

«Ecco, commendatore... Di là c'è il cadavere... Questo è il portafogli...».

«Lei chi è?» interruppe il Questore, voltandosi di scatto verso Pietrosanto.

«L'impiegato della libreria...».

«Il direttore?».

«Se vuole. Ma sono io solo».

«E il padrone?».

«Il signor Chirico? Vuole che gli telefoni?».

«Dopo. Mi racconti lei, intanto».

«Oh!... Che vuole che le racconti? Un'ora fa... alle otto, apro il negozio...».

«Lo apre sempre lei?».

«Mai!» esclamò Gualmo quasi con indignazione. «È la prima volta... Anche mia moglie non voleva che venissi troppo presto! Aveva ragione!».

«E lei, perché è venuto troppo presto, come dice, proprio questa mattina?».

«Eh?» fece Pietrosanto, sbarrando gli occhi.

«Le domando perché lei è venuto troppo presto, proprio questa mattina» ripeté il Questore.

«Perché?... Perché?...».

Era turbato. Balbettava. Poi ebbe uno sfogo: «Perché sono disgraziato! Perché, se cade una tegola da un tetto, viene in testa a me! Che ne so io, perché proprio stamattina mi sono svegliato di buon'ora e sono venuto qui? Il destino!».

C'era tanta sincera disperazione in quelle parole e nello stesso tempo tanta comicità, che il Questore e De Vincenzi sorrisero.

«Bene. E che cosa ha trovato?».

«Un cadavere! Oh! Ma quel morto come diavolo ha fatto a entrare qui dentro?...».

«Lo domando a lei!» fece il Questore.

«Io? Io? E come posso saperlo? Iersera abbiamo chiuso alle sette e qui non c'era nessuno».

«Proprio nessuno?».

«Oh!» si contentò d'esclamare Gualtiero Gerolamo.

Il Questore si voltò a Maccari.

«È proprio certo che si tratta del professor Magni?».

Per tutta risposta il commissario tese al suo Capo il portafogli che aveva trovato nelle tasche del morto. Il Questore guardò la tessera: «La tessera è la sua!» disse.

Poi continuò a togliere dal portafogli quel che conteneva. C'erano carte. Appunti. Indirizzi. In una tasca interna il denaro. Contò più di tremila lire e diede un'occhiata a De Vincenzi.

Maccari intervenne: «Sì. Gliel'ho detto al telefono. Non è stato derubato. Troverà l'orologio, gli anelli, la spilla...».

«Ha chiamato il dottore?».

«Sì, commendatore. È venuto da poco. Si trova ancora di là».

«Ma allora ha toccato il cadavere!» esclamò De Vincenzi.

Senza sorridere, con la sua tranquilla ironia, Maccari si volse al collega: «Se lo ha esaminato, certo che ha dovuto toccarlo! Ma gliel'ho raccomandato di non cancellare gli indizi».

«La porta del negozio... questa qui...» chiese il Questore, indicando la porta della strada «era chiusa?».

«Così dice lui» fece Maccari e accennò all'impiegato.

«Chiusa!» interloquì questi. «E appunto perciò non capisco...».

Il Questore non gli badò.

«Non presentava tracce di scasso?».

«Nessuna. L'ho esaminata. Può guardare lei stesso la saracinesca».

De Vincenzi si avvicinò all'uscio dove si tenevano Cruni e i due agenti.

«Nessun segno» gli disse Cruni. «Non c'è stata effrazione di certo...». «Ci sono altre porte?».

Maccari prima di rispondere guardò interrogativamente Gualtiero Gerolamo.

«La porta che dà nel cortile» disse Pietrosanto. «Ed era chiusa anche quella?». «Ma sì...» fece il povero Gualmo, che di guardarla non aveva avuto neppure il coraggio.

«Ne è sicuro?... Beh! È inutile. Adesso vedremo noi» e il Questore posò una mano sulla spalla di De Vincenzi: «Cominci pure... Appena terminato qui, ce ne andremo... Lascerà il brigadiere nel negozio... Lei, Maccari, se non ha altro da dirmi, torni al Commissariato...».

«Buongiorno, commendatore...».

Maccari si diresse alla porta.

«Debbo lasciare i miei agenti?».

«È meglio» fece De Vincenzi. «Cruni penserà a sostituirli e a rimandarteli».

«Come vuoi...».

Stava per uscire. Si accorse di avere ancora in mano il volume dei Promessi Sposi. Lo guardò con rimpianto. Tornò verso il bancone, per lasciarlo.

«Leggeva?».

«Un bel libro, commendatore!».

E posò il volume. Chi sa quando mai avrebbe ripreso a leggere la storia di Renzo e Lucia!...

Una volta per la strada, vide il gruppo dei curiosi sempre più folto, alzò le spalle e si calò il cappello duro sugli occhi, con una mossa che gli era abituale.

«Hanno tempo da perdere!» mormorò, allontanandosi. «E magari sarebbero felici, se potessero vedere il cadavere!».

Dentro, il Questore s'era seduto davanti alla scrivania americana, che aveva il coperchio abbassato e chiuso a chiave, e De Vincenzi era andato nel retrobottega.

«Che ha trovato, dottore?... Ah! È lei!».

Era il dottor Sigismondi della Guardia Medica di via Agnello, quel ragazzone magro e patito, che aveva conosciuto in via Monforte, nell'appartamento del suo amico Aurigi, quando era stato assassinato il banchiere Garlini.

«Buongiorno, commissario. Il professore ha ricevuto due proiettili nel cranio... Uno gli è uscito dalla guancia destra e l'altro deve trovarsi ancora dentro...».

«Da quanto tempo è morto?».

«Già» sorrise il dottore. «La solita domanda. E lei conosce la mia risposta. Da quanto tempo approssimativo. Ebbene, poche ore. Forse quattro o cinque appena. Forse anche più».

«Verso le due o le tre della notte scorsa, dunque?».

«Su per giù, a quell'ora» e fece un gesto. «Povero maestro! Quando mi avessero detto di doverlo rivedere in questo stato e qui dentro!...».

«Lo conosceva?».

Il medico ebbe un altro sorriso.

«È stato mio professore di anatomia all'Università... Era il più giovane professore di Pavia... il più elegante... e, se posso dire così, il più galante... Tutti noi studenti ne eravamo gelosi...».

«Gelosi?».

«Non c'era studentessa, che non fosse innamorata di lui!».

De Vincenzi guardò l'uomo, che giaceva ormai senza vita, sul pavimento polveroso di quelle stanze tetre. Un cadavere fra i libri! Ed era stato un bellissimo uomo, un esemplare magnifico della razza umana, un innamorato della bellezza, un amatore gagliardo e raffinato...

Perché lo avevano ucciso? Perché gli avevano forato il cranio con due proiettili, a tradimento certo, dal di dietro?

Era una vendetta? La vendetta d'un marito o di un amante geloso?

De Vincenzi ricordò il camice bianco, i ferri chirurgici, il biglietto scritto con l'inchiostro azzurro da qualcuno che era sicuro della impunità o che non aveva nulla da temere a esser rintracciato...

Non voleva tirare ancora conclusioni; cercava di riunire tutti gli elementi di fatto, così come gli si presentavano.

Avrebbe poi ragionato e dedotto. Egli sempre procedeva soprattutto per intuizione, guidato da un senso nascosto e sconosciuto, che gli faceva dar peso e valore a fatti minimi, a indizi microscopici, mentre poi lo induceva a non tener conto di quanto ad altri sarebbe apparso evidente e urlante. Egli non credeva all'evidenza degli indizi, più di quel che credesse alla certezza delle prove. Nessuna prova era certa e tutte lo erano. Nessun delinquente firma il suo delitto. Il caso lo firma per lui.

Guardò attorno al cadavere, per terra. Il pavimento era polveroso. Ma dalla porta, che si apriva nella stanzuccia di destra sul cortile, al corpo disteso, la polvere era scomparsa per tutta una larga striscia, come se il cadavere fosse stato trascinato in terra. Perché proprio lì dentro?

C'era connessione tra la «persona» del defunto e il luogo nel quale il suo cadavere giaceva?

Il commissario andò lentamente nella stanza di destra e si avvicinò alla porta nera, che dava sul cortile. I battenti apparivano chiusi, ma egli vide facilmente che il vecchio catenaccio traballante era tirato. La porta non era che accostata.

Trasse a sé il battente e uscì nel cortiletto. Un antro umido, con la latrina in un angolo; di fronte una vasca per lavare. In fondo un vano coperto, in cui si apriva una scala.

A sinistra dopo la latrina, il passaggio che dava nell'androne e di lì si usciva poi sulla strada, passando davanti alla portineria.

Una vecchia casa popolare. Un alveare di povera gente. La miseria cimiciosa, che sa di umidore malsano o di polvere arsigna, a seconda delle stagioni. De Vincenzi si avvicinò alla portineria. «Il portone a che ora si chiude?». Gli risposero due voci affrettate, ansiose, una roca, l'altra sottile e acuta. «Chi è?».

Il commissario, che aveva aperto la porta a vetri, sulla quale pendevano due o tre cartelli, entrò nella stanza.

A un deschetto da calzolaio sedeva il marito. Aveva un testone enorme, il volto raso, giallastro, e gli occhi a fior di testa con tutti i segni caratteristici del morbo di Basedow. La donna era ancora piacente e non doveva aver superato la trentina. Stava seduta al tavolo, con un giornale spiegato davanti e le braccia tese sul foglio. S'alzò e chiese subito con arroganza: «Chi siete?». La voce roca era sua. «Un commissario di polizia».

La donna tacque, fissandolo. L'uomo depose la scarpa, che aveva tra le ginocchia, sul deschetto e rimase col trincetto in mano, lucente.

«Chi ha chiuso il portone, ieri sera?».

«Io» rispose la voce acuta di lui.

«A che ora?».

«Alle dieci».

«Dove dormite, voi due?».

«Là» indicò la donna, voltandosi verso il fondo, dove una tenda a fiorami rossastri doveva evidentemente coprire una porta.

«Siete andati subito a letto?».

«Lei c'era già. Si sarà coricata alle nove. Io sono andato a letto poco dopo mezzanotte».

«E dalle dieci a mezzanotte?».

«All'osteria, in via Battisti. Ci sono i testimoni. Ho l'alibi...».

«Parlate troppo! Nessuno vi chiede un alibi. Quando siete tornato, eravate ubriaco?».

«Non mi ubriaco mai, io. Tutti glielo possono dire». «Bene. E tornando, avete trovato il portone chiuso?».

«Può darsi. Io l'ho chiuso, a ogni modo».

«Rimane chiuso tutta la notte?».

L'uomo alzò le spalle rachitiche.

«Che vuole che le dica? Dovrebbe rimaner chiuso. Ma con gli inquilini che abbiamo!».

De Vincenzi si guardò attorno.

Stava per andarsene. Si fermò per chiedere: «Avete sentito rumore, stanotte, dopo la una?».

«Uh!» fece la donna con quella voce profonda, che non sembrava sua «tutte le notti si sente qualche rumore. Ubriachi che rincasano. Qualcuno che litiga. Non ci si bada più, ormai».

«Ma due colpi di fuoco?».

«No» rispose la donna con prontezza per nulla sorpresa dalla domanda.

«Quando sbattono il portone, per richiuderlo» aggiunse il ciabattino «è come una rivoltellata...».

De Vincenzi lo fissò.

«Allora, voi li avete sentiti?».

«No» disse l'uomo, con un sogghigno. «Non credo. La notte scorsa nessuno ha sbattuto il portone!».

E rise.

«Questo non impedisce che ci sia stato un morto, stanotte, qui dentro».

I due tacquero, senza dar segni di meraviglia. De Vincenzi sentiva come un'oppressione. Coloro erano cinicamente ripugnanti. Anche se avessero saputo qualcosa non l'avrebbero detta. E uscì. Aveva dovuto reagire violentemente a se stesso, per scacciar la convinzione che l'uccisione del senatore Magni fosse un delitto di teppa.

Là dentro, davanti ai portinai, a sentirli parlare, a guardarli, era quella l'impressione che aveva avuta.

Un agguato nella strada buia. Due colpi. Lo svaligiamento del cadavere, che avevano trascinato prima nel cortile e poi nel retrobottega della libreria.

Vedeva la coppia losca spiare le mosse degli assassini e tornarsene a letto, quando tutto era finito.

«Stanotte, farò appostare gli agenti attorno alla casa e procederò a un repulisti generale!» pensò e sorrise. Lo poteva fare. Ma non sarebbe certo servito a fargli scoprire l'assassino. Anche se qualcuno del casamento lo avesse veduto, non avrebbe parlato.

L'assassino non abitava in quella casa, non era un teppista, aveva una calligrafia da uomo colto e...

Chi sa se aveva telefonato di nuovo quella donna, che voleva parlare con un commissario alle sette del mattino e che, quando le avevano dato la comunicazione, era scomparsa! Il suo chiodo fisso.

Tornò nel negozio e trovò il dottore che, scostato il mucchio di libri, s'era messo a sedere sopra il bancone della prima camera, con le gambe penzoloni e i piedi che quasi sfioravano quelli del morto, tanto lo spazio era ristretto là dentro.

«E così?» chiese il dottore.

«E così... Speriamo che venga presto il giudice istruttore, per la rimozione del cadavere. Io ad ogni modo faccio venire l'autoambulanza, pel trasporto al Monumentale. Vorrei l'autopsia oggi stesso. Ma prima...».

Si chinò sul cadavere e cominciò a frugarlo, in tutte le tasche, togliendone quel che contenevano. Aveva disteso per terra il fazzoletto di seta, preso dal taschino del morto, e vi andava deponendo man mano quanto trovava.

Quand'ebbe finito, raccolse gli oggetti e le carte nel fazzoletto e si alzò.

Il dottore aveva chiuso la busta nera dei ferri e se l'era messa sotto il braccio.

«Me ne vado... A che ora il cadavere sarà al Monumentale?».

«Verso mezzogiorno al massimo».

Chiamò Cruni e gli disse di telefonare per l'autoambulanza e di avvertire la Procura del Re.

«E così?» gli chiese il Questore, quando lo vide riapparire in negozio.

«Possiamo andare, se crede. Qui rimarrà Cruni, fino a quando abbiano portato via il cadavere e io sia tornato. Il giudice istruttore può far da sé. Forse, sarà bene non tardare più oltre ad andare in casa Magni... La signora può ricever la notizia da qualche altro...». Il Questore si alzò.

«Ha scoperto come abbiano fatto a entrare qui dentro?».

«Per la porta del cortile» rispose De Vincenzi, guardando Pietrosanto, che aveva levato la testa. «Ma se era chiusa!» esclamò il povero Gualmo. «Doveva essere aperta, invece. Ma lo vedremo tra poco. Cruni non fate toccar nulla!». E il Questore e il commissario uscirono. Il dottore, passando per andarsene, s'era fermato a leggere il titolo dei libri, negli scaffali.

«Posso scopare, adesso?» chiese Giovanni. Gualtiero Gerolamo lo fissò, senza capire quel che diceva.

Capitolo quarto

Tre donne

Qui la scena mutava.

Due o trecento metri di distanza e il mondo era un altro.

Il senatore era stato trovato cadavere in via Corridoni, tra i libri; ma aveva vissuto in viale Bianca Maria. Questo era il suo ambiente. E quando De Vincenzi si trovò sotto l'androne di marmo variegato, tutto lucente d'ottoni, di specchi, di cristalli, e sentì la suola delle scarpe aderire al caucciù del pavimento, comprese quali fossero state e di che natura le sue sensazioni di poco prima. Era il senso dell'illogico, che lo aveva colpito dentro la libreria, con quel cadavere troppo elegante, troppo nobile e raffinato, disteso tra la polvere delle stanzette, tetre come il fondo di una palude. Melmose. Il contrasto urlava. Un cucchiaio d'oro nel fango. E tornò a chiedersi come mai e perché mai il morto avesse esulato dal suo luogo naturale. Perché la figura fosse uscita dal quadro.

Tutto era illogico quanto stava accadendo da qualche ora. Ma in ogni fatto successivo si trovava quel contrasto strano e pesante: il pacco col camice e i ferri era stato raccolto da uno spazzino e aveva girato sopra una carretta da immondizie; il delitto aveva tutte le apparenze della volgarità più abbietta, eppure nulla era stato tolto di dosso all'assassinato, neppure i tre fogli da mille, che potevano essere spesi facilmente.

Una sola cosa mancava: il cappello. E De Vincenzi, accanto al suo Capo, in piedi nell'ascensore, che li portava al terzo piano, cominciò a ragionare su quel fatto. Poteva darsi che il cappello fosse caduto dalla testa del senatore al momento dell'uccisione. Ma, se il delitto era stato compiuto per la strada, ipotesi plausibile, come mai l'assassino non si era dato cura di raccoglierlo, dal momento che aveva avuto la preoccupazione di trascinare il cadavere fin dentro al negozio? Per ora — per ora soltanto, è vero — si doveva ammettere che colui o coloro che avevano commesso l'omicidio avessero voluto ritardare il più possibile la scoperta del cadavere. Altrimenti, lo avrebbero abbandonato per la strada.

Il commissario fece involontariamente un gesto di diniego. No! Non era quella la ragione. Ma piuttosto che essi avessero voluto fuorviare le ricerche, imbrogliare il più possibile le cose.

Ebbe la percezione dello sguardo penetrante del Questore fisso su di sé e gli si volse. Il Capo lo guardava e sorrideva.

«Che cosa non trova naturale, De Vincenzi? Lei sta facendo lavorare il cervello e non riesce a far combaciare le sue ipotesi!».

«Proprio così, commendatore! Ma non parli ancora di ipotesi. Siamo soltanto nel campo della fantasia. E la mia non le nascondo che starnazza».

L'ascensore si fermò di colpo.

Uscirono sul pianerottolo. C'erano due porte, una di fianco all'altra. Sulla prima una grande targa d'ottone col nome del chirurgo, sull'altra nulla.

Il Questore suonò a quella con la targa e dopo qualche istante si aprì la seconda. Apparve una cameriera assai graziosa, vestita di nero, col grembiulino bianco, un cappio di merletto inamidato al collo e un altro in testa, sui capelli biondi.

«Vengono per un consulto? Il gabinetto è ancora chiuso. Il professore riceve alle undici».

Il Questore avanzò verso di lei, seguito da De Vincenzi, che osservava le linee armoniose e procaci della giovane. Una bella figliuola, indubbiamente. Alzò lo sguardo al volto e vide due occhi grigi, luminosissimi, ma le occhiaie erano peste e le gote pallide, di quel pallore denso e ambrato delle bionde.

«Vorremmo parlare con la signora».

La cameriera sollevò le ciglia e negli occhi le passò un bagliore, che a De Vincenzi sembrò di paura.

«A quest'ora? La signora non riceve nessuno la mattina».

«Eppure, sarà necessario che ci riceva. Ditele che ho telefonato poco fa e che ho parlato proprio con lei...».

La cameriera si ritrasse. I due uomini entrarono in una vasta anticamera ammobiliata con lusso pesante, quasi opulento, carica di tinte nere sulla tappezzeria, tutta corsa da bordure dorate alle pareti, con le sopraporte di legno intagliato. I mobili erano antichi e i quadri sicuramente di autore.

Ma contro quelle tinte scure, sulla parete di sinistra, si apriva una porta a vetri, dalla quale veniva una luminosità chiara e quasi abbagliante. I vetri dovevano essere coperti all'interno da tende bianche, che trasparivano.

La giovane aprì una porta e fece entrare i due visitatori in un piccolo salotto impero, severamente maestoso.

«Abbiano la cortesia di attendere».

E si muoveva, osservandoli con preoccupazione. Richiuse la porta.

Il Questore guardò il commissario. «Da che parte cominceremo, per darle la notizia? Qui non sanno nulla. È mai possibile che credano ancora ch'egli stia dormendo nel suo letto?».

De Vincenzi si strinse nelle spalle. Non aveva mai pensato che la moglie lo credesse, o, ad ogni modo, c'era sotto qualcosa. Per questo aveva chiesto di assistere al primo colloquio.

La porta si aprì e i due uomini videro comparire una signora alta, bellissima, coi capelli d'ebano, il volto naturalmente pallido, lo sguardo dolce e penetrante. Aveva la bocca troppo accesa, come se si fosse dato il rossetto in fretta e senza guardarsi allo specchio o, forse, aveva esagerato di proposito.

Si tenne per qualche istante in mezzo alla stanza, dopo aver fatto un cenno di saluto con la testa, fissandoli. «Voglia perdonarmi, signora. Le ho telefonato poco fa, chiedendo di suo marito. Sono il Questore». La donna sussultò.

«Si è incomodato a venire proprio lei? Mio marito...».

Il Questore non l'aiutò. Lei cercava le parole. Gli occhi le si fecero per un istante quasi supplici. Ma subito il volto le si irrigidì, le mascelle le si contrassero e lo sguardo divenne duro. Sollevò la persona con fierezza.

«... Mio marito è fuori di casa».

«Ma lei, signora, mi ha detto per telefono d'esser sicura che egli si trovava ancora nella propria camera».

«Sì... infatti... Così, credevo. Invece, ho saputo poi dalla cameriera che era uscito molto presto questa mattina... insolitamente presto».

«Ah!».

Vi fu una pausa. Era evidente che mentiva. Ma quella sua menzogna, affermata con sicurezza, quasi con violenza, non si nascondeva, non cercava d'esser creduta. Sembrava dire: io mento, perché è necessario.

Il Questore fece un passo avanti.

«Signora, ho da darle una cattiva notizia...».

Lei lo fissò e subito impose a se stessa una freddezza anche maggiore, glaciale.

«Non capisco. E proprio indispensabile che lei la dia a me? Non può attendere il ritorno del senatore?».

«Il senatore... non tornerà!».

La frase gli era sfuggita e fissò in volto la donna, per osservarne le reazioni.

De Vincenzi, lui, non l'aveva perduta di vista un solo istante. Tutto in quella donna lo interessava. Sentiva che da lei cominciava il mistero.

«Che cosa dice?!».

Adesso, la signora s'era scossa e aveva pronunziato quella domanda con violenza, anziché con terrore o con apprensione.

«Perché non dovrebbe tornare? Alle undici cominciano i consulti e mio marito non manca mai al suo dovere».

«E accaduta una disgrazia, signora!».

Il pallore sul volto della donna si fece livido.

«Una disgrazia!» ripeté e dovette appoggiarsi alla spalliera della poltrona che le stava vicina, per non cadere.

Il Questore protese la mano. Lei alzò la sua, per respingere ogni aiuto.

«Non importa. È passato. Può dir tutto. Ma dica la verità».

«Suo marito è stato colpito da malore...».

«No!» gridò la donna e di nuovo la voce le si era fatta imperiosa. «L'ho pregata di dirmi la verità. Che cosa gli hanno fatto?».

Furono il Questore e De Vincenzi, che sussultarono a quella domanda. Dunque, sapeva che il senatore era minacciato. Ma a che cosa e a chi intendeva alludere precisamente?

«Sì» fece il Questore, chinando il capo. «Sì, è proprio così. Gli hanno fatto qualcosa. Lo hanno ferito».

Di nuovo la donna vacillò e di nuovo riuscì a vincersi. Ma lo sforzo era evidente e appariva quasi sovrumano.

«Mi dica tutto» mormorò. «È morto?».

I due uomini tacquero.

Lei li guardava. Gli occhi le si erano empiti d'orrore. Le labbra rosse tremavano. Le uscì un gemito dalla bocca e sarebbe caduta, se De Vincenzi non l'avesse afferrata tra le braccia.

La deposero sul divano.

Il Questore corse alla porta e chiamò: «Qualcuno della casa! Non c'è nessuno?...».

Da un angolo dell'anticamera apparve di colpo la cameriera. Si sarebbe detto che vi si trovasse in attesa e il Questore vide che era sconvolta e tremante.

«Che c'è?... Dio mio!...».

Intanto, si apriva la porta a vetri, la porta bianca e abbagliante, e nel riquadro di essa comparve un'altra donna. Vestita di bianco, questa, doveva essere l'infermiera.

«Venga, lei!».

E l'infermiera accorse.

La signora giaceva ancora sul divano; ma s'era riavuta e guardava attorno a sé con occhi smarriti.

De Vincenzi si ritrasse, per lasciare il posto alla giovane vestita di bianco, che avanzava lentamente, senza affrettarsi e soprattutto senza ansia. Si tenne diritta accanto al divano e si limitò a prendere il polso della signora.

Anche lei era bella. Non c'erano che donne belle in quella casa!... Un innamorato della bellezza, un gagliardo amatore... Tutte le studentesse erano innamorate di lui...

De Vincenzi osservava la sopravvenuta con interesse crescente.

Non molto alta, era d'una bellezza assolutamente diversa da quella della donna, che giaceva sul divano. La signora Magni poteva dirsi il classico tipo della bellezza milanese, nobile, matronale, che s'impone subito, attraendo tutti gli sguardi. L'infermiera, invece, aveva i pomelli sporgenti, gli occhi profondi, la fronte convessa, le labbra procaci e sollevate superiormente. Il piccolo mento era segnato da una fossetta graziosa. Gli occhi, dalle pupille castane, dorate, come i capelli tagliati corti, avevano qualcosa d'ironico e di torbido. Il corpo piuttosto pieno, dalle linee morbide, si muoveva armonico, scoprendo a ogni movimento un accenno di curva, anche sotto il camice bianco, che la cintura stringeva alle anche.

Dal volto, da tutta la persona di quella donna emanava qualcosa di voluttuosamente perverso, come un profumo acuto, che dava alla testa.

Fissava la signora sul divano con freddezza quasi ironica.

La signora si alzò a sedere sul divano.

«È passato. Perdonatemi!».

E subito aggiunse: «Può andare, signorina. Non è nulla. Torni pure di là».

L'infermiera ebbe un sorriso e si voltò per andarsene. Ma guardò i due uomini che non conosceva e una ruga le si disegnò sulla fronte bianca, sotto l'aureola dei capelli soffici, che dovevano essere dolci al tatto come seta.

Quando fu scomparsa, la signora continuò a guardare la porta per la quale era uscita. De Vincenzi andò a chiuderla.

«È morto?» chiese la donna, fissando il Questore, dopo aver seguito il movimento del commissario.

Il Questore tacque. Si sentì un singhiozzo, ma quando i due uomini si volsero verso di lei, non videro che un volto immobile, come impietrato, bianco di cera.

«Lo hanno ucciso?».

Finalmente, il Questore trovò le parole.

«E una disgrazia irreparabile, signora. Un delitto efferato, che puniremo. Il povero senatore è stato ucciso con due colpi di rivoltella, a tradimento. Non è stato derubato... Una vendetta, forse...».

La donna rimaneva immobile. Ascoltava.

«Bisogna che lei trovi tutto il suo coraggio, signora, per sopportare l'atroce sciagura, che si è abbattuta su questa casa... E anche per aiutarci... nel nostro compito, che è grave e urgente... Forse, lei può fornirci qualche indizio prezioso...».

«Sono a loro disposizione. Ma non credo...».

S'interruppe. Di nuovo lo sguardo le lampeggiò fieramente.

«No, non credo di poterli aiutare».

Il Questore ebbe un gesto di rincrescimento. Si voltò verso De Vincenzi, che si teneva presso la porta, lontano.

Il commissario De Vincenzi è stato incaricato da me dell'inchiesta. Egli deve rivolgerle qualche domanda...

Deve perdonarci, se procediamo immediatamente a un tristissimo dovere, ma ogni istante perduto può essere irreparabile».

De Vincenzi sembrava assorto e non si muoveva dalla porta. Il Questore fece un passo verso di lui ed egli si scosse.

«Sì» disse e la sua voce risuonò stranamente forte e alta. «Il senatore Magni è stato trovato stamattina… nella bottega di un libraio… con due proiettili di rivoltella nel cranio…».

Il Questore lo fissò sbalordito. Oh! Che gli prendeva a mostrarsi di colpo tanto inumano e così villanamente rude? A che scopo dar subito tutti quei particolari? E perché gridare a quel modo?

Ma si sentì un tonfo, nell'anticamera e il commissario si volse rapido e spalancò la porta. Sul tappeto dell'anticamera, giaceva un corpo nero e bianco, sul quale si chinava la figura di una donna tutta bianca.

«Ah!» fece il Questore.

De Vincenzi uscì in fretta, richiudendo la porta dietro di sé.

«Che c'è?» chiese con energia, chinandosi sulla cameriera, che giaceva a terra svenuta.

L'infermiera si raddrizzò e, fissandolo, pronunziò con voce sarcastica: «Le domestiche hanno la cattiva abitudine di ascoltare alle porte!».

L'accento della donna era straniero. «E svengono?» chiese il commissario, opponendo l'ironia al sarcasmo di lei.

«Pare! Le italiane, almeno». «Lei non è italiana?». «No».

Poi si chinò sulla cameriera, le sollevò il capo, le fece odorare i sali, la trasse in piedi.

«Un capogiro, è vero? Norina… Sarà bene che andiate nella vostra camera. La signora farà a meno di voi…».

La cameriera si diresse verso il fondo barcollando e De Vincenzi non la trattenne.

Adesso, erano loro due nell'anticamera.

Il commissario si volse all'infermiera: «Lei è sola di là?» e indicò la stanza chiara, che doveva essere il gabinetto di consultazione del professore.

«Sì. Il dottor Verga non viene che alle undici».

«Chi è il dottor Verga?».

«L'assistente del professore».

Vi fu una pausa.

«Anche lei ha saputo che il senatore è stato ucciso?»

«Come avrei fatto a saperlo?».

Ma aveva impallidito. De Vincenzi le vide l'angoscia nello sguardo.

«È stato ucciso?».

«Purtroppo!».

«È tremendo!» mormorò la ragazza e il suo accento straniero si fece ancor più sensibile.

De Vincenzi capì sempre meglio che la lotta con quella lì sarebbe stata dura. Fingeva, dicendo di non saper nulla? Certo, fingeva. E vide che lanciava sguardi verso la porta per la quale se ne era andata Norina. Poi a quella del salotto. Se potessi leggere nel suo cervello, pensò il commissario, avrei la partita assai più facile. Anche lui guardò al salotto. Come dividersi? Non voleva che il Questore facesse parlare la signora Magni, senza di lui. Quell'altra pure aveva il suo segreto e come! E questa qui… Si decise.

«Tra poco avrò bisogno di lei, signorina. Vuole avere la cortesia di attendermi di là?».

La giovane chinò la testa e si diresse verso la stanza bianca, con quel suo passo molle eppure fermo. De Vincenzi tornò nel salotto. «E così?» chiese il Questore, più con lo sguardo che con le parole.

De Vincenzi fece una smorfia. «Nulla. Dopo, se crede».

E si volse alla signora, che sembrava non accorgersi più della presenza di quei due, assorta nei propri pensieri e in un dolore, che s'indovinava chiuso e cupo. Teneva gli occhi sbarrati nel vuoto e le labbra contratte, con tutto quel rosso acceso che le insanguinava, sembravano proprio una ferita aperta sul volto cereo.

«Se la signora crede di poter rispondere a qualche mia domanda… Sarò brevissimo». La donna si scosse. «Dica pure».

«A che ora ieri sera il senatore uscì di casa?». «Non pranzò a casa ieri sera. Ma credo che abbia lasciato il suo gabinetto verso le diciannove...». «E rincasò a mezzanotte?...». «Lo ignoro».

La risposta era venuta recisa, pur dopo una esitazione, ch'era stata breve.

Il Questore ebbe un gesto.

La voce di De Vincenzi si fece soave, piena di commossa profondità.

«Mi perdoni!... Lei poco fa... al signor Questore, che le parlava per telefono, ha affermato di aver sentito rientrare suo marito questa notte...».

«Ho mentito».

«Sì... Ma perché lo ha fatto?».

«Mio marito da un po' di tempo aveva preso l'abitudine di tornare a casa molto tardi... alle quattro, alle cinque del mattino... qualche notte non rientrava affatto... Naturalmente, io non potevo dir questo a chi mi interrogava al telefono e chiedeva di voler parlare con lui personalmente. Ho preferito mentire».

«Dunque, lei, quando il signor Questore le ha telefonato, sapeva già che il senatore era fuori di casa?».

«Sì. Ma non volevo dirlo».

De Vincenzi chinò il capo. Fino a quel punto, tutto era semplice. Quella donna era troppo fiera, per confessare se non proprio quando vi fosse stata spinta dall'ineluttabile, che suo marito la tradiva, che aveva un'amante. Ignorando il dramma, si era trincerata dietro la menzogna.

«Può dirmi dove suo marito passava le notti, quando era assente?».

«Non lo so!».

Il corpo le si era eretto, con una mossa di fierezza.

«Mi perdoni...» insisté De Vincenzi.

«Non mi sono mai curata di saperlo. Mio marito era libero di far quel che voleva...».

«Neppure un sospetto?».

«No».

Rispondeva subito, in fretta, con voce vibrante. «Pensi che suo marito è stato ucciso e che, forse, se noi sapessimo dove si trovava la notte scorsa, il compito per rintracciare l'assassino ci sarebbe assai più facile...».

«Lo credo. Ma la verità è che ignoro tutto di mio marito».

Fece una pausa.

«Da molto tempo, vivevamo come due buoni compagni... Egli non mi diceva nulla della sua vita... Le assicuro che, per quanto grande sia il mio dolore, io non posso aiutare in alcun modo la giustizia degli uomini. E quella di Dio non ha bisogno d'essere illuminata».

Si alzò. Fece qualche passo verso la porta e si fermò.

«Dove... dove si trova il... cadavere?».

Il Questore rispose: «Sarà trasportato tra poco al Monumentale. È necessario. La legge lo vuole... ma se crede che domani lo faccia portare qui... per far partire il funerale dalla casa che fu sua...».

«No! Grazie».

La voce le si raddolcì, gli occhi le si empirono di lacrime.

«Grazie!» ripeté, con accento di riconoscenza. «Non importa, però! Oramai!».

E uscì in fretta, singhiozzando.

Capitolo quinto

Patt…

«Cominciamo ad avanzare!».

«Lo crede proprio?».

De Vincenzi trovava il mistero sempre più fitto. Sentiva di camminare sopra un terreno friabile; un passo falso e c'era da rotolare sino al fondo. Non un punto di sostegno, ancora. Nessuna pista chiara e netta. E, per di più, a mano a mano che avanzava, le piste s'infittivano. Troppe per essere il principio.

Il Questore si guardava attorno. Erano rimasti soli nel salotto. Nessuno più si occupava di loro.

«Che conta di fare, adesso?».

De Vincenzi sussultò.

«Desidererei rimanere ancora qui…».

«E poco fa, quando è uscito?…».

«Sì. La cameriera stava origliando. Mi ero accorto che c'era qualcuno dietro la porta. Per questo ho alzato la voce… perché chi ascoltava sentisse. E quella ragazza, quando ha conosciuto l'assassinio, è svenuta».

«Strano!…».

«Piuttosto…».

«Che ne pensa?».

«Ancora nulla, naturalmente».

«È una bella ragazza…».

«Sono tutte belle qui dentro…».

Il Questore fece un gesto.

«La lascio solo. Gliel'ho detto: ha carta bianca. E m'informi, man mano che progredisce».

Uscì in anticamera, seguito dal commissario. Non c'era nessuno. Tutto l'appartamento sembrava disabitato. Il Questore si mise il cappello e si diresse all'uscio. Quando fu sulla soglia, fece un gesto di saluto e scomparve, richiudendo adagio la porta.

De Vincenzi andò diritto nella stanza delle consultazioni. Si trovò in un ambiente chiaro, luminoso. Il gabinetto del professore si componeva di due camere comunicanti. Lui era entrato in quella delle visite e delle operazioni. Un armadio laccato di bianco, coi vetri opachi. Un tavolo di marmo contro il muro e un altro più vasto in mezzo alla camera. Davanti alla finestra un lettuccio di ferro, disarticolato, da potersi sollevare in ogni senso. Sopra quel letto e sopra il tavolo di marmo due grandi riflettori e un groviglio di fili elettrici, di lampade, di bracci d'acciaio. Una poltrona. Un grande lavabo.

Il commissario si guardava attorno. Sul tavolo contro il muro, si allineavano una quantità di ferri chirurgici. Si ricordò di quelli che aveva lasciati sulla sua scrivania, in Questura, col camice bianco... Anche qui un camice bianco pendeva da un attaccapanni, accanto alla porta, di fianco a un leggero mantello femminile e a un cappellino nero.

«Desidera parlare con me?».

L'infermiera si teneva ritta sulla soglia della seconda stanza e certo lo osservava da qualche minuto.

«Non ne manca nessuno?» e De Vincenzi indicò i ferri allineati sul marmo.

La giovane avanzò in fretta.

«Che vuol dire?».

«Il professore aveva altri ferri chirurgici, oltre questi?».

L'infermiera non comprendeva. Guardò i ferri.

«Oltre questi? Certamente. Ce ne sono lì, dentro l'armadio. Ci sono le buste che il professore portava con sé, quando si recava dagli ammalati. Neppure io stessa potrei dirle se ne manca qualcuno».

«Lei a che ora vide il professore per l'ultima volta?».

L'esitazione fu breve.

«Alle 17, quando uscì dall'ospedale, venne qui. Si trattenne in questa stanza. Consultò l'agenda degli appuntamenti. Scambiò qualche parola con l'assistente. Poi mi disse che non voleva più ricevere nessuno, per quel giorno. Gli feci osservare che c'erano ancora due ammalati nel salotto... Mi rispose che era stanco, che in ospedale aveva fatto un'operazione assai faticosa e incaricò il dottor Verga di visitarli lui. Poi mi lasciò libera di andarmene...».

«E lei andò via?».

«Naturalmente. Era difficile non ubbidirgli. E poi... anch'io ero stanca...».

«Da allora non lo ha veduto più?».

«Da quel momento dovevo non vederlo più...».

«Come si chiama lei, signorina?».

«Patience Drury... Ma nessuno mi chiama Patience e tutti Patt».

«Anche il professore?».

«Oh!» la ragazza alzò le spalle. «Lui mi chiamava signorina».

«È inglese, lei?».

«Americana. Vuole il passaporto? Ma sono oramai sette anni che mi trovo in Italia... Ho studiato a Pavia. Ho la laurea».

«È stata allieva del professore?».

«È perspicace, lei!».

De Vincenzi l'interrogava, senza guardarla. Sembrava assorto nella contemplazione di quei ferri lucenti. Si sarebbe detto che lo affascinassero.

La giovane s'era appoggiata col dorso alla tavola di mezzo e lo fissava, facendo filtrare lo sguardo attraverso le palpebre socchiuse. Aveva una piega ironica alle labbra. Le pupille color malva le si erano incupite; fonde, erano. Le mani tese all'indietro, sul marmo, il petto e il corpo sporgenti, le gambe diritte saldamente puntellate in terra, la testa un poco rovesciata all'indietro, appariva realmente capace di turbare un uomo. De Vincenzi guardava i ferri.

«Sola a Milano?».

«Sola nel mio letto, sì...».

«Nessun parente?».

«A Lanecliff, sulle sponde dell'Hudson... esiste ancora un vecchio uomo, che può vantarsi d'avermi messa al mondo. Ma non se ne vanta neppur più, credo...».

De Vincenzi si volse di scatto e la fissò: «Dove abita lei, miss... miss?».

«Patt...».

«... miss Drury. Dove abita, sola nel suo letto, come dice lei?».

«In un piccolo appartamento... due stanze... cioè, una stanza e il bagno... in via Boccaccio...».

«Numero?» chiese il commissario, che aveva tratto di tasca un notes, e la stilografica.

«Trentacinque. Secondo piano».

«E adesso?».

«Come adesso?».

«Adesso che il professore è... che non c'è più, che cosa farà?».

«S'interessa alla mia sorte, lei? Gentile. Non so. Vedrò. Intanto rimango qui, fin quando non mi cacciano».

«Ieri sera, uscita da questa casa, dove è andata?».

La giovane ebbe un gesto. Aveva perduto un poco di quella sua imperturbabilità ironica. Se lo scopo di De Vincenzi era di stancarla, poteva credere d'esser vicino a raggiungerlo.

«Continuerà per un pezzo, lei? Che cosa c'entro io, se hanno ucciso il professore? Se vuol trovare l'assassino, veda di far qualcosa di meglio, che interrogare me... Non sono una di quelle che svengono, io!».

Il commissario fece mostra di non avere udito. Farla parlare voleva, e non sperava più che in qualche suo scatto.

«Dov'è stata, ieri sera?».

«Nel Klondike, a cercar l'oro...»

«Stia attenta a non trovare invece qualcosa di meno piacevole!». «Che cosa?».

«Miss Drury, voialtri in America possedete qualche mezzo per far parlare i testimoni recalcitranti, che noi in Italia non adoperiamo. Ma da noi non c'è nessuna legge che vieti di chiudere il testimonio in "guardina" e di tenercelo anche per alcune settimane...». La ragazza impallidì, ma continuò a sorridere. «Allora, lei mi interroga come testimonio?». «Fin quando non mi vegga costretto a mutare la sua qualità, rispetto alla legge...».

«Ebbene, la vita privata di un testimonio non può interessarla...».

«È in errore!» scandì freddamente il commissario. «M'interessa moltissimo, per esempio, sapere dove lei sia stata e che cosa abbia fatto ieri sera... e questa notte...».

«Questa notte, ho dormito». «A che ora è rincasata?».

«Forse alle dieci, forse alle undici... Non ricordo». «Il portinaio l'ha veduta rincasare?». «Glielo domandi». «E fino a quell'ora?».

«Nulla di attraente per me e di interessante per lei... Metta il cinematografo, metta un caffè, metta quel che vuole... Oppure, creda che sia rimasta in casa a studiare l'uso delle pinze speciali per l'elettroemostasi... Può darsi che quest'ultima ipotesi sia la buona».

«Me ne ricorderò» disse De Vincenzi, per non lasciarle l'ultima parola; ma la verità era che sentiva d'essersi cacciato in un vicolo cieco. Quella lì non voleva parlare e lui non aveva alcun mezzo capace di obbligarvela. Meglio era non insistere pel momento.

Mutò tattica.

«Del resto può aver ragione! Non è a lei che mi interesso, ma agli altri. Da quanto tempo era col professore?».

«Due anni. Appena laureata».

«E la cameriera, Norina mi sembra, da quanto tempo è in questa casa?».

Le pupille dell'americana lampeggiarono.

«Oh! Perché non lo domanda alla sua padrona? Io ce l'ho trovata».

«Dunque, più di due anni» fece con pazienza il commissario. «Soffre di svenimenti?».

La ragazza sorrise.

«Anche questo può domandarlo a lei o alla sua padrona. Io non frequentavo la casa, sa? Quando avevo finito il mio servizio di assistente me ne andavo» Da qualche istante, De Vincenzi aveva la sensazione di un'altra presenza nella stanza. Si volse e vide un giovanotto sulla soglia della porta, che univa le due stanze dell'ambulatorio. Più che l'uomo, vide gli occhi che erano intensamente fissi sopra di sé. Subito lo affrontò.

«Lei è il dottor Verga».

«Precisamente!» fece quello con un gesto di meraviglia e venne avanti. «Che cosa è accaduto? Perché sta interrogando la signorina? Chi è lei?».

Le domande s'erano seguite incalzanti, rapide. Il giovane guardava ora miss Drury con angoscioso stupore. Era manifestamente agitato e non cercava neppure di nascondere il suo nervosismo. Un bel ragazzo anche questo. Solido, piantato saldamente e pur agile. S'indovinava in lui un frequentatore delle palestre e dei maneggi. Aveva il volto regolare, ma pieno d'intelligenza. Gli occhi scuri, sotto l'arco delle sopracciglia disegnate sottilmente, mandavano una luce viva, che adesso palpitava affrettatamente.

La ragazza lo guardò e alzò le spalle.

«È un detective, Edoardo!».

«Che vuoi dire?!».

Il commissario li osservava. Si davano del tu, quei due!

«Perché un detective? Debbo comprendere chi lei è...».

«... un commissario di Pubblica Sicurezza» completò De Vincenzi.

Di colpo ogni agitazione del giovane scomparve. La trasformazione fu istantanea, meravigliosa. Egli sorrise e assunse un aspetto assolutamente sereno. Si sarebbe detto che non avesse bisogno di altro per sentirsi rassicurato.

«E perché si trova qui?» chiese con indifferenza. Che attore straordinario! Ma recitava poi davvero la commedia dell'ignoranza? De Vincenzi non poteva dubitarne. Tutte le sue reazioni erano sbagliate. Se sapeva fingere, non doveva essere molto forte in psicologia, quel giovane medico. Lo prendeva per un imbecille?

«Sto interrogando la signorina e non lei! Verrà anche il suo turno».

«Hanno rubato la Madonnina del Duomo e lei dubita che sia stata Patt... la signorina Drury o io a mettercela in tasca?».

«Non accuso la signorina Drury di furto... e non l'accuso neppure di assassinio...».

Il giovane fece un passo e si frappose tra l'infermiera e il commissario.

«Non scherzi! Patt che c'entra?».

«È lei che tenta di scherzare, senza riuscirvi molto bene, del resto!... Ma perché dice che miss Patt non c'entra?».

«E come potrebbe entrarci?».

De Vincenzi corrugò la fronte e, fissando il medico negli occhi, scandì con violenza: «In che cosa non c'entra? Di che parla, lei?».

Il colpo andò a segno. Il giovane si sbiancò in volto e gli tornò negli occhi quel lampo di angoscia, che avevano avuto al principio.

«E lei che ha parlato d'assassinio» mormorò.

«Di quale assassinio?» incalzò l'altro.

«Sta' attento!» gridò in inglese miss Drury. «Il professore è morto!».

«Grazie, miss» disse subito De Vincenzi parlando inglese anche lui. «Ma poiché io capisco la sua lingua, possiamo parlar tutti italiano, non le sembra?».

L'americana si irrigidì.

«Che cosa crede d'aver scoperto, col suo inglese? Edoardo ignora che il senatore è stato assassinato!».

«Assassinato!» esclamò il giovane e la sua voce, più che di orrore, vibrò di paura. Aveva gli occhi sbarrati e le labbra gli tremavano. «Assassinato! È vero? Dove? Quando?».

«Questa notte. E in quanto al luogo...».

De Vincenzi fece una pausa, poi arrischiò un altro colpo: «Forse, lei può supporlo...».

«Io? Che dice?».

«A che ora ha lasciato il professore, ieri sera?».

«Sono uscito di qui alle sette».

«E miss Patt?».

«Poco prima...».

La risposta era stata data di scatto e l'infermiera trasalì. Fece un gesto.

«Assai prima... Lui non ricorda...».

De Vincenzi sentiva di guadagnar terreno. La giovane aveva mentito, dicendo d'essere uscita dall'ambulatorio alle cinque.

Il medico guardava la ragazza con stupore, mentre lei lo fissava intensamente.

«Ma sì, Edoardo. Tu confondi con ieri l'altro... poiché io, infatti, esco tutte le sere alle sette... Ieri è stato un caso... Il professore era stanco e...».

«Lo so» interruppe il commissario. «Me lo ha già detto!».

E tornò a rivolgersi all'uomo.

«Dunque, lei è uscito alle sette e miss Drury era uscita poco prima... E il senatore?».

«Rimase qui».

«E a che ora lei lo ha incontrato di nuovo, ieri sera?».

«Ma non l'ho più riveduto, le ho detto...».

«Già... Ne è proprio sicuro?».

«Che cosa vuole insinuare?».

«Per ora, nulla. Vedremo in appresso... E, uscito di qui, lei dove è andato?».

«A casa mia, in via Leopardi».

«Via Leopardi è vicina a via Boccaccio...».

«Infatti...».

«Bene. E poi?».

«E poi... nulla. Sono rimasto in casa».

«Questo è tutto?».

«Ma sì...».

«E proprio sicuro di ricordar bene?».

L'altro tacque, crollando le spalle. Cercava di riacquistare un po' della sua sicurezza di poco prima, ma non ci riusciva.

Seguì un lungo silenzio.

Patt tamburellava con le dita sul marmo del tavolo operatorio. Il dottore spiava i movimenti del commissario, che si guardava attorno con interesse.

«Quando tornò dall'ospedale, ieri nel pomeriggio, il senatore aveva con sé la sua busta dei ferri?».

Fu l'infermiera a rispondere: «Naturalmente». «E dove la posò?».

«Non potrei dirlo con precisione... L'avrà messa su quel tavolo... Il professore dopo ogni operazione apriva la borsa... ne estraeva i ferri e li poneva su quel vassoio di ebanite, perché io li disinfettassi, facendoli bollire... Ma ieri non mi sembra che lo abbia fatto. Certo, io non li ho disinfettati».

«Ed era solito portar con sé anche un camice?».

«Quando si recava al domicilio di un ammalato per un'operazione...».

«E ieri?».

«Non so».

De Vincenzi andò nella prima stanza lasciando i due giovani soli. Era un salotto. Un divano, qualche poltrona, una scrivania dinanzi alla finestra. Si guardò attorno e tornò indietro. Il dottore si scostò rapidamente dalla ragazza alla quale stava parlando con concitazione, a bassa voce. Il commissario fece mostra di non essersene accorto. Traversò il gabinetto, aprì la porta di comunicazione con l'appartamento.

Si volse di colpo.

«Dottor Verga, la prego, alle quindici, favorisca trovarsi nel mio ufficio a San Fedele».

Il giovane s'inchinò.

«E anche lei, miss Drury...».

L'americana sorrise.

De Vincenzi entrò nell'anticamera e richiuse la porta dietro di sé.

L'anticamera era sempre vuota. Egli vi si trovava da qualche minuto e stava ricapitolando nel proprio cervello i punti principali del colloquio avuto, quando trillò il campanello della porta. Nessuno veniva ad aprire. Il campanello trillò di nuovo.

Finalmente, comparve Norina. Era pallidissima, ma sembrava aver vinto la debolezza di poco prima. Die de un'occhiata piena di spavento al commissario e si diresse alla porta.

«Buon giorno, figliuola. Il senatore è già in ambulatorio?».

La voce era sonora, calda, musicale. La voce di un uomo sano, gioviale. La cameriera si ritrasse e tentò parlare, ma dalla bocca non le uscì alcun suono.

«Ebbene? Che cos'hai? Si direbbe che non mi riconosci...».

Il visitatore avanzò. Doveva avere una quarantina d'anni o poco più. Era piuttosto basso, ma ben proporzionato e quasi elegante. Si tolse il cappello e lo gettò sulla cassapanca. Si muoveva con scioltezza,, come uomo pratico della casa e che sa di trovarvi buona accoglienza in ogni momento. Cominciò a sfilarsi i guanti.

«Vallo ad avvertire... Due sole parole e scappo... Non mi tolgo neppure il soprabito... Con la grippe e il morbillo che infieriscono, non ho davvero molto tempo.»..».

S'interruppe. Aveva veduto De Vincenzi e lo fissò.

De Vincenzi fece qualche passo verso di lui.

«Commissario De Vincenzi...».

Il visitatore lo guardava, evidentemente sorpreso. Non capiva.

«Ma?...».

Diede un'occhiata interrogativa alla cameriera, che, sempre più pallida, non riusciva a pronunciar parola.

Tese macchinalmente la mano e si presentò.

«Dottor Alberto Marini... Ma che c'è di nuovo? È accaduta qualche disgrazia?...».

«Peggio. Lei è amico di famiglia?».

«Altro che amico! Ugo... il senatore Magni, voglio dire, e io siamo stati compagni di studi... Ma è accaduto qualcosa a Ugo?...».

«Purtroppo!».

L'altro tacque, aspettando.

«Questa notte, il senatore Magni è stato ucciso!».

«No!... È mostruoso! Ucciso? Ha detto proprio ucciso?».

«Sì».

«E la signora?».

«La signora... sta bene. Sì, insomma, sta come si può stare dopo un simile colpo. Ma io la lascio...».

Guardò la cameriera. Fece un movimento, come se volesse parlare. Poi cambiò idea e si diresse alla porta.

«Aspetti, commissario. Se crede, l'accompagno. Potrò esserle utile, forse. E poi vorrei sapere...».

De Vincenzi lo guardò.

«Passi» gli disse, quando furono sulla porta.

E l'uscio si richiuse alle loro spalle.

Come un automa, Norina tornò alle sue faccende.

L'appartamento ricadde nel silenzio.

Nella propria camera, la signora Magni, abbandonata in una poltrona, fissava il vuoto, con gli occhi pieni di lacrime.

Capitolo sesto

«Un vittorioso, un fortunato della vita»

De Vincenzi camminava in fretta e il dottor Marini gli si teneva al fianco. I due uomini tacevano.

De Vincenzi pensava a Patt Drury. Strana creatura! Certo, sapeva più di quanto non volesse dire. Certo, qualcosa doveva essere accaduto alla vigilia o durante la notte, che la ragazza non ignorava e che conosciuto da lui avrebbe contribuito a fargli spiegare il mistero. Ed era egualmente certo che tra lei e il dottor Verga esistevano rapporti di simpatia, forse d'amore, forse intimi addirittura. Innamorati, fidanzati, amanti? Ma da tutte queste certezze dedurre che fossero complici e che quel giovanotto avesse ucciso il senatore Magni ci correva. Strano individuo umano anche lui! Era entrato visibilmente sconvolto e poi, non appena aveva saputo di trovarsi di fronte a un funzionario della Questura, s'era dominato al punto da apparire indifferente e sarcastico. Che cosa temeva al principio? Che cosa temette poi, quando seppe che il senatore era stato assassinato?

Abile nel fingere, lo faceva sempre fuori tempo. Assai più padrona di se stessa, l'americana con tutta la sua freddezza ostentata, il suo cinismo ambiguo, la sua impertinente spregiudicatezza.

E quella cameriera, che alla notizia della morte — notizia sorpresa, con l'ascoltare all'uscio, il che doveva far supporre ch'ella di qualcosa dubitasse — cadeva a terra come uno straccio!

E la moglie del senatore, che viveva con la sua angoscia chiusa in cuore, mentendo per dissimularla!

Tante persone, tanti enigmi e tutti punti del mistero. Che uomo era, dunque, il morto, per aver saputo creare attorno a sé un ambiente simile di tensione morbosa, di sotterfugio e d'intrigo?

De Vincenzi si volse verso l'amico del defunto, che aveva voluto accompagnarlo e che adesso gli camminava al fianco, pensieroso in apparenza, ma evidentemente pronto a parlare dell'assassinato e ansioso di aver notizie, di conoscere particolari.

«Povero Ugo!» mormorò quello, quando si vide osservato. «È terribile!».

De Vincenzi assentì col capo e rallentò il passo.

«Mi parli del senatore, lei che gli era amico...».

«Oh! Ugo era un fortunato nella vita, un vittorioso. Vittorioso in tutto quel che intraprendeva, nella sua scienza come in politica, al tempo in cui si occupava di politica. Sulle donne e sugli uomini esercitava un vero fascino, quasi una suggestione. In amore poi non gli conosco disfatte. Le donne lo amavano...».

Non c'era invidia o amarezza nelle parole di lui, ma più tosto ammirazione.

«Aveva nemici?».

«Nemici?... Non so. Può darsi. Certo, non si passa nella vita con una tal pienezza esuberante di passione e di energia, con una tal sicurezza di se stessi, senza destare invidie e gelosie. Ma io non gli conosco nemici...».

Sembrò riflettere e poi ripeté, come a se stesso: «No, proprio non saprei vedere chi possa averlo odiato al punto di ucciderlo».

Fissò il commissario: «Ma perché lei s'informa di tutto questo? Non è stato un delitto volgare? Non lo hanno ucciso per derubarlo?...».

De Vincenzi gli rispose, sorvolando: «No, non sembra un delitto di teppa. Nulla è stato rubato di dosso al cadavere... E lei è stato compagno di studi del senatore?».

«Sì. Siamo stati in collegio assieme. Oh! Anche allora, Ugo era un vittorioso. Sempre il primo a scuola, il più intelligente, il più forte, il più agile di tutti noi... E tutte le alunne esterne della classe ne andavano pazze. Lo chiamavano il bell'Ugo e si mettevano a rischio d'esser sorprese dai professori, tanto diventavano imprudenti, quando si trattava di passargli qualche bigliettino... Ricordo! Un giorno...». Il commissario lo interruppe. «Ma la moglie?!».

«Che cosa vuol dire?» fece subito il dottor Marini,' sollevando le sopracciglia.

«La tradiva?».

«Bah!... Senza dubbio, la tradiva. Ma era sempre pieno di premure per lei... corretto e deferente».

«E la signora?».

«Come?».

«La signora lo sapeva che la tradiva?».

«Ah!...».

Fece qualche passo più in fretta, quasi volesse dissimulare le reazioni esteriori, che quella domanda gli produceva.

De Vincenzi affrettò il passo anche lui.

«Ha ragione di correre! Anch'io ho fretta».

«Va in Questura?».

«No».

«Allora, non vuol confidarmi qualche particolare?...».

«Vorrebbe vedere il suo amico?».

«Certo!... Se è necessario... a ben pensarci, no, preferisco non vederlo. Non potrei più far nulla per lui e ne riceverei un'impressione troppo forte. Mia moglie me lo rimprovererebbe, ella sa quanto ero affezionato a Magni».

«Ha moglie, lei?».

«Sì».

«Io la lascio. Debbo andare. Ma la prego di passare nel mio ufficio a San Fedele, oggi nel pomeriggio».

«Sta bene».

Il commissario gli tese la mano.

«A rivederla. E sappia che conto molto sul suo aiuto, per trovare l'assassino del senatore».

«Oh! Ci conti! Quanto è umanamente possibile... Ma io, sa?, se avevo molta dimestichezza con Ugo, ero ben lontano dal conoscere i particolari della sua vita intima e tanto meno i suoi segreti... Ci vedevamo spesso, in questi ultimi tempi, perché avevamo trovato un medium molto interessante e le sedute erano frequenti...».

Il commissario, che stava per allontanarsi, si fermò di colpo.

«Un medium?... Le sedute?...». «Ah! Non lo sa?... Non sa che il professor Magni era un fervente spiritista, come me, del resto?».

«E chi vuole che me lo abbia detto?». «Credevo lo sapesse. La cosa è nota. Ugo non faceva mistero di tale sua convinzione... Ha anche scritto di spiritismo su riviste scientifiche ed era socio del Circolo di Studi Psichici di via Broletto... Anch'io lo sono...».

«E queste sedute?». Il dottor Marini sorrise.

«Che cosa crede? Lei pensa già a fantasmi bianchi, ad apparizioni di defunti, a teschi, a ossa da morto che danzano e a tutto il ciarpame romantico delle leggende...».

«Io non penso a nulla!» lo interruppe bruscamente il commissario. «Ma ne parleremo oggi. Grazie, intanto».

E s'allontanò. Quando fu all'angolo di via Cesare Battisti con via Corridoni, voltando a destra, guardò dietro di sé e vide il dottore che si era fermato e lo seguiva con lo sguardo.

Un altro anello della catena anche lui! pensò De Vincenzi, mentre raggiungeva più in fretta possibile il negozio e sorrise dentro di sé, perché infatti anche in una seduta spiritica si forma la catena... A ogni modo, quell'amico ambiguamente sfuggevole gli aveva dato qualche particolare di gran conto e la storia delle sedute spiritiche era da ricordare. Ma si poteva supporre e ammettere che il senatore rincasasse tardi alla notte e talvolta non rincasasse affatto, perché trascorreva le nottate al Circolo di Studi Psichici? Questo era un particolare facilmente controllabile, del resto, ma se lui era rimasto colpito dal fatto delle pratiche spiritiche, doveva riconoscere con se stesso che era proprio per quel tanto di misterioso e di allucinante, che quelle pratiche hanno agli occhi dei profani. E, per quanto egli non fosse del tutto un profano, perché già si era occupato — soltanto sui libri naturalmente — di magia e di spiritismo, aveva avuto sempre un senso di pavido stupore dinanzi a coloro che praticano i riti magici o tentano di materializzare e d'interrogare le forze oscure dell'aldilà.

Un fatto appariva innegabile: la filosofia occulta era stata la nutrice e la madrina di tutte le religioni, la leva segreta di quasi tutte le forze intellettuali, la chiave di ogni mistero divino, la dominatrice di gran numero di esseri umani...

Ricordò la Profezia d'Ezechiele e l'Apocalisse, che l'infallibile Chiesa Cristiana non aveva neppur tentato di spiegare... Ma qui non si trattava ancora di magia, per buona fortuna! Se mai, di qualcosa di simile alle esperienze dei coniugi Taylor, di cui aveva letto la descrizione su di una rivista di studi psichici, che un giorno gli era capitata per caso nelle mani.

Era così immerso in tali pensieri che si trovò senza accorgersene davanti alla bottega del libraio, in mezzo alla gente, ancora ferma nella strada a commentare. Diede una crollata di spalle e si fece largo fra i curiosi. Appena dentro, vide l'impiegato della libreria, che, salito su di una scala, passava in rivista le più alte file dei libri, sotto il soffitto. Giovanni stava appoggiato al bancone e Cruni s'era seduto dinanzi alla porta di fondo e fumava. Quando vide il commissario, il brigadiere si alzò. «E così?».

«È venuto il giudice, ha dato il nulla osta e io ho fatto subito portar via il cadavere. Ho raccomandato di metter da parte i vestiti, senza scuoterli, perché lei potesse esaminarli...».

«Hai fatto bene...».

De Vincenzi gli dava del tu, come faceva sempre quando era assorto o quando aveva da agire in fretta.

«E che cosa ha detto il giudice?».

«Che se la sbrighi lei e lo informi». «Ha interrogato qualcuno?».

Dall'alto della scala, si sentì la voce di Pietrosanto, stranamente lamentosa, quasi venata di pianto: «Ha interrogato me. Voleva sapere perché non avevo chiuso la porta del cortile, ieri sera... Ma io l'avevo chiusa o per lo meno mi ero informato, nell'uscire, se era chiusa. Di solito la chiude il signor Chirico, quando fa il giro delle stanze, per vedere se tutte le luci sono spente...».

«A proposito, quando viene questo vostro signor Chirico? Ha il telefono a casa? Lei gli ha telefonato?».

«Io? Nooo!... Oh! Come facevo a dirgli per telefono che c'era un cadavere in negozio?».

«Beh! Poteva dirgli che era necessaria la sua presenza e null'altro...».

«Già. Non ci ho pensato. Che vuole? Lei sarà abituato ai cadaveri, lei! Io no e ne sono ancora sconvolto... Ma che le pare uno scherzo da niente questo qui?...».

Continuava a parlare dal sommo della scala e De Vincenzi lo guardava dal basso, senza riuscire a trattenere un sorriso divertito. Era comico, povero uomo e non si poteva davvero fargliene colpa! Teneva ancora il cappello in testa e certo s'era rifugiato là in alto, per aver l'aria di far qualcosa.

«Che cosa fa, lassù? Venga qui...».

«Subito, signor commissario».

E scese così in fretta, che a momenti cadeva.

«Stia attento!».

«Oh! Che crede che sia finita per me? Quando le disgrazie cominciano...».

«Si metta a sedere... Anzi, no. Venga di là con me...».

L'altro ebbe un sussulto.

«Ha paura?».

«Paura? No!».

Ma s'era sbiancato. De Vincenzi lo guardava con simpatia. Un uomo intelligente doveva essere e colto. Si vedeva che in quel negozio, tra quei libri polverosi, accatastati in disordine, rovesciati per terra, gettati dovunque, lui ci pativa, abituato al suo nego zio d'un tempo, dove si davano convegno i letterati e gli studiosi più noti, con le loro mogli e le loro amanti in pelliccia.

«Paura, no. Non credo. Ma certo mi fa impressione andar di là e non so neppure se riuscirò a rimanere nella libreria, dopo quanto è successo... È vero che non vedo come mia moglie e io mangeremmo, se me ne andassi!...».

«Ebbene, rimanga pure qui. Andrò io solo».

E Pietrosanto, senza farselo ripetere, chiuse la scala, e tornò a sedere davanti alle schede del catalogo.

De Vincenzi infilò il corridoio, e si trovò ancora nel mezzo di quelle tre stanzette.

Il cadavere, adesso, non c'era più. Per terra si vedeva la striscia lasciata sulla polvere dal corpo trascinato. De Vincenzi si chinò a osservare quella traccia e notò subito una particolarità strana: la striscia non era unita, continua, come senza dubbio sarebbe apparsa, se fosse stato il corpo del morto a segnarla. In due punti essa s'interrompeva e il pavimento appariva coperto di polvere non toccata.

Osservò meglio e vide che era proprio così: in quei due punti, il corpo non aveva strisciato sulla polvere. Alzò il capo e si guardò attorno. Era perplesso. Se avessero trascinato un corpo inerte, non era assolutamente possibile che esso avesse lasciato dietro di sé tracce di quella sorta. De Vincenzi guardò in terra, come se volesse trovarvi la spiegazione del mistero. Libri, riviste, giornali, qualche foglio di carta da imballo, funicelle, chiodi e polvere... Sotto un bancone, addossato al muro della stanzetta di destra, vide un sacco. Senza saper chiaramente neppur lui perché lo facesse, si chinò a osservarlo, lo sollevò, prendendolo con due dita. Nella parte che toccava il pavimento era sporco di polvere, ma sporco in una forma strana, come se se ne fossero serviti di proposito per raccoglier la polvere dal terreno. Il commissario andò verso il corridoio e chiamò: «Giovanni!».

Di corsa, muovendosi a quel suo modo disordinato di ragazzo cresciuto in fretta, Giovanni arrivò e, quando De Vincenzi gli ebbe indicato il sacco, rispose subito: «No, non era lì. È il sacco che serve a trasportar via la cartaccia. Non me ne sono mai servito per levar la polvere».

«E dov'era?».

«Nella stanza di fondo, sopra una cassa».

«Ho capito» fece De Vincenzi.

E aveva capito, infatti, che quello doveva essere un elemento essenziale alla spiegazione del mistero.

Il delinquente con cui aveva da fare era d'indiscutibile abilità.

Tornò in negozio e chiese a Pietrosanto: «Lei è sicuro che il senatore Magni non fosse un frequentatore del negozio, un cliente, insomma?».

«Sicurissimo. Sono qui da due anni e non l'ho mai veduto entrare da quella porta. Ho detto di conoscerlo, perché era una figura nota a Milano... Ma adesso sono certo di non avergli mai parlato......

«Uhm!» fece il commissario e sedette sul bancone tra i libri.

Era assorto.

Pietrosanto lo fissò trasecolato: non aveva ancora veduto nessuno sedersi sul bancone sacro ai libri.

De Vincenzi faceva il punto.

Un delinquente di gran classe, indubbiamente! Uno spirito diabolico, acuto e non privo di eleganza mentale. Tutti i particolari di quel delitto si presentavano con una linea prestabilita e meditata.

Fissò questi particolari, ricapitolandoli nel cervello, perché lui non prendeva mai appunti scritti.

— Al cadavere mancava il cappello; — nulla gli era stato rubato; — la striscia sulla polvere presentava due soluzioni di continuità; — i ferri chirurgici e il camice del professore (quegli oggetti appartenevano poi realmente al senatore Magni? Ecco un punto da assodare) erano stati lasciati sui gradini di una chiesa, ravvolti in un giornale con la lettera: «Prego consegnare alla Questura»; — il professore praticava lo spiritismo; — il professore aveva una o più amanti.

Certo, altri fatti gli erano apparsi, ma per ora erano questi che occorreva tener nettamente in primo piano.

E poi c'era la telefonata della donna, che non gli riusciva di dimenticare e che si ostinava, per un oscuro presentimento, a connettere col delitto...

Le sue riflessioni furono interrotte da Gualtiero Gerolamo che, alzatosi dal tavolo, gli si era andato a mettere accosto, senza che lui lo avesse inteso. Una delle specialità dell'ottimo Gualmo era quella di cammina re come un gatto, a passi di velluto. De Vincenzi, nel vederselo davanti, sussultò: «Eh! Che vuole lei?!».

«Dicevo...» proferì timidamente il pover'uomo. Il commissario gli scoppiò a ridere in faccia. Interdetto, l'altro s'interruppe. «Ride?».

«Ma sì... Lei porta sempre il cappello in testa, qui dentro?».

Pietrosanto esclamò: «Ah!» e se lo tolse in fretta. «Che vuole? Non capisco più niente, stamane!». «Che cosa diceva?».

«Ecco... Debbo... dovrei andare di là, a prendere un volume...».

«Ebbene, ci vada».

«Già... Ma la pregherei di farmi accompagnare dal suo... da...» e indicava Cruni, che si teneva in un angolo.

«Verrò io con lei...» disse il commissario, senza ridere più.

Nel retrobottega, Pietrosanto si mise a cercare, nelle scansie. A un tratto, lanciò un piccolo grido: «Ah! Guardi qui commissario!». «Che cosa c'è?».

«Dica che cosa non c'è più! Manca un libro...». «Come?».

«Iersera qui c'era un volume, che adesso non c'è più». «Vuol dire che l'hanno rubato?». «Non so. Il fatto è che è sparito...». «Era un volume raro? Di gran prezzo?».

«Di gran prezzo? Oh! Per i prezzi correnti, certo che era di gran prezzo. Vede? In questo scaffale non ci sono che libri rari, quei volumi che noi mostriamo soltanto ai bibliofili qualificati, ai clienti che possono spendere... Prezzo?... Sicuro... Forse duemila lire, forse più... Non posso dirglielo ancora, perché non so quale sia il volume che manca; ma glielo dirò». «Bravo!... Me lo sappia dire con precisione». E De Vincenzi si avviò verso il negozio. Mancava un volume! Che fosse raro o meno, per lui, ai fini dell'inchiesta, non importava.

Era presumibile che l'assassino, il quale non aveva tolto di dosso al cadavere neppure un centesimo, né un gioiello, né altro di valore, avesse poi rubato un libro? Per raro che fosse, era difficilmente convertibile in denaro. E ad ogni modo, perché prendere un oggetto, che poteva denunziare colui o coloro che avessero tentato di esitarlo, quando vi erano lì, a portata di mano, tremila e più lire, che nessuno avrebbe potuto riconoscere come appartenenti al morto?

Quando furono in negozio, Pietrosanto cominciò a compulsar febbrilmente schede ed elenchi, per trovare quale volume mancasse dalla scansia dei libri rari.

De Vincenzi si mise a sfogliare un grosso atlante. Cruni taceva sempre, abituato, ormai, a quelle lunghe attese che, per chiunque altro meno dotato di paziente abulia, sarebbero state snervanti. Giovanni si tirava le dita e ogni tanto si sentiva il rumore caratteristico dei tendini accavallati. «Che diavolo è successo, dunque, che qui davanti c'è un gruppo di gente ferma!?... E lei perché sta tranquillamente seduto, mentre in negozio ci sono clienti?».

Era entrato un ometto piccino e risecchito, con un pastrano lungo fino ai calcagni e un cappello floscio in testa, e si agitava, in preda a una collera sorda.

Gualmo sollevò il capo dalle schede e, guardando il sopravvenuto coi suoi grandi occhi glauchi e miti, chiese con sarcasmo: «Clienti? Quali clienti?».

«E questi signori, chi sono?» e l'ometto indicò De Vincenzi e Cruni, che tacevano, osservando la scena.

«Quel signore è un commissario e l'altro è un brigadiere di Polizia...».

«Ah!» fece l'ometto, impallidendo. «E che... che cosa... desiderano?».

Balbettava.

Nessuno gli rispose.

Lui si turbò maggiormente, sotto lo sguardo scrutatore di De Vincenzi.

«Che c'è?... Ma che c'è, dunque, Pietrosanto?...».

«C'è... c'è... che stamane, quando ho aperto il negozio... ho trovato un cadavere di là...».

«Che dice?!» urlò quell'altro.

«Dico un cadavere!» ripeté con crudele soddisfazione il serafico Gualmo, che si vendicava in quel momento di due anni di tirannia.

«Un cadavere!...».

Girava attorno gli occhi come in cerca di soccorso.

«Un cadavere!...».

E il signor Chirico, padrone della libreria, si tolse il cappello e si grattò accanitamente la testa, dai capelli bianchi, tagliati corti, duri e diritti come una spazzola.

«Vuol scherzare lei!».

«Il suo impiegato non scherza! C'era proprio un cadavere nel suo negozio...».

«Ma allora... allora...» fece Chirico, senza più fiato «hanno rubato?».

«Che cosa voleva che rubassero?» esclamò Pietrosanto. «I libri?!».

«E perché no?».

«E un libro, lo hanno rubato, infatti. Ma questo non ha importanza, per ora» interloquì De Vincenzi.

Il proprietario di tutti quei libri pensò che anche uno solo di essi aveva importanza per lui, ma non osò obbiettar nulla. Fece il gesto di grattarsi nuovamente la testa e si trattenne.

«Conosceva il senatore Magni?».

Chirico spalancò gli occhi.

«Non vorrà dire?».

«Conosceva il senatore Magni?».

«Certo!».

«Era suo cliente?».

«No. Ma era socio del Circolo di Studi Psichici di cui io sono il segretario».

«Ah! Lei è il segretario del Circolo di via Broletto?». «Precisamente». «Crede nello spiritismo, lei?». «Perché?» chiese l'ometto, che non voleva lasciarsi andare a una confessione di fede, proprio in quel momento. «Mi parli del senatore».

«Uno scienziato. Un uomo affabile e senza boria. Interveniva a tutte le nostre sedute».

«Le tenevano di notte?».

«Ma no! Qualche rara volta di sera; ma di solito al pomeriggio».

«E ieri sera, c'è stata seduta?».

«No. Gliel'ho detto: assai raramente. Quando qualche socio lo chiedeva, perché impedito di giorno».

«E l'ultima seduta alla quale ha partecipato il senatore, quando è stata?».

«Tre giorni orsono... Sì, è proprio così, sabato scorso... oggi siamo a martedì...».

«E oltre al professore chi assisteva a quella seduta?...».

«Non rammento ora... ma potrò dirglielo... Eravamo in undici...».

«Il dottor Marini?».

«Quello era sempre presente, quando veniva il senatore. Ma lei come lo sa?».

«E il medium chi era?».

«Una donna».

«Chi?» chiese De Vincenzi, martellando quel monosillabo con impazienza.

«Una donna, che io vedevo per la prima volta e che era stata presentata da un socio...».

«E il senatore la conosceva?».

«Non credo».

«E il dottor Marini?».

«Neppure».

«Desidero il nome e l'indirizzo di quella donna».

«Glielo farò avere... debbo informarmi al Circolo... cercherò di ricordarmi chi l'ha presentata...».

«No. Lei ora andrà col brigadiere, s'informerà, la cercherà e la condurrà da me a San Fedele, alle 14 di oggi... Cruni, accompagna il signor Chirico... e non lasciarlo...».

Cruni si mosse.

L'ometto si guardava attorno smarrito. Si grattò in testa, mormorò: «Un cadavere... Il senatore!... Nel mio negozio...» e tornò a grattarsi.

Guardò disperatamente Pietrosanto, come per chiedere il suo aiuto.

«Come faccio? Ho tante cose urgenti...».

«Non importa. Questa è la più urgente di tutte...».

Dal corridoio venne il suono saltellante, rabbioso del telefono. Gualmo fece per correre.

«No!» lo fermò De Vincenzi. «Vai tu, Cruni».

Il brigadiere tornò subito.

«È per lei, cavaliere».

De Vincenzi andò al telefono.

Era la Questura.

«Che volete?».

Gli rispose il telefonista.

«Dottor De Vincenzi, è lei?».

«Parla! Che vuoi?».

«Meno male!... L'ho cercata anche a casa del senatore Magni e m'hanno detto che lei era già andato via...».

«Ebbene?».

«Il dottor Sani la prega di venire subito in Questura... C'è una signorina nei locali della Squadra, che deve parlare con lei...».

«È quella che ha telefonato stamattina?».

«Come lo sa? Il dottor Sani mi ha detto proprio così...».

«Vengo subito!».

Riappese il ricevitore e tornò quasi correndo nel negozio.

«Cruni va', e fa' quel che t'ho detto».

Uscì sulla soglia e chiamò i due agenti, che aveva lasciati Maccari, e che stavano a fumare sul marciapiede.

«Voialtri!».

Quelli accorsero.

«Entrate e non vi muovete di qui».

Corse al largo del Verziere e prese un tassi. Mentre vi saliva, vide scendere da via Corridoni Cruni col signor Chirico. Il brigadiere teneva per un braccio l'ometto, che si agitava tutto e che faceva grandi gesti di disperazione.

Capitolo settimo

Un romanzo d'amore

Anche quest'altra donna era bella!

Decisamente, la caratteristica più notevole di tutta la inchiesta per l'assassinio del senatore Magni era costituita da una esuberante quantità di donne belle.

De Vincenzi l'osservò rapidamente.

Sani l'aveva fatta sedere davanti alla scrivania del suo superiore, dicendogli: «La signorina ha telefonato, stamane alle sette, perché desiderava parlare con un commissario. Poco fa ha chiamato di nuovo e l'hanno messa in comunicazione con me... Io le ho detto di venire alla Squadra e ti ho fatto avvertire...».

«Bene. Grazie».

Sani si ritirò.

La ragazza guardava il commissario con occhi smarriti. Aveva le pupille brillanti, quasi fosforescenti. Tremava leggermente. Una signorina di buona famiglia, sembrava, per quanto avesse le labbra troppo rosse e le palpebre bistrate. Era elegante, con distinzione. Nulla di troppo vistoso in lei, se non la gran massa dei capelli di rame, che fiammeggiava sotto il cappellino nero.

«Desidera parlare con un commissario?». «Sì...».

«Dica pure...».

«Forse, non le sembrerà molto interessante quel che sto per dirle... Io stessa mi domando perché sia venuta... Ma è stato più forte di me... Non sono riuscita a chiuder occhio tutta la notte... Stamane, appena si è aperto il caffè di fronte a casa mia, ho telefonato. Poi, quando stavo per parlare mi sono pentita e ho riappeso il ricevitore... Ma tant'è!... Non resistevo più. Forse, ho fatto male...». Quasi piangeva.

«Si calmi, signorina. Non ha fatto male. Vedrà che ha fatto bene, anzi... Ma mi dica tutto!».

«Sì, le dirò tutto... Ah! Ma lei mi deve promettere di non dirgli mai che sono stata io! Non me lo perdonerebbe e io, invece, voglio che mi perdoni!... Non spero che torni ad amarmi, ma, se penso che può capitargli qualcosa di male, impazzisco!... E vero che lei lo impedirà? Che lo proteggerà? Ma senza che lui lo sappia!...». Sbarrò gli occhi: «Oh! Se quell'altro lo uccidesse!». E si coprì il volto con le mani, come davanti a una visione atroce.

«Si calmi» ripeté De Vincenzi. «Certo, noi lo proteggeremo... ma occorre che lei mi dica di che si tratta... e di chi si tratta soprattutto...». La ragazza singhiozzava: «Ah! Mi perdoni!... Sono molto agitata... Ho tanto sofferto!... E ho dovuto sempre fingere a casa mia, per non farmene accorgere da mia madre... Anche stamattina, per telefonare, sono uscita di casa, perché mia madre non vuole che telefoni a lui e mi sorveglia sempre...».

«Sì, naturalmente... Capisco... Ma qui può stare tranquilla... E lui... chi è?».

«L'ho conosciuto a casa di una nostra amica... Mi ha fatto subito la corte... mi piaceva... l'ho amato!... Anche lui sembrava innamorato di me... parlava di matrimonio... aspettava di prendere la laurea, per presentarsi ai miei genitori... Per un anno sono stata felice... Si è laureato ed... è diventato l'assistente del professor Magni... Da quel momento ha cominciato a trascurarmi... si è allontanato da me... Mi diceva che era per il gran lavoro... le visite... le operazioni... l'ospedale... Pretesti! Invece...».

Si rizzò, fiera, sfavillante, accesa d'odio.

«Invece, era per una donna! Per quella sgualdrina!... Un'americana, che è stata l'amante di tutti... persino del professore!... Capisce?...».

De Vincenzi ascoltava con attenzione, cercando di non dimostrare l'interesse enorme, che quelle rivelazioni, apparentemente incoerenti e banali, avevano per lui.

«Capisco, signorina. E le sono vicino con tutta la mia simpatia commossa, lo creda! Ma parli tranquillamente... cerchi di ritrovare le sue idee chiare... Se lei è venuta qui... in Questura... vuol dire che è accaduto un fatto nuovo grave... L'uomo che ama è minacciato?».

«Oh! Sì!... Quell'altro non scherza e ieri sera glielo ha gridato in faccia: «Un'altra volta che lei osa minacciarmi, le do la lezione che merita! E le garantisco che non faccio le cose a metà, io!...». «Perché, vede, Edoardo lo aveva colpito... sì, lo aveva schiaffeggiato... e il professore aveva afferrato una seggiola e, se non ci fosse stata l'americana... quella sgualdrina, chi sa che cosa sarebbe accaduto!... Anch'io! Anch'io mi sono lanciata... ma Edoardo aveva chiuso la porta dietro di sé e, quando uscì era con lei... con quell'altra... e io son dovuta scappare.... ho dovuto nascondermi...».

Singhiozzò ancora. Le lacrime le scorrevano per le gote.

De Vincenzi la lasciò piangere in silenzio. Bisognava farla parlare, senza darle l'impressione di volerla stimolare, e senza soprattutto che dubitasse dell'importanza di quanto diceva.

«Bene, signorina. Capisco il suo dolore... Vedrà che nulla, però, è irreparabile...».

«Lo crede?» chiese lei, con ansiosa speranza.

«Ma sicuro!... Si torna sempre al primo amore, quando è puro e buono... Un'avventura non conta... È uno smarrimento momentaneo... Vedrà!...».

«Ah! Se fosse vero! Lo amo tanto...».

«Dunque, lei lo conobbe in casa di un'amica... E come si chiama, lui?».

«Edoardo!... E il dottor Edoardo Verga... assistente del senatore Magni...».

«Capisco».

«E la donna che l'ha stregato... che me lo ha portato via... è una certa Pazienza... Drury... o qualcosa di simile... ma ieri sera ho sentito che Edoardo la chiamava Patt».

«Dunque signorina... ieri sera?...».

«Sì...».

Ebbe un'esitazione.

«Non abbia timore» disse subito De Vincenzi, con cordialità, per infonderle fiducia. «E poi lei ha parlato di un litigio... di minacce... Può darsi ch'io possa intervenire in tempo...».

«Sì, è per questo. Non voglio che Edoardo corra il rischio d'una vendetta. Se tutto si riducesse a perdere il posto presso il senatore sarebbe un bene per lui e per me!... Ma io conosco Edoardo... È un violento... e l'altro può condurlo a qualche eccesso... Se pure invece...». Si coprì di nuovo il volto con le mani. De Vincenzi fece un gesto d'impazienza, che subito contenne.

«Su via, signorina, disperarsi per quanto non è avvenuto ancora... e forse non avverrà mai, specialmente se lei ha fiducia in me... è inutile e puerile. Si vinca e mi dica con precisione quel che è accaduto iersera. Soltanto così, potrò aiutarla». La giovane mostrò il volto bagnato di lacrime. «Ha ragione... Ieri, io avevo deciso di avere una spiegazione con Edoardo. Per quanto sapessi, oramai, che egli era l'amante di quella donna... speravo di poterlo ricondurre a me. E poi, che vuole? Avevo bisogno di vederlo, di parlargli! Dissi alla mamma che ero stata invitata a pranzo da un'amica... perché supponevo di non poter ritornare a casa che molto tardi... e prima delle sei ero sul viale Bianca Maria, davanti alla casa del senatore... Alle sette, Edoardo uscì...».

«Con quell'americana, come lei la chiama?». «No. Solo. Io stavo per attraversare la strada e avvicinarmigli... ma in quel momento passarono alcune auto... un camion... dovetti fermarmi e lui fece in tempo a raggiungere Porta Vittoria e a salire in un tassi. Mi misi a correre, saltai in un'altra macchina e dissi all'autista di seguire la prima... Fu una corsa fino al Sempioncino... Quando vidi che l'auto si dirigeva oltre il Sempione, compresi che Edoardo aveva un appuntamento... Certo, qualcosa di insolito... Mi dissi che non era possibile che io lo avvicinassi, fin quando almeno non avessi saputo quel che intendeva fare e con chi doveva incontrarsi... Così, quando discese dal tassi davanti al ristorante... laggiù... mi tenni nascosta dentro la macchina, che avevo fatto fermare a una certa distanza. Edoardo mandò via il tassi, si mise a passeggiare davanti al locale... Non capivo... Temevo che si fosse accorto d'essere spiato da me... che mi rimproverasse... che andasse in collera. Ero pentita di averlo seguito... A un tratto... dopo circa mezz'ora di attesa... lo vidi cacciarsi dietro un albero... Era comparsa un'auto... Si fermò anch'essa davanti al Sempioncino e ne discese prima il professor Magni, poi quella donna... Entrarono nel locale... Allora, capii e cominciai ad aver paura. Certamente, Edoardo aveva saputo che loro si dovevano recare a pranzo laggiù e voleva sorprenderli... Avrei voluto impedirglielo... Ma come? Non potevo che rimaner dove ero... e aspettare...».

Fece una pausa. Tremava tutta, povera figliuola!

Ma che fortuna per lui che quella ragazza fosse innamorata e gelosa! «E poi?...».

«E poi... vidi Edoardo che, uscito di dietro all'albero, dopo esser rimasto per qualche minuto in mezzo al viale, faceva un gesto di decisione ed entrava anche lui... Non mi tenni più... Mi aveva invasa una angoscia mortale... Pensai con terrore a un dramma... Mi precipitai dal tassì e gli corsi dietro... Passai correndo per una sala illuminata... Vidi davanti a me Edoardo, che infilava una scala... lo seguii... cercai di raggiungerlo... Avrei voluto chiamarlo, ma il fiato mi mancò. Lui salì al primo piano... andò diretto all'uscio d'un salottino riservato... lo spalancò ed entrò, richiudendolo a chiave dietro di sé... Udii nettamente il rumore della chiave nella serratura e un brivido di terrore mi percorse la schiena. Raggiunsi quell'uscio e mi gettai contro i battenti... Inutilmente! Rimasi lì, allora, e lo scoppio delle voci mi raggiunse... Quella alta, violenta di Edoardo, l'altra gelida, sferzante del senatore...».

«E la donna?» chiese De Vincenzi.

«Taceva, o per lo meno, io non sentii la sua voce... la voce di Edoardo saliva di tono...».

«Minacciava?».

«Naturalmente! Insultava il senatore, chiamandolo vecchio donnaiolo. Lo accusava di essersi servito di un ricatto, per condurre la donna lì dentro...».

«E Magni?».

«Sogghignava! Intimava a Edoardo di uscire... Lo minacciava di cacciarlo di casa sua e di farlo espellere dall'ospedale... Poi le voci divennero violente... Udii il rumore di uno schiaffo... della lotta... Io fremevo... Misi l'occhio alla serratura e vidi il senatore che alzava una seggiola... per darla sulla testa a Edoardo... L'americana si frappose... A un tratto li sentii correre verso la porta... Feci appena in tempo a trarmi da parte e a nascondermi dietro l'angolo del corridoio... Edoardo uscì assieme a quella donna... Correvano... Scomparvero giù per le scale...».

«E il professore?».

«Era rimasto nel salottino. Chiamò il direttore del locale... Credo che pagasse il conto... Non so... Ma dopo poco anche lui se ne andò... E io presi di nuovo il tassì e mi feci portare a casa... Ah! Che angoscia!».

Tutto era lì, dunque; ma era già molto. Si poteva supporre che quel giovanotto più tardi avesse freddamente, con crudeltà vendicativa, atteso per la strada il professore, lo avesse ucciso e ne avesse portato il cadavere dentro la libreria di via Corridoni? Se le cose si erano svolte così, occorreva ammettere che il senatore Magni si fosse attardato fuori di casa per alcune ore ancora, dacché non era possibile credere che il delitto fosse stato commesso prima delle due o delle tre di notte. Dove era andato il senatore una volta uscito dal Sempioncino? E come aveva fatto il dottor Verga a incontrarlo di nuovo, dato che fosse lui l'assassino?

Tante domande senza risposta, pel momento. Per quanto gli indizi a carico di quel giovanotto si fossero fatti più tosto consistenti, De Vincenzi era ben lungi dal sentirsi convinto della sua colpevolezza. Un violento era, anche un passionale, un emotivo dalle reazioni eccessive e mal controllate — ma le caratteristiche di quel delitto non erano appunto tali, da far pensare che tutti avessero potuto commetterlo, tranne un individuo non padrone di se stesso?

La ragazza fissava il commissario che s'era assorto, dimenticando completamente la presenza di lei, e non capiva la ragione di quella concentrazione silenziosa e come carica di minacce.

«Farà qualche cosa per lui?... Impedirà che il senatore si vendichi?».

De Vincenzi, richiamato alla realtà, disse bruscamente: «Non c'è più nulla da fare, signorina!». «Che cosa dice?» chiese la donna, sbarrando gli occhi.

«La notte scorsa, il senatore Magni è stato assassinato...».

«No!» gridò la ragazza, levandosi in piedi e tendendo le mani davanti a sé.

De Vincenzi si lanciò e fece appena in tempo a riceverla tra le braccia, che quella cadeva.

Accorse Sani. Fu necessario spruzzarle d'acqua il volto e aprir la finestra perché entrasse aria pura.

Lentamente rinvenne.

Sulle prime non comprendeva, che cosa fosse avvenuto, né dove si trovasse. Quando ricordò, il terrore la invase di nuovo.

«Ma non è stato Edoardo! Mi dica che non è stato lui a uccidere!» supplicò, rivolta a De Vincenzi.

«Ma no! Non è stato lui. Ancora non si può neppur supporre chi abbia commesso un simile delitto. Il senatore è stato colpito a tradimento...».

La giovane mandò un sospiro di sollievo e le tornarono i colori alle gote.

«Se è stato colpito a tradimento, l'assassino non può essere Edoardo!».

«Naturalmente» fece il commissario, per rassicurarla. La ragazza si alzò. «Mi perdoni il disturbo inutile...». Poi fu assalita da un pensiero improvviso e si fece scura in volto. Aggrottò le sopracciglia, strinse le labbra. «Ma lei, perché mi ha fatto parlare, se sapeva che il senatore era morto?».

«E perché avrei dovuto non lasciarla parlare?» rispose De Vincenzi, con la sua aria più candida. «Su via! Non pensi più a tutto questo e torni a casa tranquillamente. Il tempo... e gli avvenimenti daranno ragione al suo amore... Ma prima, mi scusi, vuol dirmi il suo nome?».

«Fioretta Vaghi...». «E dove abita?».

«Non verrà a cercarmi a casa dei miei genitori!» esclamò con spavento.

«Perché vuole che ne abbia bisogno?». «Via Pisacane, 42…». «Grazie…».

E uscì non del tutto rassicurata.

De Vincenzi pensò che almeno il mistero della telefonata era svelato.

Capitolo ottavo

Il peso dell'inconoscibile

Erano circa le quattordici, quando De Vincenzi, che aveva fatto una sommaria colazione in una piccola trattoria accanto a San Fedele, vide entrare nel suo ufficio Cruni.

«Stanno qui di fuori, cavaliere...».

De Vincenzi era stato sorpreso a leggere. Alzò la testa.

«Ah! E chi c'è lì di fuori?».

«Il libraio e due donne...».

«Due? Perché due?».

«Siamo andati a casa sua a prendere la media... quella che parla con gli spiriti... e la figlia ha voluto assolutamente accompagnarla...».

Il commissario non aveva neppure sorriso allo strafalcione del brigadiere.

«Che gente sono?».

«Modesta, ma per bene. La figlia fa la maestra e la madre è vedova d'un impiegato alle ferrovie... Una casa con bei mobili in via Cosimo del Fante...».

«Falli entrare».

Per quanto il brigadiere fosse stato abbastanza esatto nel dare le informazioni sulle due donne, De Vin cenzi non poté trattenere un moto di sorpresa, quando se le vide davanti.

Se la figlia era una figurina sottile, insignificante, dal colorito scialbo, dagli occhi senza espressione particolare e la madre una donna d'una cinquantina d'anni più tosto obesa, già troppo flaccida per quella che doveva essere la sua età, dati i capelli neri senza fili d'argento e i denti tutti sani e smaglianti, entrambe avevano un'innegabile distinzione e una certa eleganza nel vestire, severa e di buon gusto, superiore alla loro classe sociale. Avanzarono verso la scrivania del commissario con serena dignità. Accanto a esse Chirico appariva più piccolo e giallo, tutto movimenti disordinati e gesti inquieti. «Seggano» disse subito De Vincenzi e, poiché nella camera vi erano due sole seggiole, oltre quella del commissario, il libraio si guardò attorno, si grattò la testa e rimase in piedi.

La madre parlò subito, mentre tirava a sé la seggiola, per sedere. Aveva una voce dolce, ma stranamente profonda.

«Non arrivo davvero a comprendere per quale ragione il suo agente ci abbia obbligate a venir qui... Se è, perché io talvolta, da quando il nostro dottore scoprì che posseggo strane e notevoli virtù medianiche, acconsento a partecipare a qualche seduta spiritica, le dichiaro subito che non l'ho fatto per lucro e che non mi sono mai prestata ad alcun trucco o ciurmeria qualsiasi».

«Io te l'avevo detto, mamma, che non dovevi acconsentire!».

E la giovane si volse verso il commissario.

«Oltre tutto, le fa male alla salute, sa? E, quando torna da una di quelle sedute, per ventiquattr'ore ha il mal di capo e non può vincere un'estrema debolezza. Ecco quel che ci guadagna!».

«Già!» continuò la madre. «Questo è un fatto: non ci guadagno nulla. E può dirlo il signore qui presente...» indicò Chirico, che si affrettò ad assentire energicamente col capo «... se io ho mai chiesto e lui mi ha dato mai alcuna ricompensa in denaro per quelle due o tre volte che ho partecipato alle sedute del Circolo...».

De Vincenzi le aveva ascoltate, senza interromperle. Parlavano in fretta, ma scegliendo le parole e con una leggera enfasi. Quella doveva essere una deformazione professionale della figlia, che faceva la maestra, di cui aveva risentito la suggestione anche la madre.

«Nessuno pensa» pronunziò finalmente il commissario «a farle una colpa, signora, di queste sue pratiche...».

«Ma io non pratico nulla!».

«Dirò, allora, di queste sue virtù medianiche... E in quanto a sua figlia, ella è fuori causa...».

«In tal caso, non so spiegarmi...» mormorò la donna e fissò De Vincenzi coi suoi grandi occhi neri.

«Lei ha partecipato a una seduta spiritica tenutasi qualche giorno fa in via Broletto?».

«Può darsi... Anzi, certo è così. Ricordo perfettamente. Venne il signor Chirico a pregarmi di parteciparvi...».

De Vincenzi si volse e fissò l'ometto con occhi severi.

«Perché lei ha mentito, dicendomi che era stato un socio a presentar la signora?».

Chirico si turbò.

«Ma io... ero sconvolto... un cadavere... il senatore Magni!... Come voleva che pensassi? Che ricordassi?... Ho detto per dire...».

«Sta bene!» troncò il commissario e si volse di nuovo verso la signora. Trasalì. La donna si era fatta mortalmente pallida: sembrava stesse per mancare.

Anche questa! pensò De Vincenzi. Sarebbe la quarta, che mi sviene davanti in poche ore. Ma questa qui, poi, perché?

«Si sente male, signora?».

«Mamma! Mamma!» gridò la giovane e le corse vicino.

«Non è nulla!» mormorò lei, facendo un visibile sforzo su se stessa. «Se può darmi un po' d'acqua...».

Chirico saltellò fino all'armadio ed empì un bicchiere, versandovi l'acqua dalla caraffa, che vi si trovava accanto, sopra un vassoio di legno.

La donna bevve.

«Ha parlato di un cadavere, lui!».

«Le fanno tanta impressione a sentirli soltanto nominare!...».

«No... non è questo... Ma vorrei che lei mi dicesse di che si tratta...».

E aggiunse in fretta, con vera angoscia: «Non può essere!... Non sarà certo il senatore che è morto!...»

«Perché pensa alla morte del senatore?» chiese subito De Vincenzi.

La donna ebbe uno scialbo sorriso e guardò De Vincenzi con occhi sempre più febbrili.

Il libraio lanciava sguardi smarriti. Il suo era quasi terrore. Finalmente, riuscì a parlare.

«Si sono avuti altri casi, registrati da scienziati insospettabili. La chiaroveggenza è una facoltà riconosciuta, in certi soggetti... E terribile, però!... Attorno a noi vive tutto un mondo di cui noi nulla conosciamo!...».

«Ma che cosa state dicendo?» gridò De Vincenzi, che si sentiva invadere da uno strano malessere. «Siete impazziti!».

E poi sorrise pel primo a quel suo scatto nervoso.

«Lei taccia, per ora. Lasci parlare la signora. Che cosa teme che possa essere accaduto? Che cosa vuol dire e qual è questa sua storia del cadavere?...».

«Glielo dica lei!» disse la donna, rivolgendosi a Chirico. «Glielo dica lei...».

Il libraio appariva sempre più turbato.

«Non c'entra col delitto. È impressionante, ma non c'entra. Al commissario non può interessare un fatto di questo genere!».

«M'interessa molto, invece, e la prego di parlare, una buona volta!».

«Ebbene l'altro giorno... la seduta si svolse regolarmente... La signora cadde in trance... Avvennero i fenomeni consueti... levitazioni del tavolo... colpi intelligenti... movimenti violenti di tende... sensazione di freddo sull'epidermide dei presenti... La forza ignota, insomma, si manifestò nettamente... tanto che tutti i soci, in seguito, ebbero a dirmi che la signora aveva saputo determinare i più chiari e più plausibili fenomeni, ai quali essi avessero assistito fino allora...».

«Ebbene, continui...».

«Tra l'altro la signora accennò alla presenza di uno spirito col quale era evidente che aveva stabilito una reale corrispondenza di pensiero... E lo spirito, a un certo momento, parlò coi picchi del tavolo... predicendo la morte violenta del senatore Magni!...».

Chirico tacque. Era riuscito ad arrivare in fondo al discorso, con sforzo visibile. E adesso guardava il commissario come liberato da un peso.

De Vincenzi rifletteva. Egli non si era mai posto il problema dello spiritismo, per quanto avesse pensato molte volte a quello terribile dell'aldilà. Rammentava che una notte d'estate, per quelle sue campagne dell'Ossola, dopo aver fatto un'escursione verso la sommità d'una montagna, s'era lasciato cadere supino sull'erba e aveva lungamente contemplato il cielo stellato.

Un senso profondo, quasi religioso l'aveva invaso ed egli s'era detto che l'universo deve avere una forza d'equilibrio, che trascende ogni immaginazione umana. Potersi astrarre dal tempo e dallo spazio, vuol dire avvicinarsi a comprendere quell'equilibrio. E anche s'era detto che la vita è una forza di cui la morte non è che uno stadio e che dopo la morte non possono non esservi altre manifestazioni di forza vitale.

Ed ecco che ascoltava ora quell'ometto risecchito e pallido enunciare assiomi terribili, come questo: attorno a noi vive tutto un mondo, che non conosciamo.

E quella donna troppo grassa e troppo flaccida, che parlava scegliendo con cura le parole, aveva predetto la morte di un uomo qualche giorno prima che avvenisse!

Era una ciurmeria o una manifestazione di una vita cosciente e infinita, oltre la vita mortale?

Dovette reagire, per non farsi dominare anche lui da quel turbamento morboso e allucinante, che manifestamente aveva invaso gli altri.

«È questo che l'ha turbata poco fa?» chiese alla signora.

«Sì. Ma è proprio vero, mi dica, che il senatore Magni è morto?».

«È vero. Ma lei risponda a questa mia domanda: come ha fatto a sapere e a ricordare quella sua predizione, se lei era realmente in preda al sonno ipnotico e, quindi, nell'incoscienza?».

Fu il senatore stesso che me la rivelò, quando la seduta fu terminata. Mi si avvicinò e mi disse, sorridendo: «Dunque, io debbo morire fra pochi giorni?». Stavo per rispondergli che cosa intendesse con quelle sue parole, quando uno dei presenti gli si avvicinò e, trattolo lontano da me, gli mormorò con precipitazione: «Non sai che non si deve far conoscere al medium quanto egli ha detto e fatto durante il sonno?».

«E il senatore?».

«Il senatore si sforzò ancora di sorridere. Ma mi sembrò veramente turbato».

«Era la prima volta che lei parlava col senatore Magni?».

«Lo avevo veduto forse un paio di volte e sempre alle sedute del Circolo».

De Vincenzi si voltò a Chirico.

«Lei può dirmi altro al riguardo?».

«No. Il senatore uscì quasi subito assieme al suo amico, il dottor Marini».

«Chi aveva ipnotizzato la signora per farla cadere in trance?».

«Il dottor Marini. Egli è dotato di una reale forza magnetica».

«Bene» fece De Vincenzi.

E si alzò.

«Non c'è altro per ora. Possono andare. Ma lei signora lasci il nome e l'indirizzo al vicecommissario... Potrò aver bisogno di lei...».

«Ma non vuol dirci perché ci ha fatto venir qui?», chiese la giovane.

«Non per farmi predire l'avvenire da sua madre, a ogni modo!» rispose, sorridendo, il commissario e le accompagnò fino alla porta.

Anche Chirico stava per uscire, ma lui lo trattenne: «Si fermi, lei. Ho bisogno di qualche schiarimento». Il libraio, per la ventesima volta, si grattò in testa.

Il commissario tornò verso il tavolo.

«Mi dica! Esclude in modo assoluto che in quella seduta e nelle altre ci sia stata soperchieria? Esclude che il tavolo parlasse, perché mosso dalla forza cosciente e... truffaldina di qualche presente?».

Lo fissava negli occhi.

L'altro sorrise e, per quanto grande fosse la sua paura, seppe assumere una certa aria di indulgente compatimento.

«Mi perdoni! Lei è un profano. Qualunque cosa io ora le dicessi non mi crederebbe!».

«Risponda egualmente!».

«Non c'è stato trucco! Non ci poteva essere. I presenti a quella seduta erano tutte persone di scienza e di studio, come il senatore Magni e il dottor Marini...».

«Il dottore e il suo amico credevano sinceramente nello spiritismo?».

«Certo! Il dottor Marini più ancora del senatore e ritengo sia stato lui a iniziare il povero morto alle pratiche psichiche e spiritiche. Egli è anche un occultista e si vale del magnetismo, della suggestione...».

Sorrise, come se cercasse di non dar peso alle proprie parole — quasi lui stesso non volesse apparirne convinto — ma si vedeva che quella sua era soltanto una concessione allo scetticismo dell'ascoltatore.

«In altri tempi, si sarebbe parlato di magia...».

«Interessante!» mormorò De Vincenzi.

Seguì un silenzio.

I ferri chirurgici brillavano sul tavolo e Chirico li guardava come affascinato.

«Lei crede che i morti tornino?». La domanda risuonò secca e improvvisa come un colpo.

Il libraio ebbe un fremito. Meditò, prima di rispondere.

«Che debbo dirle?». «Quel che pensa...».

L'altro stava per parlare, De Vincenzi lo interruppe con un gesto della mano.

«Badi! Mi deve rispondere, come farebbe sotto giuramento, davanti al magistrato… La sua risposta ha per me un valore strettamente connesso alle indagini, che conduco».

«Lei crede dunque!?…».

«Per ora, non desidero creder nulla e proibisco a me stesso ogni ipotesi. È per questo che interrogo lei…».

«Se lei pensa che la predizione della medium possa connettersi col delitto… nel senso d'un trucco operato dall'assassino o da un complice…».

Alzò le spalle, come per rigettare da sé quell'ipotesi, che gli appariva mostruosa.

«Io credo che esista in un altro mondo, ma attorno a noi e a patto di certe condizioni alla portata di ciascuno di noi, una strana forza al paragone della quale ogni forza fisica è debole. E di tale forza il perverso può servirsi per fare il male, come gli esseri buoni per creare il bene. Una forza spaventosamente potente, poiché essa è l'essenza stessa della vita. L'uomo può assoggettarla talvolta. Ma soltanto mettendo a repentaglio i propri giorni, poiché essa uccide chi non sappia dominarla e servirsene!».

S'era fatto pallido, il signor Chirico, livido addirittura, ma non appariva più l'ometto insignificante di sempre.

Mentre proferiva quelle parole, sembrava sollevarsi e ingrandire con esse.

De Vincenzi ne rimase impressionato.

«Sta bene!» disse. «Può andarsene».

Poi ritrovò la sua voce tagliente.

«Non faccia toccar nulla nel retrobottega del suo negozio… Tra un paio di ore sarò di nuovo da lei».

Chirico sentì la minaccia racchiusa in quelle parole e uscì in fretta, curvo sotto il peso di essa.

Capitolo nono

Una coppia di assassini?...

«Sani» gridò De Vincenzi.

Si era scosso di colpo, dopo quasi mezz'ora di meditazione.

Il vicecommissario accorse.

«Hai bisogno di me?».

«Sì. Chiudi la porta... Adesso, ascoltami. Tra poco, verranno due giovani, un uomo e una donna. Sono gli assistenti del professore Magni. Su di essi... su tutti e due... pesano i più gravi sospetti... Gli indizi, che li implicano, sono molti e innegabili... Chiunque altro al mio posto, li farebbe arrestare immediatamente. Io no!».

Sani lo ascoltava con attenzione quasi rispettosa. Egli aveva imparato ad amare il suo Capo immediato e lo ammirava. Si sentiva legato a lui da quella solidarietà, che soltanto una stima senza riserve può creare.

«Se credi che sia bene far così, sei tu che hai ragione! Fidati del tuo fiuto».

«Non so! Questa volta, non so. Il caso è gravissimo. Bada che io non faccio alcuna distinzione fra l'assassinio di un pover uomo qualunque e quello di un personaggio importante. Per me ogni delitto è un delitto, a prescindere dalla personalità del morto. Ma questa volta lo ritengo gravissimo ed eccezionale, più per la personalità dell'assassino... che non conosco ancora... che non per quella dell'assassinato. Me ne infischio io che si tratti di un senatore! Sulla tavola anatomica un cadavere è uguale a un altro. Ma dal modo con cui si presenta, questo delitto, ha tutte le caratteristiche della perfezione». Sani sorrise.

«Credi al delitto perfetto, tu?». «Sì. E mi propongo di scoprire l'autore di questo, valendomi dei suoi stessi mezzi. Non puoi capirmi ancora. Quando tutto sarà finito... ti dimostrerò che l'unico modo per venire a capo di qualcosa, questa volta, era di agire come se si fosse trattato di un orologio da smontare. L'autore dell'assassinio ha creato una macchina impeccabile... tutte le rotelle al loro posto... il bilanciere sui rubini... ogni piccolo ingranaggio che combacia, dente a dente... È un artista! Un inventore!... Ti dico io che il genio della delinquenza esiste! Ebbene, per trovare la marca di fabbrica, bisogna smontare l'ordigno, rifacendo all'inverso il lavoro del suo autore. Togliere rotella dopo rotella... ingranaggio dopo ingranaggio... Mi capisci?...». «Cerco di capirti. A ogni modo, ti credo...». «Sì... Grazie...».

S'alzò e cominciò a passeggiare per la camera. Sani lo guardava in silenzio. Finalmente, De Vincenzi si fermò. «Scusami la digressione... Qualche volta mi lascio prendere dalla fantasia e il mio cervello vola!... Ebbene, come ti dicevo, quei due verranno. Uno è il dottor Verga, l'altra miss Patt Drury... Un tipo, miss Patti».

«Bella?».

«Non ci sono donne brutte, in quest'avventura! Non ci potevano essere. Essa è tutta impregnata di erotismo. La personalità del morto in questo si è imposta. Il senatore doveva morire, rimanendo nell'ambiente, che si era creato e nel quale viveva! Dunque, trattieni il dottore con te, di là, nella tua camera, e mandami qui per prima la donna... La interrogherò... Poi a un certo momento, farò in modo di aprire un poco la porta, che tu non chiuderai del tutto... Lascia che il dottore ascolti le nostre parole... Io alzerò la voce... Tu osserva i riflessi dell'uomo, ma dagli la libertà di agire come vuole... Anche se dovesse lanciarsi in questa camera, non impedirglielo. Hai capito?».

«È facile!» rispose Sani e si mosse per andarsene. «Vado ad aspettarli...».

De Vincenzi lo richiamò.

«Hai mandato Paoli in via Boccaccio e in via Leopardi?».

«Sì. Ha condotto un uomo. È di là con lui».

«Bene. Quando te lo dirò... lo farai venire...».

Sani uscì, richiudendo la porta dietro di sé.

Poco dopo la riapriva, per introdurre miss Patt Drury.

De Vincenzi, seduto al suo tavolo, faceva mostra di giocherellare coi ferri chirurgici, che aveva dinanzi.

«Oh! Brava, miss Drury!» esclamò, sollevando il capo e sorridendo. «Lei, oltre a essere puntuale, giunge proprio a proposito...».

L'americana avanzò con quel suo passo sicuro e ritmico, ritta sulle anche, coi sodi polpacci ben piantati e saldamente uniti alle caviglie. Era elastica e armoniosa. Il volto irregolare appariva ermetico, nonostante il sorriso artefatto delle labbra rosse. I pomelli rosei e gli occhi dorati. Aveva pagliuzze d'oro negli sguardi.

«Okay!» esclamò e, scoprendo i denti bianchi, piccoli, uguali, allargò il sorriso. «Da noi si dice okay. Per dire che tutto va bene, che si è d'accordo... Che cosa vuole da me?».

«Guardi un po' questi ferri, lei che se ne intende, e mi dica a che servono».

La ragazza li prese uno dopo l'altro.

«Bisturi...» proferì. «Serve per tagliare e incidere... Questo a forma di cacciavite è un uncino elicoide di Doyen a spire grandi e strette... Questa, che lei deve credere una forbice, è una pinza speciale per elettroemostasi...».

«Ah!» fece il commissario, perché ricordò che la ragazza aveva già nominato quell'arnese alla mattina. «È un ferro che deve esserle familiare...».

«E un ferro aristocratico... non tutti l'adoperano... E quest'altra, con la rotellina alla punta, è una pinza di Berger, che consente all'operatore di assicurarsi che il corpo estraneo è preso e di misurarne le dimensioni...».

«Di modo che è con un ferro simile a quello che lei ha tra le mani, che in questo momento, forse, stanno estraendo il proiettile dal cranio del suo maestro?».

«Può darsi...».

«Grazie della spiegazione. E ora mi dica: riconosce questi ferri, come appartenenti al professor Magni?».

L'americana fu esplicita.

«Non li ho mai veduti. Il professore ne aveva di simili, certo; ma non li portava nella sua borsa abitualmente. Escludo a ogni modo che questo bisturi appartenesse al professore. Tutti i bisturi che egli possedeva hanno il manico d'onice. Era una sua civetteria aver ferri chirurgici di molto valore».

«Afferma che non erano del senatore?».

«Credo proprio di no».

«E questo camice? Guardi!».

Miss Drury prese il camice e scosse la testa.

«Cotone!... No. I camici del professore sono tutti di puro lino».

De Vincenzi sentì che non mentiva.

«Dunque, esclude che ieri sera, il senatore, quando si recò assieme a lei al Sempioncino, avesse con sé questi ferri e questo camice?...».

La ragazza si morse le labbra e apparve turbata per un attimo.

«Il Sempioncino».

«Non è stata al Sempioncino col senatore, lei, ieri sera?».

De Vincenzi si aspettava che negasse.

«Non dico di non esservi andata. Le dico che sarebbe stato assai strano che lui fosse venuto con me, portandosi dietro quattro ferri da operazione e un camice!».

Infatti! Questa volta fu il commissario a mordersi le labbra.

«Bene! Lei dice sempre la verità, allora?».

«Quando non se ne può fare a meno... A che scopo dirla sempre?».

«Badi che è pericoloso giocare con le menzogne!». La ragazza tacque, come se quel possibile pericolo non la riguardasse. «Segga, la prego».

Lei sedette, accavallando le gambe inguainate di seta. «Perché mi ha mentito, stamane, dicendo che non aveva più veduto il professore dalle diciassette di ieri?». «Perché non mi sembrava generoso narrare un fatto che non ricadeva a onore del morto...».

«Avere invitato lei a cena è un disonore?!» esclamò con ironia il commissario.

«Avermi obbligata ad accettare l'invito sapendo che io non avevo alcuna intenzione di acconsentire ai suoi desideri... non era onorevole...».

De Vincenzi capì che stava per avventurarsi su di un terreno particolarmente bruciante ed ebbe un gesto evasivo. Prima di fare il processo al morto, voleva guardare la posizione dei vivi.

«A ogni modo, adesso lei riconosce d'essere stata col professore ieri sera. Dunque è andata con lui al ristorante. E poi?».

«E poi, nulla!» rispose miss Drury, alzando le spalle. «A che ora si lasciarono?». «Quasi subito...». Il commissario finse l'incredulità. «Non mangiarono neppure?». «No».

«Questo, infatti, lo so o lo suppongo; ma desidero sentirmelo ripetere da lei con qualche

ragione plausibile per un fatto che appare alquanto strano».

«Siamo stati interrotti...».

«Ah!».

«Ma non era strano! Io sapevo che non avrei mangiato col professore e che non mi sarei fermata con lui più del tempo strettamente necessario a fargli comprendere la inutilità delle sue insistenze...».

«Sapeva che il dottor Verga sarebbe intervenuto?».

La ragazza non sembrò turbata da quest'altro colpo.

«Non lo sapevo, naturalmente. Lo dubitavo, però, perché il mio fidanzato s'era accorto che il professore non mi dava pace e ci spiava...».

«Un momento!» esclamò De Vincenzi con forza. «Vediamo di spiegarci con chiarezza, dato che si deve dir tutto, oramai. Lei ha acconsentito a recarsi al Sempioncino col senatore Magni...».

«Sfido! O andarvi o far succedere una scena in ambulatorio!».

«Bene. Il suo fidanzato... Perché il dottor Verga è suo fidanzato, vero?».

«Sì».

«Da quando?».

«Un paio di mesi».

«Le ha detto che la sposerà?».

La ragazza accennò di sì col capo.

«Perché s'interessa a questo?».

«Perché so che il dottor Verga era fidanzato... con un'altra signorina...».

Patt sorrise.

«Lo so anch'io! E questa donna lo ama ancora! Fa bene. Dimostra di aver buon gusto!...».

Non c'era presa! Se De Vincenzi sperava di destare la sua gelosia, ci rifaceva le spese!

«Il suo fidanzato, dicevo, come seppe che lei doveva andare laggiù?».

«Io non gliel'ho detto. Ma ieri, il professore quando tornò alle cinque dall'ospedale, ebbe con me un colloquio alquanto concitato e Edoardo può averci ascoltati. Fu appunto per evitare che lui intervenisse subito, che io acconsentii a quella cena...».

«Così, il dottor Verga sopraggiunse, mentre stavano nel salottino del ristorante...».

«Già!...».

«E avvenne una scena violenta!».

«Già!».

«Il suo fidanzato schiaffeggiò il senatore...». «Già!...».

Era monosillabica con monotonia. Sembrava ci si divertisse. De Vincenzi se ne sentì irritato.

«Risponderà con meno facilità tra poco!».

«Perché?».

«E che cosa fecero, lei e il dottor Verga, quando furono usciti dal Sempioncino?».

«Edoardo mi accompagnò a casa».

«In via Boccaccio?».

«Ho un solo domicilio!».

«E salì con lei?».

«No».

«Se ne andò per suo conto?».

«Se ne andò a casa sua».

«Era agitato?».

«Che cosa intende lei per agitato? Certo, non agitava le braccia e non dava pugni in aria. Era piuttosto preoccupato, che altro. Il professore lo aveva minacciato di prendersi un altro assistente e noi sapevamo che lo avrebbe fatto. E poi poteva danneggiarlo, se voleva, anche all'ospedale. Quella spiegazione era stata inevitabile; ma rischiavamo di perdere il pane tutt'e due, perché io non sarei certamente rimasta con Magni, se Edoardo fosse andato via...».

«Di modo che il dottor Verga era ancora sconvolto, quando lasciò lei... A che ora la lasciò?».

«Il portone di casa mia si stava chiudendo e noi arrivavamo in via Boccaccio... Saranno state le dieci...».

«E il senatore Magni è stato ucciso alle due di notte!» disse, a modo di conclusione, De Vincenzi.

Miss Drury lo guardò. Un'ombra di spavento passò nelle sue pupille; ma tacque.

Il commissario si diresse alla porta, l'aprì, mise il capo nell'altra stanza e poi tornò verso di lei, lasciando l'uscio semiaperto.

«Ha compreso, lei, l'importanza di questo fatto?».

La ragazza si strinse nelle spalle.

«Tutte le supposizioni sono attendibili, dopo quanto è avvenuto al Sempioncino!».

«Quali supposizioni?».

«Lei è sicura di non aver mai incoraggiato il professore nei suoi... sì, diciamo nei suoi desideri?».

Dalla stanza vicina venne lo scricchiolio di una seggiola, come se qualcuno vi si fosse agitato sopra con violenza.

«Non ce ne sarebbe stato bisogno!» rispose miss Drury con un sorriso. «Il professore aveva... il desiderio facile!... Bastava essere donna!».

«E il suo fidanzato era geloso!».

«Non mi piacciono gli uomini gelosi. Da noi in America non esiste la gelosia! Soltanto, Edoardo trovava insopportabile che lui si ostinasse a darmi fastidio, che mi perseguitasse con le sue dichiarazioni... E, se ci spiava, lo faceva soltanto per essere pronto a proteggermi».

«Crede che la signora Magni si fosse accorta delle attenzioni di suo marito per lei?».

«Oh! La signora Magni!...».

«Che cosa vuol dire?».

«C'era abituata!...».

«Mi parli di Norina» lanciò De Vincenzi.

La ragazza si alzò.

«Non vorrà mica che io le illustri tutti gli amori del professore!».

«Ah! Dunque, anche la cameriera era uno dei suoi amori?».

«Non lo so. Non m'interessa! Lo domandi a lei. Quella ragazza sviene facilmente e parlerà».

«Ora desidero sapere quali siano stati realmente i rapporti suoi, miss Drury, con il defunto. Non si va al Sempioncino con un uomo col quale non si è o non si vuol essere in intimità!».

De Vincenzi aveva vergogna con se stesso d'apparire tanto brutale. Ma doveva esserlo. Aveva giudicato il dottor Verga un violento e non poteva sperare che in uno scatto della sua collera.

Capì, infatti, che stava per raggiungere lo scopo. Di là, il giovane si doveva essere alzato e si agitava. Lo sentì dir qualche parola concitata a Sani.

«Questo riguarderebbe me, se mai, non le pare? Non crederà mica che io abbia ucciso il senatore, dopo esserne stata l'amante?».

«Ma qualcuno può averlo ucciso, appunto perché lei ne era l'amante».

La porta si spalancò e il dottor Verga irruppe nella camera del commissario.

Era acceso in volto e gli occhi gli sfavillavano.

«Quando la smetterà di offendere miss Drury? Che cosa vuol sapere da lei?».

«Perché è entrato qui? Non l'ho fatto chiamare!».

«Sono entrato, senza aspettare che lei mi chiamasse! I suoi non sono metodi da gentiluomo!».

«Può darsi. Ma io faccio il commissario di Pubblica Sicurezza in questo momento. E le domando: che cosa ha fatto lei, dottor Verga, dalle undici di ieri sera a questa mattina?».

«Sono andato a letto».

«Lo vedremo! A che ora è rincasato?».

«Alle undici e mezzo... a mezzanotte... il tempo di arrivare a casa mia...».

«Badi! Lei mi ha detto di abitare in via Leopardi. Da via Boccaccio a via Leopardi ci sono due minuti di strada, a dir molto!».

«Ho fatto un giro per il Parco... Ero ancora agitato e volevo calmarmi».

«È sicuro di essere stato al Parco?».

«Certo!».

«E di essere tornato a casa a mezzanotte?». «Certo!».

«Con chi vive a casa sua?».

«Sono a subaffitto in una specie di pensione. La mia famiglia si trova molto lontana da Milano». «C'è una padrona di casa?». «Naturalmente. E anche suo marito».

«Lo so!» lanciò De Vincenzi con forza e corse alla porta.

«Fammi venire quell'uomo che Paoli ha condotto» disse a Sani e tornò subito verso i due.

Il giovane s'era fatto mortalmente pallido. Patt gli si teneva vicina e gli stringeva il braccio. Fissava De Vincenzi senza più baldanza, ma con intensità. L'attesa fu breve.

Sani introdusse il padrone di casa del dottor Verga. Era un pezzo d'omaccione con un petto grande come un armadio e una testa rotonda sulle spalle quadre. E con quel fisico da lottatore, aveva un volto paffuto e infantile, con un nasino troppo piccolo e una boccuccia da giovane educanda.

Guardò De Vincenzi, poi vide Verga e lo salutò con un sorriso di cordiale amabilità. «Lei è il padrone di casa del dottor Verga?».

«Sì».

«Da quanto tempo ha per inquilino il dottore?».

«Esattamente sei mesi».

«È solito rincasar tardi alla notte?».

«Come tutti i giovanotti. Qualche volta non rincasa neppure. È la sua età e in casa mia non può condurre donne, perché mia moglie non lo vuole».

L'uomo parlava con una vocetta sottile, che non sembrava la sua.

«E ieri notte?».

«Come?».

«Dico: ieri notte a che ora è tornato a casa?».

«Ma non è tornato affatto, ieri notte! Credevo che lui glielo avesse detto. Maria... mia moglie... ha trovato il suo letto intatto, stamane...».

Il giovane taceva. Non aveva fatto neppure un gesto. Gli occhi di Patt mandavano lampi di terrore.

Pesò un silenzio.

«Sta bene. È tutto. Può andare».

L'uomo capì che le sue parole avevano prodotto qualcosa di grave e si guardò attorno, stupito.

«Ma non dovevo dirlo?» chiese, rivolto al dottore. Edoardo, nonostante tutto, sorrise a quella ingenuità.

«Se ne vada!» ripeté il commissario.

L'uomo uscì, sempre più meravigliato.

De Vincenzi andò a sedere al suo tavolo.

La pausa di silenzio che fece fu lunga.

Un primo punto era acquisito.

Doveva valersi subito del vantaggio e spingere l'interrogatorio a fondo? Certamente, ogni altro avrebbe fatto così. Ma lui voleva prima aver qualche più sicuro elemento di giudizio. Non riusciva a convincersi che quel giovanotto avesse assassinato.

Alzò gli occhi e guardò i due. Tacevano, stretti una all'altro. Allora, di colpo, il commissario tagliò l'aria con una mano.

«Null'altro neanche da loro, per ora! Vadano pure. Questa sera alle ventidue, li attendo qui».

Edoardo sussultò. Credette che gli tendesse un tranello. Fece per parlare. Poi scosse la testa e alzò le spalle.

«Vieni» disse a Patt e i due uscirono.

Sani si affacciò alla porta.

«Vuoi che li faccia seguire?» chiese in fretta a voce bassa.

«Naturalmente» rispose De Vincenzi. «Mettici Cruni e un altro. Cruni s'incarichi dell'uomo». E aggiunse con una certa preoccupazione: «Non lo perda di vista un solo momento!». Poi tornò lentamente verso il tavolo. Era pensieroso.

Capitolo decimo

«La Zaffetta» — Venetia 1531

Rimase a lungo nella stanza, con la porta chiusa. Sani lo sentiva andare e venire, come faceva sempre quando doveva risolvere qualche problema assillante. Il moto gli facilitava l'opera del cervello. A un tratto squillò il telefono. La voce di De Vincenzi disse: «Pronto» e poi un lungo silenzio. Evidentemente, ascoltava. La voce proferì: «Sta bene! Vengo» e seguì lo scatto del telefono che si richiudeva.

Poco dopo, la porta si aprì e il commissario apparve col soprabito in dosso e il cappello in testa.

«Se mi cercano, tornerò fra un'ora».

«Vuoi che venga con te?».

«Non importa».

E uscì nel cortile.

Camminava con le mani in tasca e il cappello sugli occhi. Un collega lo salutò, ma lui non lo vide.

Ci mancava quest'altra, adesso! Sì, tutto sarebbe stato chiaro, così; ma lui sentiva che così non era. Quella donna doveva essere isterica e il fatto che fosse fuggita dalla casa del senatore non dimostrava nulla. E poi, perché fuggita? Se n'era andata, semplicemente. Nulla di strano che fosse stata davvero l'amante del senatore... L'amante? Il capriccio di un'ora! Era bella, non aveva nulla d'una cameriera. Lui aveva dovuto prenderla, se pure lo aveva fatto, perché non era uomo da perdere una occasione, e lei invece aveva creduto chissà che.

Seppe che lo avevano ucciso ed era svenuta. Poi quella casa le sarà sembrata insopportabile. Forse, lo amava davvero, lei. Ed era scomparsa. Nulla di più semplice.

Quando fu dietro al Duomo, attese il tranvai. Rimase in piedi sulla piattaforma della seconda vettura. Per ora, lui non ci vedeva chiaro.

Chiunque altro, al suo posto, avrebbe arrestato il dottor Verga, avrebbe rimesso la pratica al giudice istruttore e non si sarebbe neppur sognato di pensarci più. Ma lui viveva troppo intensamente le sue inchieste per poter agire a quel modo. Voleva trovare la verità, lui: attraverso i vari personaggi di ogni dramma. Faceva un lavoro esclusivamente psicologico. Era convinto che ognuno agisse soltanto come era capace di agire. Gli indizi materiali non gli servivano che come punti di riferimento.

Quando si trovò nell'atrio della casa di Magni, cercò di ritrovare la sua lucidezza e di sgombrare il cervello da ogni prevenzione.

Suonò e venne ad aprirgli un giovanotto in uniforme verde bottiglia, da autista.

«Annunciatemi alla signora. Sono il commissario De Vincenzi».

L'uomo si trasse da parte e De Vincenzi si trovò di nuovo in quell'anticamera severa, che la porta dell'ambulatorio chirurgico illuminava illogicamente di luce chiara.

«L'infermiera è di là?».

L'autista guardò la porta.

«Non saprei dirglielo. Miss Drury passa sempre dall'altra porta...».

E scomparve pel fondo.

Con un movimento rapido, il commissario andò alla porta dell'ambulatorio e l'aprì silenziosamente. Guardò dentro e non vide nessuno. Ma dalla seconda camera veniva il suono concitato e sommesso di due voci. Patt doveva trovarsi nel salotto con il dottor Verga. De Vincenzi richiuse la porta.

La signora Magni veniva lentamente dal fondo. Il suo pallore di avorio sembrava maggiore per l'abito nero, che aveva indossato. Più che mai appariva matronale e bellissima.

«Le ho fatto telefonare, perché la scomparsa di quella ragazza non mi sembra normale».

«Ha fatto bene, signora!».

«Vuole accomodarsi?».

E indicò il salottino dove già De Vincenzi era stato introdotto alla mattina.

«Preferirei dare un'occhiata alla stanza della cameriera».

«Venga».

Traversarono una camera da pranzo ricchissima, con le credenze cariche d'argenterie e quadri di fiori alle pareti. Poi un salotto chiaro e luminoso, una guardaroba e giunsero a un corridoio, sul quale si aprivano tre por te. La prima era la cucina, la seconda quella della cameriera. Nel passare davanti alla cucina, De Vincenzi vide una donna anziana, obesa, evidentemente la cuoca. La camera di Norina aveva il letto di ferro, un cassettone con uno specchio, un armadio e qualche seggiola. Il letto era rifatto. Sul cassettone due o tre fotografie di uomo. Sempre lo stesso: un giovanotto dal volto equivocamente bello e dallo sguardo falso e fuggevole. Una di esse lo riproduceva vestito da marinaio e in quel costume la bellezza troppo femminea del suo corpo appariva ancor più evidente. «Lei sa chi sia quest'uomo?».

«Il fratello di Norina».

De Vincenzi tolse una fotografia dal portaritratti e se la mise in tasca.

«Come si chiama la sua cameriera?». «Norina Santini... So che è nata a Livorno...». Il commissario scrisse il nome sul margine d'un giornale, che aveva in tasca.

Si guardò attorno. Nessuna traccia di fuga. Aprì i tiretti del cassettone. Biancheria abbastanza fine. Un pacco di cartoline illustrate. Qualche lettera. Tutto in ordine. In un angolo della camera, in terra, una valigia. Nell'armadio qualche vestito e un mantello pesante. «Non ha portato via nulla. Tornerà...». «E strano, però, che abbia abbandonato la casa prima di mezzogiorno, senza dir nulla... quando sapeva che avrebbe dovuto servire a tavola...».

De Vincenzi guardava sempre nei tiretti. Cominciò a rimuovere il pacco delle lettere e delle cartoline. A un tratto prese in mano un ritaglio di giornale, che riproduceva il ritratto di un uomo e lo fece sparire lestamente nella tasca.

«Ha trovato qualcosa?».

«Uhm...» fece il commissario e corse all'armadio, fingendo di osservare con grande attenzione un vestito, per non rispondere.

Il ritratto riprodotto dal giornale era quello del senatore.

«Qui non c'è null'altro da vedere, signora».

Tornarono in anticamera.

«Da quanto tempo era al suo servizio, Norina?».

«Un paio d'anni, mese più, mese meno...».

«Lei ne era contenta?».

«Non posso dir che bene di lei. Rispettosa, abile, lavoratrice...».

«Il fratello veniva a trovarla?».

«Mai, fino alla settimana scorsa. Fu giovedì o venerdì dell'altra settimana che io, sentendo una voce sconosciuta in anticamera, qui dove ci troviamo adesso, venni a vedere e trovai Norina con un giovanotto. Mi disse che era suo fratello. Avevo già notato le fotografie e lo riconobbi. Poi tornò ancora. E ieri Norina mi chiese di poter uscire un paio d'ore, perché suo fratello doveva partire e voleva salutarla. Così mi disse».

De Vincenzi si diresse verso la porta.

La signora fece un gesto.

«Lei non ha da dirmi nulla?... Hanno trovato qualcosa?».

Il commissario scosse il capo.

«Chi ha ucciso mio marito?» chiese la donna con voce bianca, tanto più drammatica quanto apparentemente immobile.

«Le prometto che il delitto non rimarrà impunito, signora!».

La donna aveva gli occhi gonfi di lacrime. Si vedeva lo sforzo che faceva per non scoppiare in singhiozzi.

«È terribile!» mormorò sempre con quella voce opaca.

«Sì, è terribile» ripeté De Vincenzi come un'eco. E le si avvicinò.

«Lei non ha sospetti? Non può supporre chi potesse nutrire verso suo marito un odio tale da...».

«No!» rispose la donna e la voce si fece tagliente. «No! Non so immaginarlo. Non conosco i nemici di mio marito, più di quanto non ne conosca gli amici». Forse, avrebbe voluto dire le amiche. «Che cosa pensa lei di miss Drury, l'infermiera?». Gli occhi della signora si fecero duri. «Che cosa vorrebbe sapere con precisione da me? E proprio necessario che le risponda?». «No, grazie. Mi scusi».

Vi fu un altro silenzio. Poi il commissario fece un gesto, per prender commiato. Quando fu sulla porta, si volse. «Farò ricercare la cameriera, naturalmente... Ma se dovesse tornare, le sarò grato se mi avvertirà...». La signora assentì col capo.

Appena in istrada, De Vincenzi si volse a guardare le finestre dell'appartamento del senatore. Erano tut te chiuse e le tendine abbassate. Eppure lui avrebbe giurato che, dietro una di quelle finestre, qualcuno lo stava osservando.

Scese in fretta via Corridoni ed entrò nel negozio del libraio. Davanti al portone dello stabile, vide la portinaia belloccia, che teneva circolo. Parlavano evidentemente del delitto. Quello sgorbio di suo marito doveva trovarsi al deschetto, a meno che non fosse all'osteria, a tener circolo anche lui. E dentro lo stabile su per quel cortile a imbuto, i miasmi di tutto un putridume d'anime e di corpi continuavano a salire in sempiterno...

Nel negozio Pietrosanto stava sfogliando un grosso volume illustrato davanti agli occhi dei due agenti di Maccari.

«Non hanno mandato a sostituirvi, voialtri?». «No, cavaliere» rispose uno di essi. «Ma non fa nulla» fece l'altro con un sorriso. «O qui o altrove, per noi...».

«Già? E state meglio qui dentro, del resto». Pietrosanto aveva chiuso il volume. «Stavo mostrando loro le illustrazioni del Dorè al Don Chisciotte...». «Il proprietario?». «Non è più tornato». «Di là è entrato nessuno?». «No, cavaliere» disse subito un agente. De Vincenzi si diresse verso il corridoio, ma prima di entrarvi si fermò.

«È proprio sicuro lei, di non aver notato nulla d'in solito nella saracinesca, stamane, quando ha aperto il negozio?».

«No... non credo... Gliel'ho detto: io non apro mai...».

«Era chiusa bene?». «Mi sembra...».

Pietrosanto aveva esitato nel rispondere e De Vincenzi lo notò.

«Che cosa l'ha colpita? Dica!».

«Colpito? No. Ma, ripensandoci, ho l'impressione che una sola delle due serrature fosse chiusa, mentre ieri sera certamente, furono fatte girare tutte e due...».

«È sicuro di questo?».

«Sicuro? No».

«Chi aveva le chiavi?».

«Il portinaio, qui accanto...».

«Vengono sempre consegnate a lui?».

«O a lui o a sua moglie. E non è mai mancato neppure un libro».

«Già... E quel libro raro... che lei dice che manca?...».

«Ah! Il libro! Vuole il titolo?».

«Perbacco!».

Pietrosanto prese dal tavolo un cartoncino: «Ho ritrovato la scheda...» e gliela porse.

De Vincenzi lesse: La Zaffetta — Venetia, 1531 — in 8° — Piccola opera rarissima piena di oscenità, attribuita falsamente all'Aretino, mentre autore ne fu Lorenzo Veniero, nobile veneziano, che la pubblicò per vendicarsi di una cortigiana veneziana chiamata Angela, che si nasconde sotto il nome di «Zaffetta» e cioè, in veneto, figlia di sbirro. Il volume, a grossi caratteri romani, non porta né indicazione, né date. Contiene un sonetto del Ventero allo Aretino. Consta di 114 ottave. Si vendeva 48 fr. nel 1805.

Il commissario alzò gli occhi verso l'impiegato della libreria.

«Strano!... Quanto può valere?». «Qualche centinaio di lire... Ci si regola a seconda dei clienti... È un'opera erotica...». «Pornografica?».

«Secondo l'intenzione di chi legge». «E l'hanno rubata!».

«C'erano volumi più rari e più costosi in quello scaffale!...».

«Ci capisce qualcosa, lei?».

Pietrosanto per quanto si fosse rimesso dallo spavento del mattino, non ci capiva nulla, naturalmente.

De Vincenzi si mise la scheda in tasca ed entrò nel corridoio.

Stette in quelle tre camere una mezz'ora e, quando uscì, aveva l'aria soddisfatta.

«Il suo padrone, torna mai in negozio di sera o di notte?» chiese a Pietrosanto.

Quello spalancò gli occhi glauchi.

«Il signor Chirico? Ma no davvero, che io sappia...».

«E la portinaia, può aver dato la chiave a un estraneo?».

«Non avrebbe dovuto, naturalmente!».

«Già, non avrebbe dovuto; ma può averlo fatto...».

«Ha trovato qualcosa?».

De Vincenzi non rispose e uscì, dicendo: «Tornerò».

Appena nel suo ufficio, chiamò Sani. Gli diede la fotografia e le generalità della cameriera.

«Falla ricercare dovunque. Avverti i commissariati e le stazioni. E poi va' all'ufficio antropometrico e vedi se c'è qualcosa di costui». Sani guardò la fotografia.

«Ha l'aria di un invertito o di uno sfruttatore di donne, questo giovanotto...». «È quel che penso anch'io». Sani uscì.

De Vincenzi si mise a riflettere. Lentamente estrasse dal taschino del panciotto una piccola pallottola di piombo. Era soltanto un poco deformata. La guardò e la pose accanto ai ferri chirurgici.

Poi disse al telefono che gli trovassero al Monumentale o alla Guardia Medica di via Agnello o a casa sua il dottor Sigismondi. Poco dopo il telefono squillava. «E lei, dottore?».

«Ma sì, sono io» rispose la voce del dottore dall'altro capo del filo. «Perché mi ha chiamato? Sarei venuto tra un'ora a portarle il rapporto». «Ha fatto l'autopsia?». «Sì».

«Trovato il proiettile?».

«Sì. Uno solo, mentre le ferite sono due. Calibro 25. Un'automatica molto piccola, la più piccola forse che esista. Un gingillo da borsetta di signora...».

De Vincenzi sorrise.

«Non è stata una donna, dottore!».

«Io non lo so».

«E neppur io...».

«Allora verrò tra poco».

«Come vuole. Se non mi trovasse, lasci il rapporto».

«Sì... Ah! Ascolti. Un particolare. Nelle viscere abbiamo trovato alcool in abbondanza. E sono convinto, che se non fosse stato colpito dai proiettili alla testa, avremmo potuto riscontrare l'iperemia delle meningi».

«Il che vuol dire?».

«Che il senatore aveva bevuto molti liquori prima che lo uccidessero».

«Ah!... Bravo dottore!».

Riappese il cornetto. Nulla di strano che avesse bevuto. Dalle venti, quando aveva lasciato il Sempioncino, alle due di notte circa, ora in cui presumibilmente lo avevano colpito, in qualche luogo doveva esser pur stato e nulla di strano che fosse un caffè...

Premette il campanello. Al piantone ordinò di chiamargli il brigadiere Padovani.

Accorse un giovanottino elegante, che sembrava un maestro di ballo o un «ballerino» da tabarin, più che un poliziotto.

«Brigadiere, deve chiedere al suo commissario di lasciarla libero questa notte. Ho bisogno di lei».

Il giovanottino si gonfiò di soddisfazione.

«Ai suoi ordini, cavaliere. Questa notte sarei stato di riposo e la cosa è facile».

«Ebbene, vada da Bertolò, il fotografo sul corso Vittorio Emanuele, e si faccia consegnare una fotografia del senatore Magni... Ne avrà certamente qualcuna pronta, perché anche i giornali gliel'avranno chiesta... Con quella fotografia, giri tutti i locali, caffè, birrerie, ristoranti, che rimangono aperti dopo la una e s'informi se la notte scorsa il senatore è stato in uno di essi e a che ora e con chi era, dato che non fosse solo...».

«Ho capito, cavaliere. Lasci fare a me...». E il brigadiere uscì, con la vita lievemente ondeggiante, stretta nella giacca attillata.

De Vincenzi sorrise. Per una notte almeno, le infelici girovaghe notturne sarebbero state tranquille! Sani rientrava.

«Ho dato gli ordini per la ragazza. In quanto al fratello ho trovato la pratica».

E gliela porse assieme alla fotografia. Era voluminosa. Il commissario diede un'occhiata alla cartella riassuntiva. «Furto; furto; possesso abusivo d'armi; oltraggio e violenza agli agenti; altra condanna per oltraggio; furto; sfruttamento di donne; contravvenzione al monito; violenza carnale; spendita di monete false; inosservanza alla vigilanza speciale. Inviato a Ustica, ni Domicilio Coatto, ne esce il 5 marzo 1917, perché la sua domanda di redimersi, combattendo per la patria viene accolta. Dal 1918 al 1924, due condanne per sfruttamento di donne». «Un bel tomo, eh?» commentò Sani. «Non c'è male» rispose De Vincenzi. «Fallo fermare, se lo trovi. Incaricatene tu stesso».

«Questa notte, uscirò col pattuglione. Vuoi che faccia la "retata"?».

«Sì. Ti farò dar l'ordine dal Questore...».

«Io farei una perquisizione anche nel casamento di via Corridoni. Lo conosco e ci troveremmo tutti buoni clienti di San Vittore».

«No. Lì dentro no. Non voglio che si spaventino. Ho bisogno di farli parlare».

De Vincenzi si alzò e sospirò: «Adesso, vado su dal Questore...».

Mentre faceva lentamente le scale per salire al primo piano, pensava che tutto quanto aveva fatto e osservato da quando l'inchiesta s'era iniziata non lo aveva avvicinato di un centimetro all'assassino del senatore Magni...

A meno che... A meno che non dovesse tutta la sua riconoscenza all'ottimo Gualtiero Gerolamo Pietrosanto, il quale aveva saputo accorgersi subito della scomparsa di un volume erotico, pubblicato a Venezia nel 1531, e rubato dalla libreria di via Corridoni nella notte dal 20 al 21 marzo 1926...

E quella mattina il sole, entrando in Ariete, aveva segnato il principio della primavera!

Capitolo undicesimo

La Darsena di Porta Ticinese

Alle 10 di sera sul vasto piazzale di Porta Ticinese, la Darsena quadrata ha un lividore metallico. L'acqua ristagna immobile e dietro le griglie delle paratie la melma si addensa e affiora.

Nel suo ufficio, De Vincenzi aveva guardato l'orologio e aveva rimesso il volume, che stava leggendo, dentro il cassetto. Tra poco sarebbero venuti.

La stanza squallida era illuminata soltanto dalla lampada bassa, che apriva un cerchio di luce chiara sul tavolo e sopra un breve tratto del pavimento a mattoni. Tutto il resto era ombra. Dentro quel cerchio, sul piano nerastro del tavolo, alcuni fogli bianchi, ancora i ferri chirurgici che lucevano e due informi pallottole di piombo. Si udirono voci nella stanza di Sani.

De Vincenzi disse: «Falli venire».

Due persone entrarono.

«Chiudi la porta, per favore».

Sani la chiuse.

«Seggano».

C'erano soltanto due seggiole e si trovavano davanti al tavolo, nel cerchio della luce. Il dottor Verga e Patt Drury sedettero.

Il commissario mormorò: «Mi scusino» e abbassò dalla sua parte il paralume verde della lampada.

La luce si sparse verso il centro della stanza e illuminò i due giovani.

Patt Drury batté le ciglia e fece una piccola smorfia con le labbra troppo rosse. Il volto livido e contratto del dottore si mantenne immobile.

«Siamo venuti» disse Patt. «Forse lei non lo credeva...».

«Ne ero certo, anzi. Non temevo la loro fuga».

«E che cosa, allora?».

Il commissario fece un gesto. La giovane strinse le labbra con disdegno.

«Lo ha mal giudicato! Non lo avrei amato, altrimenti».

«Infatti...».

Toccò i ferri. Prese una pallottola fra l'indice e il medio della destra. Faceva quei movimenti macchinalmente. Il dottore fissava i ferri.

Pesò un silenzio troppo lungo per tutti. Anche De Vincenzi ne soffriva. Era preparato all'interrogatorio; ma si diceva adesso che quella messa in iscena un po' teatrale, quella tensione, che egli stesso inconsapevolmente aveva creata, non poteva dar frutto. La scena doveva apparir preparata e lui non voleva, che in quei due si sarebbe destata la diffidenza, mentre egli non sperava che in un loro scatto di sincerità. Invece, in quel momento, lì dentro, se i nervi avessero ceduto, un unico abbandono era possibile: il crollo disperato, il pianto spasmodico, oppure l'urlo da ossessi. E, se i nervi resistevano, perché preparati o perché bene vigilati dal cervello cosciente del pericolo, nulla più c'era da sperare.

Si scosse. Gli altri due sussultarono.

«Parliamo un poco da buoni amici» disse e tolse il cornetto dalla scatola del telefono. «Così non ci disturberà nessuno».

«Anche Edoardo ha qualcosa da dirle. Ma bisogna che lei gli creda».

La ragazza parlava pacatamente con quel suo accento strano, che dava alle parole proferite una contrazione dura, come se fossero schiacciate dai denti. Ma aveva perduto ogni sarcasmo e nelle sue pupille non volteggiavano più pagliuzze d'oro.

«Gli crederò» affermò De Vincenzi.

Il dottore taceva sempre e fissava gli strumenti d'acciaio, come ipnotizzato. Il commissario li trasse da parte.

«Che ha da dirmi?».

«Sì» pronunziò il giovane e s'interruppe.

«Dove è stato la notte scorsa dalle undici in poi?».

«Perché dalle undici?».

«Immaginavo anche questo. Allora, non è vero neppure che accompagnò miss Drury a casa sua?».

«Non lo avrei lasciato solo!» esclamò la ragazza e De Vincenzi annuì col capo.

«Quando uscimmo dal Sempioncino» cominciò finalmente il dottor Verga «eravamo tutti e due sconvolti. La scena col professore era stata più violenta di quanto io stesso avessi preveduto. Mi ero recato laggiù con l'intenzione di parlargli fermamente, ma serenamente. Quel che faceva non era degno di nessuno di noi due, perché il professore sapeva che io amo profondamente Patt. Per lui, invece, si trattava di un capriccio... Non era in giuoco che il suo amor proprio di uomo!... Per la prima volta una donna gli resisteva... Ma poi, quando mi trovai davanti a lui... e lo vidi sorridere sarcasticamente... e vidi che tentava di afferrare Patt, per allontanarla da me... Perdetti il controllo di me stesso e lo colpii!... Lo avrei anche ucciso in quel momento, se avessi posseduto un'arma... Ma avevo lasciato a casa la rivoltella, perché la ragione mi aveva assistito... Così, quando uscimmo, eravamo tutti e due sconvolti... Girammo un po' per quelle strade deserte, senza parlare. Patt s'era attaccata al mio braccio e mi si stringeva contro... Arrivammo fino all'imboccatura dell'autostrada di Como e avremmo proseguito, se i guardiani non ci avessero fermati, tanto eravamo inconsapevoli di noi stessi e dei luoghi. Io temevo per Patt, più che per me stesso. Il professore non era uomo da perdonare. Oppure avrebbe perdonato nell'unico caso che avesse raggiunto il suo scopo. E questo...».

Il giovanotto fece un gesto e gli occhi gli brillarono. La ragazza gli posò una mano sul ginocchio e subito la ritrasse.

«Lo so, cara!» le mormorò lui, poi si volse di nuovo al commissario. «L'intervento dei guardiani dell'autostrada, interrompendo la nostra tensione, ci aveva fatto ritrovare un po' la padronanza di noi stessi. Patt si mise a ridere. "Se andassimo a cena?" mi disse. "Ho una fame da lupo!". Prendemmo un tassì e ci facemmo portare al Savini. Avevamo bisogno di movimento attorno a noi. Di un luogo che ci distraesse. Dopo aver mangiato, eravamo più calmi. Uscimmo e passeggiammo per la Galleria. Patt mi disse: «Vedrai che capirà lui stesso d'avere avuto torto. Quel che è accaduto è molto spiacevole, ma lo indurrà a lasciarmi tranquilla. Domattina, se è un uomo di spirito, farà mostra di nulla». Io non lo credevo. M'ero reso perfettamente conto di aver creato l'irreparabile, col mio atto. Egli mi avrebbe cacciato. Per me voleva dire la miseria. Oltre a essere il suo assistente, io sono anche interno all'ospedale, e lui avrebbe potuto farmi licenziare. Patt lo sapeva e per quanto tentasse di rassicurarmi, era preoccupata anche lei. «Se tu gli facessi le scuse?». M'insinuò e io sentii dal tremore della voce quanto grande fosse la sua preoccupazione. «Sono pronto a fargliele» le dissi subito. «Ma domani mattina sarà troppo tardi». Allora, lei mi consigliò di andare ad aspettare il professore davanti a casa sua. Era circa mezzanotte e lui non rincasava mai prima della una o delle due. Acconsentii. Non avevo alcuna falsa vergogna di andargli a parlare da uomo a uomo, con sincerità, con rispetto, seppure con fermezza. Avrei tentato di fargli capire che per me Patt è tutta la vita...».

Tacque un istante. De Vincenzi lo fissava. Quell'amore confessato così tranquillamente, con tanta semplicità, lo turbava. Ancora era una delle poche religioni nelle quali egli credesse, la religione dell'amore.

«E poi?» chiese, anche per vincere il proprio turbamento.

«Io volevo andar solo. Patt volle accompagnarmi. «Ma non deve vederti!» le osservai. «Davanti a te non confesserà mai d'avere avuto torto». «Ci metteremo dall'altra parte del viale. Quando lo vedremo venire, io mi nasconderò dietro un albero e tu lo avvicinerai. Sono troppo ansiosa di conoscere l'esito del tentativo, per lasciarti andar solo». Non seppi dirle di no. Ci recammo sul viale Bianca Maria e aspettammo. Il tempo scorreva lentamente. Sentimmo l'orologio della chiesa di via Conservatorio battere i quarti. Alle tre non lo avevamo veduto... Alle quattro, neppure... Erano le cinque, quando ci decidemmo ad andarcene, dicendoci che non sarebbe tornato a casa, per quella notte. Accompagnai Patt in via Boccaccio, promettendole di andare a coricarmi. Invece, non potei. Il caffè della stazione Nord era aperto... Vi entrai e vi rimasi fino all'ora di andare all'ospedale... «Questo è tutto!». «È sicuro di non aver veduto il professore tornare a casa?».

Il dottore esitò. Guardò la sua compagna. Fu l'americana a rispondere: «Verso la una e mezzo distinguemmo due uomini che venivano da via Corridoni. Uno di essi ci sembrò il professore. Edoardo mi disse: «Come faccio ad avvicinarlo, che non è solo? Ma poi a un tratto, dopo aver fatto pochi passi sul viale, i due uomini si volsero e tornarono indietro, ridiscendendo via Corridoni... Pensammo perciò d'esserci sbagliati...».

De Vincenzi aveva avuto un piccolo sussulto. Leggerissimamente le mani gli tremavano.

«Pensi bene, miss Patt! A parlarne adesso, dopo ventiquattr'ore circa, le sembra che uno di quei due uomini fosse il professore?».

«Non so! Se debbo fidarmi della mia impressione di ieri notte, direi di sì. Ma perché mai sarebbe giunto fin quasi davanti a casa sua, per poi tornare indietro?».

«E l'altro... l'altro uomo, che lo accompagnava, che figura aveva?».

«Più bassa del primo... Un pastrano lungo... Un cappello floscio... Ma le ripeto, li abbiamo veduti per qualche secondo appena a una distanza di almeno cento metri...».

«Le è sembrata una figura nota?».

«Nota? Che cosa vuol dire, lei? No... Non mi è sembrata la figura di qualcuno che conoscessi... Ma quasi certamente l'altro non era il senatore e lei non deve dare importanza a questo particolare... Glielo abbiamo riferito, soltanto perché ce lo ha chiesto...».

«Naturalmente...».

Ma De Vincenzi da quel momento fu sicuro che Edoardo e Patt, all'una e mezzo circa della notte precedente, avevano veduto proprio il senatore Magni assieme al suo assassino... Quella sicurezza, però, assolutamente istintiva e per nulla giustificata, che valore, che peso poteva avere?!

In quel momento, la porta si aprì e Sani mise dentro la testa.

«Ti chiamano al telefono da dieci minuti, almeno...

Una comunicazione grave... Il telefonista afferma che il tuo apparecchio non risponde...».

«E ha ragione!» esclamò ridendo De Vincenzi e afferrò il cornetto.

«Pronto!... Sì... Il ricevitore era staccato. L'ho staccato io, non ci badare... Parla!...».

Poi tacque per ascoltare. Il dottore e Patt videro che si mordeva le labbra, reprimendo un'esclamazione. Era diventato livido. Stringeva il cornetto con tanta forza, che la punta delle dita gli si era fatta bianca.

«Va bene» articolò finalmente. «Lascia un agente di guardia sul posto e fai avvertire i pompieri che domattina all'alba prosciughino la Darsena e cerchino la borsetta della ragazza... Non c'è altro da fare. Non comunicate la notizia a nessun giornale, questa notte».

Riappese il ricevitore. Chiamò con voce metallica: «Sani!».

Il vicecommissario accorse.

«Telefona di nuovo a tutti i commissariati: che cerchino quel Santini... sai?...».

«So» disse Sani. «Il fratello...».

«Sì. Lo debbono trovare a ogni costo... Mettiti in campagna anche tu, subito. Qui resterò io».

«Vado».

E il vicecommissario uscì in fretta.

De Vincenzi fissò i due giovani.

«Hanno ripescato nella Darsena di Porta Ticinese, il corpo di Norina!».

«Affogata!» esclamò la ragazza con orrore, mentre il dottor Verga balzava in piedi.

«Strangolata» disse De Vincenzi lentamente.

I due tacquero. Inconsciamente, Patt si avvicinò all'uomo e gli prese il braccio.

«Buona notte!» articolò De Vincenzi. «Possono andare...». Essi uscirono.

Il commissario, rimasto solo, si passò una mano sulla fronte. Quest'altro assassinio lo sconvolgeva, oltre che per la brutalità atroce con cui era stato commesso e per la giovinezza fragile della vittima, perché veniva a far cadere tutta la sua teoria, se pur di teoria si poteva parlare.

Chi lo aveva commesso? Lo stesso uomo, che aveva ucciso con due colpi di rivoltella il professore Magni? E perché? Forse, per toglier di mezzo un testimonio pericoloso.

Che imbecille era stato lui a non interrogare subito la cameriera! Si sarebbe preso a schiaffi! Aveva voluto darle il tempo di calmarsi, senza turbarla ancor di più con un interrogatorio e così l'aveva lasciata prima in preda al proprio terrore e poi sola e indifesa in balia dell'assassino!... E adesso ricercava il fratello!

Trasse dal cassetto la fotografia del marinaio e la fissò lungamente. Possibile che quello fosse l'autore dei due omicidi? Un avanzo di galera, un fuori legge, un losco individuo traviato nel corpo e nell'anima!... Ma perché lo avrebbe fatto? C'era sotto, dunque, una storia infame di ricatti e di agguati? Un delitto volgare, un delitto di teppa?!

Si alzò e cominciò a passeggiare per la stanza. Andava con rapidità febbrile. Il cervello gli bolliva.

Vedeva il corpo nudo di quella ragazza, illividito, bruttato di melma, sul marmo dell'autopsia.

L'avevano strangolata e poi gettata in acqua. S'era sentito il tonfo. La piazza era deserta. Il vigile di guardia al principio di corso San Gottardo s'era avvicinato allo specchio d'acqua, più per curiosità che per altro, e aveva veduto il corpo per metà soltanto sommerso, che le sottane s'erano attaccate alle punte delle paratie, sopra le griglie... Lo avevano ripescato coi raffii...

Povera figliola!

Era bella. Tutte donne belle attorno al cadavere di quell'uomo, che era andato a farsi ammazzare fra i libri! Poiché De Vincenzi, ormai, sapeva che il senatore era stato ucciso dentro la libreria. Proprio in quel posto dove lo avevano trovato.

Già lo aveva supposto, quando aveva notato la stranezza di quella striscia fatta sulla polvere; ma poi, al pomeriggio ne aveva avuto la certezza, perché aveva trovato la seconda pallottola conficcata nel dorso di pergamena di un volume, su di uno scaffale della terza camera del retrobottega, proprio di fronte al cadavere...

Ed era possibile che fosse stato quel marinaio?... Un delitto di teppa!...

Si fermò. Scosse violentemente la testa. Non poteva essere. Non doveva essere! La chiave del negozio l'aveva la portinaia... Rivide davanti a sé l'uomo seduto al deschetto di calzolaio, stringere il trincetto lucente nella, mano...

Lo sentiva dire con quella sua vocettina fessa, da rachitico: «All'osteria di via Cesare Battisti... ci sono i testimoni... ho l'alibi!...».

E doveva averlo realmente l'alibi, quello lì!...

A passi lenti, tornò al tavolo, sedette.

Si frugò nelle tasche, ne trasse il ritaglio del giornale, col ritratto del senatore Magni. «Uno dei più chiari luminari della scienza» c'era scritto sotto. E quella povera ragazza lo aveva ritagliato e lo conservava nel cassetto della sua camera, tra le lettere dei genitori!

Aveva cacciato di nuovo la mano nella tasca della giacca e sentì un cartoncino. Non rammentava d'averlo. A un tratto, il volto gli si illuminò. Era la scheda che gli aveva consegnata Pietrosanto. «La Zaffetta — Venetia, 1531». «No!». Quasi gridava di gioia.

Non poteva esser stato un delitto di teppa, un delitto volgare!

Avevano rubato un volume: una piccola opera erotica rarissima!...

Lui non si sbagliava!

Squillò il campanello.

«Pronto! Sì, pronto, per Dio!...».

«C'è il commissario di via Meda» gli disse la voce del telefonista.

«Dammelo... Pronto!... Sì... Sono io...». «Abbiamo arrestato adesso in casa sua a Ponte Vetero il nominato Pietro Santini...». «A che ora dice d'esser rientrato a casa?».

«Alle nove. È ammonito e doveva trovarsi a casa a quell'ora. Ma vacci a credere!».

«Bene... Fammelo portare subito a San Fedele...».

E riappese il ricevitore.

Alle nove il fratello di Norina si trovava realmente a casa? Purché avesse pronto almeno un solo testimonio attendibile!

Capitolo dodicesimo

«POVERA FIGLIACCIA DI MAMMA SUA!»

Appena giù dal tassi, davanti al portone di San Fedele, il giovanotto si fece venire le convulsioni. Un vecchio trucco.

«Eccoci serviti!» mormorò tra i denti il brigadiere di scorta. «Su, ragazzi, afferratelo alle gambe e alle braccia...».

I due agenti s'erano gettati sull'energumeno, che springava calci come un ossesso. Il brigadiere ne ricevette uno in uno stinco e bestemmiò.

Dal portone uscirono due carabinieri e altri agenti. Fu tutto un ammasso di corpi in convulsione attorno a quel finto epilettico. Lui aveva la bava alla bocca e strabuzzava gli occhi. Non gli si vedeva — quando si riusciva a guardarlo in volto — che il bianco della cornea.

Finalmente, legandolo con le cinghie che si erano tolte dai pantaloni, riuscirono a immobilizzarlo e lo portarono dentro di peso. Ma lui gridava sempre. Come un cane alla luna, con un lungo ululato lamentoso, che si ripercuoteva sotto l'androne e poi pel porticato del cortile. Lo gettarono sul pavimento della camera di Sani che era vuota. Subito, dalla porta della sua stanza apparve De Vincenzi. «Il solito attacco...» disse e crollò il capo.

Era proprio l'individuo che la cartella segnaletica descriveva: un vigilato speciale, adusato a tutti i sotterfugi e a tutte le finzioni!

«Prendete quella brocca d'acqua, lì nell'angolo...».

Un agente l'afferrò dal lavabo a treppiede e ne rovesciò il contenuto sulla faccia dell'uomo. Quello ruggì. Ma smise di far smorfie e di digrignare i denti. Per la camicia aperta, l'acqua gli era entrata sul petto fino al ventre. Gli colava dai capelli. Steso per terra, il giovanotto ansava a mantice, con quel suo torace potente e popputo, come quello d'una donna.

Si lamentava sempre più debolmente. La commedia stava per finire.

«Mettetelo a sedere!».

Il brigadiere che sentiva ancora il dolore allo stinco, gli allungò un calcio.

«Che bestia! Tutti così! E che cosa ci guadagnano poi?».

Gli agenti lo afferrarono e lo sollevarono sulla seggiola.

L'uomo aprì completamente gli occhi, si guardò attorno e mormorò: «Chi siete? Dove mi avete portato?».

«In Vaticano!» ironizzò un agente.

«Toglietegli le cinghie» ordinò De Vincenzi. quando lo vide libero, gli si avvicinò.

«Stai meglio?» gli chiese senza ruvidezza, L'altro non capì perché mai il commissario lo trattasse diversamente dagli altri. Ebbe un moto di stupore e non rispose.

Attorno, gli agenti sogghignavano.

«Voialtri andate» disse freddamente De Vincenzi. «Lasciatelo qui. Ci penso io».

«Ma non c'è da fidarsi, commissario!» intervenne il brigadiere. «E un recidivo capace di tutto. E stato coatto».

«Lo so. Ma non farà nulla. Tornate al vostro commissariato. Basterà che rimanga un agente di guardia sotto il portico...».

E fece un cenno a uno della Squadra. Uscirono tutti.

Il commissario chiuse la porta dietro all'ultimo, poi tornò verso l'uomo seduto, che, temendo un tranello, aveva contratto il volto e teneva gli occhi strabici volti a terra come nel ritratto. De Vincenzi lo fissò. Somigliava alla sorella. Gli stessi lineamenti. Anche il medesimo colore degli occhi. Soltanto, in lui, la crapula e il vizio avevano inciso segni profondi. «Puoi camminare?».

Non ottenne risposta e gli mise una mano sulla spalla.

«Alzati e vieni di là. Ho da parlarti». Il giovanotto si alzò e camminò verso la porta, che vedeva aperta davanti a sé. «Siedi».

E quello si trovò nell'alone di luce della lampada, là dove poco prima stava seduta miss Drury, con le sue labbra troppo rosse, il corpo agevole e le gambe inguainate di seta.

«Ho da darti una cattiva notizia, ragazzo mio!...

Debbo farlo, anche se tu sei appena uscito da un attacco. Da quanto tempo soffri di epilessia?».

Gli parlava con grande dolcezza. Sapeva benissimo che quello lì aveva fatto tutta una commedia; ma a che scopo metterlo di fronte alla propria finzione? Lo aveva giudicato al primo sguardo e aveva capito che non ne avrebbe cavato nulla a prenderlo di punta, con le minacce. E poi c'era quel cadavere sul marmo del Monumentale, che pure aveva il suo peso. Se davvero l'aveva strangolata lui, soltanto ad addormentarne la diffidenza, a fargli credere che non lo sospettava, poteva sperare di coglierlo poi di sorpresa e strappargli un gesto o una parola rivelatori. E se lui non l'aveva uccisa — e De Vincenzi era pronto ad ammetterlo — a che scopo incrudelire, ferendolo profondamente in un sentimento fraterno, che forse esisteva?

L'uomo alzò gli occhi e guardò il commissario per un attimo. Subito lo sguardo gli fuggì di traverso, sul pavimento. Continuava a tacere.

«Tu hai una sorella?».

Sussultò.

«Che c'entra con me?!».

«Le vuoi bene?».

«È per domandarmi questo che mi siete venuti a prendere nel mio letto, quando dormivo?».

«Se le fosse accaduta una disgrazia, ti dispiacerebbe?».

«Che dice?».

Adesso, cercava di guardare il commissario in faccia. Aveva corrugato le sopracciglia e lo sguardo gli si era fatto duro.

«Da quando non la vedi?».

«Saranno tre o quattro giorni».

De Vincenzi lo scrutò.

«Sei andato a trovarla in casa del senatore Magni?».

«Un paio di volte soltanto. Lei non poteva uscire... Avevo bisogno di parlarle...».

«Tu o lei?».

«Come fa a sapere che era lei?».

«Perché ieri l'altro... domenica... fu lei che chiese un permesso alla padrona e venne da te...».

«Non è vero. Domenica non l'ho veduta...».

«Ne sei sicuro?».

«Ho dormito tutto il giorno, domenica... Glielo può dire la mia padrona di casa... Nessuno è venuto a trovarmi...».

«Tua sorella ha detto alla signora che doveva incontrarsi con te... per salutarti, perché tu dovevi partire...».

«Fandonie!... Dove vuole che vada, io!».

«A che scopo avrebbe mentito?».

«Lo chieda a lei!».

«Vuoi proprio che glielo chieda?».

«Faccia come vuole!».

Voleva sembrar calmo. Ma ebbe uno scatto.

«Oh! Insomma, se è per quella storia del senatore, io non c'entro e ho persino consigliato Norina di andarsene da quella casa! Io sono quel che sono... ma lei è una brava ragazza e non voglio vederla battere i marciapiedi... È sempre così che si finisce!».

«Che vuoi dire?».

«Oh! Lei mi capisce! Ma si tratta di un signore e naturalmente tutta la colpa siete pronti a darla a quella povera stupida... Che è accaduto! L'hanno cacciata?».

«È scappata...».

Il giovanotto alzò le spalle.

«E voialtri l'avete ripresa!... Rimpatriatela. C'è la mamma a Livorno... Creperanno di fame tutte e due!... Dove sta?... L'avete messa in guardina?... Ma se non ha fatto niente di male!».

Sembrava sincero. Per quanto rotto alla continua lotta contro la legge, soltanto a essere un attore straordinario avrebbe potuto fingere con quella naturalezza, sapendo che sua sorella era stata strangolata e gettata nell'acqua melmosa della Darsena! De Vincenzi si convinceva sempre più che lui non c'entrava affatto nella morte di Norina. E in quella del professore? Poco probabile, a pensarci. Perché l'avrebbe condotto lì dentro, in quella libreria?... Ah! Sì, per via degli abitanti del casamento. Un ambiente appestato. C'era da contare sull'omertà di tutti.

«Che cos'hai fatto, Santini, nella notte dal 20 al 21... tra lunedì e martedì?».

Il giovanotto accennò un sogghigno.

«Ieri notte?».

«Sì. Cerca di ricordarti».

«A casa... a letto... come sempre... Io dormo a tutte le ore!...».

Sembrava ci si divertisse.

«I testimoni ce li hai?».

«È venuta la visita alle dieci... mi hanno trovato. Le posso far vedere la firma sul libretto. Lo chieda al pattuglione».

«E dopo le dieci?».

«Mi sono voltato dall'altra parte e ho russato...».

«Dormi solo?».

«È per saper questo che mi fa tante domande?».

«Lo faccio per te. Non vedi che cerco di aiutarti?».

L'altro alzò le spalle.

«Ieri notte ero solo!».

«Male! Proprio ieri notte hanno ammazzato il senatore Magni...».
«Ah!...».

Era sorpreso, più che colpito. «Guarda!... Gliel'hanno fatta! E chi è stato?».

«Tu!».

«Sciocchezze! Non mi ci prende! Non ho mai sparato io, né fatto occhielli nella pelle di nessuno. Ladro quanto vuole! Ma i trent'anni non li becco! Cerchi meglio, commissario! Questa qui non attacca!».

«Lo vedremo! E stamattina che hai fatto?».

«Vuole l'alibi? Per tutto il giorno di oggi ce l'ho. Lo domandi al commendatore... Sono stato con lui tutto il giorno per affari...».

«E questo tuo commendatore, chi è?».

«Via della Madonnina 13... Ci vada... È il Restelli di Fiori Chiari... Fa il mercante, lui...».

«Ah!» fece il commissario, che conosceva il ricettatore. «La testimonianza non è delle migliori!...».

«Lo so! Anche perché lui avrà paura di dire che mi ha tenuto nella sua bottega ad aiutarlo... Ma è la verità...».

«E hai veduto tua sorella, oggi?».

«No. Ma ho saputo che è stata a cercarmi a casa. Io non c'ero».

«Ci avrai i testimoni, almeno di questo, eh?».

«E come!... Il portinaio di casa fa l'informatore... Lo conoscete bene!».

«A che ora è venuta!».

«Saranno state le sei, credo...».

De Vincenzi fece una pausa.

Il giovanotto si asciugava l'acqua sul corpo, fregandosi con la camicia. Tutta quella storia non sembrava interessarlo. Ogni tanto guardava il commissario di sottecchi e sogghignava.

«Adesso, starà tranquilla Norina, se quello è morto!».

«Eh?!» fece quasi di scatto De Vincenzi, perché quella frase era stata detta con tale accento da non lasciar dubbi: lui credeva sinceramente che sua sorella fosse ancora viva.

«Ho detto che adesso finirà di pensare al senatore, mia sorella! Lui s'era divertito con lei e Norina c'era cascata. È una sentimentale, povera stupida!».

«Non è più sentimentale» articolò De Vincenzi lentamente.

L'uomo alzò la testa, sorpreso soprattutto dal tono di quelle parole.

«Perché?».

«Perché hanno ammazzato anche lei!».

«No!... Per la...».

E bestemmiò con ferocia.

S'era alzato, stringeva i pugni.

«È vero? È proprio vero quel che dice? Perché se lo fa, per tentare di prendermi in trappola... non so neppur io con che sugo, del resto!... Ma, se mente, è una porcheria!».

«Non mento. Qualcuno ha strangolato tua sorella questa notte e poi l'ha gettata nella Darsena di Porta Ticinese!...».

L'uomo si fece livido. Tutte le corde del collo gli si gonfiarono. Ansava. Sembrava che volesse lanciarsi contro il commissario. C'era in lui l'impeto di una collera furibonda. Gli occhi torbidi vedevano rosso.

«Se mi dice chi l'ha ammazzata...» urlò; ma improvvisamente, di colpo, sembrò afflosciarsi... Fu come se, per la prima volta in vita sua, fosso stato invaso da una grande commozione spasimosa. Gli occhi gli si empirono di lacrime. Una specie di rotto singhiozzo gli uscì dalla gola. Ricadde a sedere e si prese la faccia tra le mani. Piangeva. Mormorò: «Povera creatura! Povera figliaccia di mamma sua...».

De Vincenzi dovette voltar la testa da un'altra parte e poi allontanarsi verso il fondo della camera. Quel dolore buono, sano, in quell'anima depravata, era profondamente patetico.

Poteva fingere? Soltanto la lunga dimestichezza, che De Vincenzi aveva coi delinquenti gli

suggeriva che sì, che poteva anche fingere, che anzi avrebbe proprio finto in quell'unico modo, se lo avesse fatto. Ma non fingeva. Non fingeva, per l'unica ragione che non era stato lui a ucciderla e che non sapeva neppure che l'avessero uccisa.

Un'altra pista da scartare. Un'altra figura, che entrava e che usciva dal dramma. Si sentiva lontano dalla verità, più lontano che mai! Se soltanto avesse interrogato la ragazza, quando era viva!

Andò nella camera di Sani, lasciando solo quel disperato, per non sentirlo più piangere. Gli faceva male.

Pensava al cadavere della donna, bianco, sporco di melma, con quei suoi capelli biondi molli, opulenti...

Rivide un'altra figura femminile. La donna obesa e un poco inflaccidita, che prediceva la morte a distanza. Se davvero attorno a noi esistesse un altro mondo, che non conosciamo? I morti tornano? Parlano? Allora, Norina avrebbe potuto parlare... Lei amava il senatore, lei pure! Povera creatura! Povera figliaccia di mamma sua!

Uscì sotto il portico e chiamò l'agente che passeggiava, fumando.

«Vieni qui!».

«Ai comandi» e quello spense il sigaro, fregandolo contro il muro.

De Vincenzi rientrò seguito da lui.

Gl'indicò il giovanotto, che stava sempre curvo sulla seggiola, con la testa fra le mani.

«Portalo via. Chiudilo in guardina. È inutile che torni a casa stanotte. Mettilo solo. E... trattalo bene! Non ha fatto niente...».

L'agente si avvicinò all'uomo e gli batté sulla spalla: «Andiamo, su!... Vieni con me!...».

Quello si alzò. Teneva sempre le mani sulle guance. Sembrava un automa.

Quando fu in piedi, si prese un dito fra i denti e lo morse rabbiosamente. «Maledetta la vita!...».

Poi seguì l'agente, senza più guardare nessuno. De Vincenzi sentì il loro passo che si allontanava, risuonando sotto il porticato. La pendola in camera di Sani batté le due. Adesso, il commissario s'era seduto. Si sentiva invadere da una grande stanchezza. Aveva sonno. Che poteva fare ancora per quella notte? Non metteva più insieme due idee. Quella era l'inchiesta degli innocenti. Persino i gaglioffi diventavano mondi! Eppure c'erano due cadaveri. Uno per notte. Tutti e due sul marmo dell'ospedale! Si alzò di scatto.

Se ne sarebbe andato a dormire. Aveva bisogno di riposo. Pensò con un senso d'infinita voluttà al refrigerio delle lenzuola.

Spense la lampada sul tavolo, senza pensare che quella del soffitto era spenta. Si trovò al buio. Vide il quadrato della porta illuminato e la camera del vicecommissario.

Vi si diresse quasi di corsa, perché quel buio era pieno d'ombre, materiali, palpitanti. Un mondo che non conosciamo...

E, giunto nell'altra camera, quasi mandò un urlo poiché si vide un uomo davanti. Basso, sorridente, roseo, lindo. Era entrato, senza far rumore. «Ma per Dio! Che cosa fa qui, lei?!». «Mi scusi» proferì sorridendo il dottor Marini. «Mi è stato impossibile venir prima. Gli ammalati... la grippe... il morbillo...».

«E viene a quest'ora?».

«M'hanno detto che lei veglia tutta la notte...».

«Io l'avevo invitata a venire nel pomeriggio...» interruppe gelidamente il commissario, ritrovando il suo equilibrio.

«Infatti! Ma la grippe... il morbillo...».

«E lei sta fuori tutte le notti?».

«Qualche volta».

«Ebbene, mi accompagni a casa, se vuole. Parleremo».

«Volentieri. Camminare di notte per le strade deserte è uno dei miei piaceri preferiti... Mai come di notte ho il cervello lucido».

De Vincenzi uscì pel primo e l'altro lo seguì. Il commissario vide l'ombra del dottore proiettarsi sulle pietre del cortile, illuminato dalla luna piena, e notò che era breve e quasi tonda, tanto l'uomo era basso, e, col soprabito aperto, appariva tozzo.

Capitolo tredicesimo

Giri attorno a un punto ignoto

Infilarono la Galleria. Traversarono piazza del Duomo, girarono attorno alla Basilica, presero per piazza Fontana.

Non era quella la strada per andare a casa di De Vincenzi, ma lui non aveva più sonno, adesso, e non sognava più il refrigerio delle lenzuola.

Andava. E l'altro gli camminava al fianco. Tacevano.

Davanti ai Tribunali, una donna li avvicinò e li squadrò in volto sfrontatamente, ammiccando. Poi s'allontanò e canticchiò «Io son pacifico...».

Il caffè d'angolo era aperto.

«Vogliamo bere qualche cosa?».

De Vincenzi trasalì.

«Entriamo!».

Sedettero a un tavolino in fondo. La sala era deserta. Il cameriere sonnecchiava contro una parete. Sbadigliò, si avvicinò a quei clienti che non desiderava e pulì il marmo del tavolo con uno straccio, che aveva preso, passando, da un portastracci a forma di palla, di nichelio lucente.

«Che prendono?». «Un caffè» disse De Vincenzi e il dottore lo guardò con disapprovazione.

«Il caffè a quest'ora! A me darete un'anisetta doppia, in un bicchiere grande e un sifone di seltz...».

Spruzzò appena col seltz il liquore e poi cominciò ad assaporarlo lentamente.

«Non c'è nulla di meglio, per togliere la sete. Io ho sempre sete, a quest'ora. La digestione...».

De Vincenzi non parlava. Sembrava si ostinasse di proposito in quel mutismo. Fissava il medico, che sorrideva tranquillo. «E dotato di una reale forza magnetica» aveva detto Chirico e lui voleva rendersene conto.

«Ma non dorme mai, lei, commissario? Ieri mattina era sulla breccia alle nove, credo… e un agente, che ho interrogato poco fa, mi diceva che lei sta in ufficio tutta la notte…».

«Uhm!» fece De Vincenzi e bevve il caffè. «Questa notte non ci sto, per esempio…». «Già…». «E lei, allora?».

«Oh io! Io sono nottambulo per temperamento. Lo faccio per cura. Se dormissi molto, ingrasserei anche di più. E io non voglio ingrassare. È segno di vecchiaia!».

«La stessa età?».

«Come dice?».

«Lei aveva la stessa età del suo amico… del senatore?».

«No! Vede! Tre anni di meno, eppure, Ugo sembrava assai più giovane. In tutto così! Lui aveva sempre ogni vantaggio sugli altri suoi simili!».

«Non ha avuto l'ultimo, però!».

«E chi lo sa? A morire a quel modo c'è pure il lato buono. Ci si trova all'altro mondo, senza accorgersene!… Che crede che abbia sofferto lui?… Il colpo deve averlo sentito come un picchio sulla testa. E poi null'altro. Vorrei morire anch'io come lui!».

Storse la bocca, come se disprezzasse se stesso.

«Ma io non creperò così, io! Chi vuole che mi ammazzi?!».

E bevve d'un fiato.

«Cameriere, un'altra doppia, eguale, nello stesso bicchiere…».

Poi fissò De Vincenzi.

«Chi sa che cosa pensa lei, di me, in questo momento! Non badi a quel che faccio. La morte di Ugo mi ha sconvolto un poco… Gli volevo bene. In fondo, son circa trent'anni che vivevamo assieme. Ci siamo trovati in collegio, che io avevo dieci anni. Adesso ne ho quaranta. E non ci siamo mai perduti di vista. Lui ha preso la laurea; io ho preso la laurea. Lui ha preso moglie, io l'ho presa pure... Così...».

Batteva con l'indice a martello sul tavolo, a picchi regolari, spaziati, e quei picchi avevano uno strano ritmo, come se rispondessero alle regole d'un alfabeto convenzionale. «Invece non hanno significato» si diceva De Vincenzi, che li seguiva, però, con intensa attenzione.

«Lei ipnotizza, battendo a quel modo?». «Chi le ha detto che io ipnotizzo?» chiese con voce impercettibilmente alterata.

«Nessuno. Ma credevo che i medici, chi più chi meno, praticassero quasi tutti l'ipnosi oggigiorno...».

«Infatti... È un metodo di cura ottimo... Io non ne abuso, però. Stanca il soggetto. E io il soggetto cerco sempre di risparmiarlo».

Quelle parole ebbero un suono strano, o sembrò a De Vincenzi che lo avessero. Forse era l'alcool, che gli rendeva roca la voce.

«È molto tempo che pratica lo spiritismo?».

«È appassionante!» esclamò il dottore, senza rispondere alla domanda.

E fu il silenzio. Tutti e due seguivano il corso dei propri pensieri e soltanto di tanto in tanto ne manifestavano uno a parole. Era come se qualcuno si fosse divertito a tener la mano sul bottone di una radio e avesse aperto e chiuso a intervalli la corrente. La più gran parte della musica veniva suonata soltanto nell'interno dei loro cervelli.

«Che cosa siamo? Di dove veniamo? Dove andiamo? La morte è l'annichilimento del nostro essere o l'alba d'una nuova vita, del tutto differente da quella che viviamo quaggiù?».

«Già» fece De Vincenzi. «E lei parla con gli spiriti!».

«Infatti, lo spiritismo è fondato sull'esistenza degli spiriti. Ma gli spiriti non sono altro che le anime degli uomini... Da quando esistono gli uomini, esistono gli spiriti».

«E tornano in terra! Allora, lei crede che un assassinato possa andare a trovare il suo assassino?».

«Cameriere, una terza anisetta doppia!».

Gli occhi gli lucevano. Il dito batteva sempre sul marmo. De Vincenzi glielo afferrò e lo tenne stretto per qualche secondo.

«Mi scusi! Ma io ho i nervi a fior di pelle… questa notte… La stanchezza… Lei non ha risposto alla mia domanda!».

«Stavo riflettendo. C'è un libro fondamentale di Allan Kardec, che potrebbe risponderle: Il cielo e l'inferno e la giustizia divina secondo lo spiritismo… Ma lei crede che lo spirito si manifesti al modo dei fantasmi, andando a tirar le lenzuola della vittima o del carnefice? Occorre chiamarlo… materializzarlo… renderlo presente. E come vuole che un assassino tenti un esperimento di questo genere?».

«Già!…».

Il bottone fu girato. La musica dei loro pensieri tacque, racchiusa nelle due scatole craniche.

«Dove è stato l'altra notte, dottore? La notte in cui hanno ammazzato Magni?».

«Strano!».

«Che cosa?».

«Che lei non mi abbia fatto prima questa domanda, io me la sono fatta subito. Dove sono stato nella notte da lunedì a martedì? Per un nottambulo girovago quale io sono… il fatto più sorprendente, come coincidenza, è che io, proprio ieri notte, sia rimasto in casa. Mia moglie era sofferente… Nulla di grave… Mali passeggeri di un organismo anemico. Io adoro mia moglie. E le sono rimasto accanto tutta la notte».

Fece una pausa, poi prese dalla tasca il portafogli, ne trasse un biglietto di visita, lo mise sul tavolo, dandogli un colpettino col dito, perché scorresse verso il commissario.

«Non le ho ancora dato il mio indirizzo». De Vincenzi non toccò il biglietto. «Non m'interessa! Perché dovrei andare a casa sua?». Ma aveva letto l'indirizzo: corso Plebisciti 17. «Come vuole! Però, se ha bisogno di un medico, disponga di me. Glielo dico sinceramente».

E col cartoncino si mise a fare una piccola oca. Le sue dita grassocce si muovevano rapide e abili. L'ochetta alzò la coda e le ali sul marmo. Lui la guardava sorridendo. Stese la mano per bere. Il bicchiere era vuoto. Subito, De Vincenzi chiamò: «Cameriere! Quanto fa?». E rivolto al compagno: «Usciamo!». «Stavo per dirglielo io».

Bevve un bicchier d'acqua, in mancanza dell'alcool. Doveva avere il palato secco.

Quando si trovarono in piazza Beccaria, cominciava il lavoro degli spazzini.

Risalirono via Cavallotti; al crocicchio di via Cesare Battisti, il dottore si fermò. «Dove andiamo?».

«A guardar dal di fuori il negozio dei libri...». «Troppo tardi!» mormorò Marini. Il negozio era naturalmente chiuso. Si fermarono. Il dottore rise.

«Appartiene a Chirico. Uno strano tipo!». «Lo conosce?».

«E segretario del Circolo di studi psichici...». «Frequentava il negozio, lei?». «Qualche volta. Mi piacciono i libri, per quanto non comprenda la mania di coloro, che se ne empiono la casa, senza neppur leggerli! Io li leggo e poi li getto via». «Tutti?». «Quasi».

«Quali libri preferisce?».

«Non ho preferenze! Leggo per imparare. In ogni libro, per meschino che sia, c'è da apprendere qualcosa, che serve a condursi nella vita».

De Vincenzi andò a scuotere il portone dello stabile, che cedette subito. «È sempre aperto questo portone!». «Nelle case popolari accade facilmente. Tutta gente che non teme i ladri».

Il commissario pensò: «Se andassi a svegliare la portinaia e suo marito?».

A quale scopo? Avrebbero maledetto l'importuno! E che c'era da apprendere, a interrogarli?

Aveva dato un calcio al portone, che s'era aperto, e guardava dentro l'androne illuminato da una lampadina rossastra. «Che vuol fare?». «L'assassino è uscito di qui». «Come lo sa?».

«Mentre invece, per entrare nel negozio, era passato dalla porta esterna, sollevando la saracinesca. Si trovava assieme a Magni, allora. E Magni, naturalmente, era vivo, né sapeva di dover morire dopo poco».

«Ma... in tal caso, avevano la chiave?».

«Non è detto. Quelle serrature si aprono col più semplice dei ferri curvati».

«Uno del mestiere, però!».

«Può darsi!».

E il commissario si allontanò in fretta dalla casa.

«Adesso, me ne vado a letto. Sono le tre e mezza suonate e voglio dormire almeno sei ore».

«Vuole che l'accompagni in tassì?».

«Non importa. Lei abita lontano da me».

C'erano due tassì fermi al principio del Verziere. De Vincenzi mise la mano sulla maniglia del più vicino.

«Grazie della compagnia».

«E le sue indagini?» chiese di colpo il dottore. «Troverà l'assassino?».

«Lo sa che stanotte hanno strangolato Norina?».

«Che cosa?!».

Sembrava turbato.

«Povera ragazza! Ma perché?».

Il commissario s'era seduto nell'interno della macchina. Lo sportello rimaneva aperto.

Dal fondo del sedile mandò una risatina nervosa.

«Se sapessi perché l'hanno uccisa, conoscerei il nome di chi ha assassinato il senatore!».

Il dottore, illuminato in pieno dalla luce del grande globo a incandescenza della piazza, s'era tolto il cappello e si passava la mano sui capelli folti. Aveva la fronte molto alta. Così, senza cappello, il suo volto rotondo acquistava nobiltà, si spiritualizzava, presentava tutte le caratteristiche dell'intelligenza.

«Che dramma!».

E fece un passo avanti per chiudere lo sportello.

De Vincenzi mise la testa fuori.

«Dottor Marini!».

«Mi dica...».

«Se le chiedessi di farmi assistere a una seduta spiritica, acconsentirebbe?».

«Oh! Che idea!».

«E tanto tempo che lo desidero!».

«Ma lei è scettico. Gli scettici turbano tutti i fenomeni. Chiamano gli spiriti burloni. Non si combina nulla di buono!».

«Chi le dice che io sia scettico? Invece, io credo fermamente che i morti tornino!».

«Uhm! Ne parleremo... Ma non per adesso, sa? Non potrò rimettere piede tanto presto in via Broletto, al Circolo. Ci andavo sempre con Ugo. Tornarci ora, risveglierebbe i ricordi».

«Buona notte!» fece il commissario e diede all'autista l'indirizzo di casa sua.

Il dottore rimase fermo in mezzo alla piazza a contemplare il tassi, che si allontanava.

Capitolo quattordicesimo

Il «confidente»

Erano passati tre giorni.

De Vincenzi li aveva trascorsi a leggere libri di spiritismo. Adesso, nel cassetto del suo tavolo, in Questura, c'erano le opere di Kardec, quelle di Leon Denis e di Delanne. Aveva letto i due tomi di Delanne: *Les fantòmes des vivants* e *Les apparitions des morts*. E poi aveva ripreso a leggerli dal principio.

Appariva silenzioso e concentrato. Aveva abbandonato tutte le pratiche correnti nelle mani del vicecommissario.

«Fa' tu...» gli aveva detto, con un sorriso amaro. «Tanto, è lo stesso!...».

Sani lo aveva guardato con affetto. Conosceva ormai in lui quei momenti di chiuso arrovellamento, che erano decisivi ai fini di un'inchiesta. L'idea centrale, l'idea dalla quale doveva sprizzar la luce, sembrava che avesse bisogno di quelle ore, di quei giorni d'incubazione, per germinare.

Ma erano ore di travaglio doglioso per De Vincenzi, giorni di scoraggiamento, nei quali non faceva che sognare la sua Ossola ventosa e tanto bella! E scriveva a sua madre: «Mammetta mia, come vorrei esserti vicino!».

Nella casetta a pie dell'Alpe, con l'aia e le galline, il cane, la domestica...

Aveva fatto rilasciar subito la mattina dopo Pietro Santini. E quello era corso al Monumentale a contemplare il corpo di sua sorella, che i periti settori avevano sezionato per l'autopsia. Poi s'era chiuso a casa e il «pattuglione» ve lo aveva trovato a tutte le ore.

L'autopsia aveva concluso per lo strangolamento. Morta di soffocazione, prima d'essere immersa nell'acqua. Se non le ecchimosi al collo — le dita dell'assassino avevano stretto così forte, con tanta rabbia, che le giugulari s'erano lacerate — lo avrebbe rivelato lo stato dei polmoni, nei quali non si trovò la più piccola goccia d'acqua. E i dottori anche nelle viscere della ragazza avevano trovato abbondanti tracce d'alcool.

«Lo prevedevo» aveva risposto De Vincenzi al medico, che glielo comunicava. «E iperemia alle meningi, vero?».

«Vedo che è ferrato in medicina!» esclamò l'altro.

«Non credo...» s'era schermito il commissario. «Ma che quella figliola avesse bevuto liquori prima di venire uccisa lo immaginavo, per la semplice ragione che il suo assassino è il medesimo del professore».

«Ma lei sa chi sia l'assassino?».

«Io? Non ne ho la più pallida idea».

Mentiva. Un sospetto l'aveva. Ma era uno di quei sospetti, che fanno sorridere, quando vengono manifestati, se non fanno addirittura sobbalzare d'incredulità. E lui si guardava bene dal manifestarlo ad alcuno. Lo covava in silenzio, chiuso nel suo ufficio di San Fedele.

Non era tornato in via Corridoni e neppure in viale Bianca Maria. Nessuno lo aveva più veduto, né lui aveva fatto chiamare nessuno. Né il piccolo signor Chirico, che viveva quei giorni con l'ansia di veder comparire in negozio o a casa sua una o addirittura un paio di guardie. Non miss Drury col suo fidanzato. Non la pallida vedova del senatore. E neppure la medium, che certo si sarebbe presentata, facendosi accompagnare dalla figlia.

Pietrosanto, nel negozio, lo aspettava. Il mite compilatore del catalogo interminabile avrebbe volentieri conversato con quel commissario così gentile e intuitivo.

«Vedrà che scoprirà l'assassino!» aveva detto al padrone, ma quello, grattatosi la testa, l'aveva poi scossa energicamente.

Gualmo nondimeno lo aveva ripetuto e lo ripeteva a tutti i clienti del negozio, che s'eran fatti più fitti e così assidui, da tornare a cercar libri fino a tre volte al giorno. Erano attratti lì dentro dalla curiosità morbosa per quel delitto così strano e oscuro. E trovavano mille pretesti, per andar nel retrobottega a guardare il posto dove c'era stato il cadavere.

I giornali portavano colonne e colonne. Ancora, però, la morte della ragazza era quella che accendeva maggiormente la fantasia. Un delitto atroce di brutalità. Le mani contratte dell'assassino attorno al collo esile e bianco. E la donna era bella! Se fosse stata brutta, la sua morte non avrebbe fatta tanta impressione.

De Vincenzi non cercava, non indagava, non si muoveva neppure. Col giudice istruttore aveva avuto un lungo colloquio, dopo il quale quello se ne era andato, scuotendo la testa e dicendo: «Le concedo gli otto giorni che vuole. Ma se in capo a essi non mi porterà il reo, farò io e le assicuro che farò presto!».

«Naturalmente» aveva pensato il commissario. «Lui farà prestissimo, anzi. Due mandati di cattura e tutto a posto! Povera Patti Povero Edoardo!».

Il dottor Marini non s'era più mostrato a San Fedele. La grippe... il morbillo...

Aveva telefonato due volte e tutte e due le volte De Vincenzi gli aveva risposto: «Nulla di nuovo!... Ma lasciamo andare il delitto, dottore. Mi dica: quand'è che mi farà assistere a una seduta spiritica? Lo sa che non sono più un profano, oramai? Non faccio che leggere libri di spiritismo, giorno e notte...».

L'altro aveva riso dentro il microfono e poi era andato in giro a dire: «In che mani è riposta la protezione dei cittadini! Il migliore di quei tipi, che hanno il dovere di scoprir gli assassini, si è messo a studiar testi spiritici, invece di fare il poliziotto! Se non è matto, incosciente lo è di certo!».

E il Questore, senza arrivare a una conclusione tanto severa, che De Vincenzi fosse un po' tocco cominciava a crederlo anche lui.

Lo aveva chiamato al redde rationem e il commissario, dopo averne ascoltata la paternale, s'era limitato a rispondere: «Commendatore, forse scoprirò l'assassino e l'arresterò; ma mi ci vogliono otto giorni. Se lei mi lascia fare per otto giorni, all'ottavo o le conduco nel suo ufficio colui che ha ucciso il senatore e la ragazza o ci vengo da solo a presentarle le dimissioni».

«Una bella prospettiva!» aveva masticato tra i denti il Questore. «Che vuole che mi facciano le sue dimissioni, se con ogni probabilità dovrò darle anch'io?».

Poi gli aveva concesso quegli otto giorni; ma si era affrettato a mandare a Roma un rapporto dettagliato di tutto, chiedendo istruzioni.

Otto giorni.

Ne erano passati tre.

Al terzo si ebbe un piccolo colpo di scena. Una farsa nella tragedia. Ma fu quell'intermezzo grottesco, che valse a scuotere il torpore di De Vincenzi.

Alla mattina, il Questore chiamò Sani nel proprio ufficio e il vicecommissario mandò subito Cruni a svegliare il suo Capo. La vecchia Antonietta esalò ancora tutti i suoi lamenti e De Vincenzi si limitò a ordinarle: «Portami il caffè. Preparami il bagno».

Per la strada non interrogò neppure Cruni e fu il brigadiere, che, dopo un lungo silenzio, non poté più trattenersi dal dirgli: «Lo sa, dottore? Sembra che il Commissariato di via Meda abbia trovato la pista buona...».

«Di che?» chiese De Vincenzi.

«Dell'assassino...».

«Bene».

La pista buona! Come se l'assassino avesse lasciato una pista!

Aveva passato lo straccio sulla polvere, questo aveva fatto, per segnare una traccia, che doveva servire soltanto a ingannar la Polizia. E aveva rubato un libro...

Su dal Questore trovò, infatti, proprio il commissario di via Meda. Era un pezzo d'omaccione robusto e ventruto, con due baffoni da maresciallo dei carabinieri. Un buon uomo, in fondo, il cavalier Roberti, nonostante quel suo aspetto da tiranno dei burattini; ma con una fregola spasimosa di distinguersi e di farla a quelli della Centrale.

Aveva i baffi più minacciosi del solito e gli sguardi lucenti. Le pupille nere sembravano due carbonchi.

«Ah! De Vincenzi… Sembra che ci siamo, questa volta! Senta un po' che cosa dice Roberti».

«Buon giorno» augurò con affabilità De Vincenzi al collega. «Così, ci porti il tuo aiuto, eh! Ne avevamo bisogno davvero… Che hai trovato?».

Roberti arrossì leggermente.

«Veramente, io non ho trovato! Ma uno dei nostri "Confidenti" sembra che la sappia lunga. Dice di avere avuto la confessione completa dei delitti dall'autore stesso del duplice assassinio…».

«Ah! Un "confidente!"…» mormorò De Vincenzi. «E l'autore del duplice assassinio sarebbe?».

«Un pregiudicato di circa sessant'anni, ma valido ancora e robusto. Che vive per le cascine e le campagne di Milano, rubando e rapinando…».

«Avrebbe agito per mandato, allora?».

«Naturalmente» rispose Roberti; ma la brevissima esitazione che aveva avuta diede a De Vincenzi il sospetto che egli non si fosse molto preoccupato di quel particolare.

«Per mandato di chi?» chiese il Questore, che osservava attentamente i suoi due sottoposti.

L'imbarazzo del commissario di via Meda fu evidente.

«Il mandante lo conosceremo, quando avremo arrestato l'individuo…».

«E questo suo "confidente?"…».

«È giù… Se lo vuol vedere…».

Il Questore meditò un istante. Era più azzimato, più lisciato, più tirato a quattro spille del solito, quella mattina; ma gli occhi gli brillavano rapidi e penetranti.

Corrugò la fronte.

De Vincenzi l'osservava e sorrideva dentro di sé, perché si rendeva conto che due opposti sentimenti combattevano in lui: il desiderio di sincerarsi subito da solo dell'attendibilità di quella deposizione e il timore di compromettere la propria autorità, se quella testimonianza fosse risultata vana e magari grottesca.

Il timore la vinse.

«Non importa... Ho affidato le indagini di questo delitto al commissario De Vincenzi. Vada con lui e rimetta nelle sue mani il "confidente"...».

E li accompagnò alla porta, Roberti uscì per primo.

Il Questore trattenne De Vincenzi per un braccio: «Senta, lei!...» e lo fissò negli occhi.

«Ho capito» fece il commissario.

«Questo, però, desidero che abbia capito. Se l'indizio è buono, non se lo lasci scappare... per la ragione tutta sua personale che non rientra nel quadro psicologico, che lei s'è fatto. Mandi al diavolo il quadro e mi arresti l'individuo. Ha capito?».

«Farò come lei vuole!» disse l'altro e raggiunse il collega per le scale.

«Ascoltami, Roberti... Questo tuo "confidente" da che interesse è mosso?».

«Che vuol dire?» s'inalberò quell'ottimo uomo, che già cominciava a sentirsi poco sicuro della scoperta fatta.

«E chiaro. Con che mezzi lo tenete? Il denaro? La paura? E un vigilato? Insomma, quali sono i rapporti, che lo legano alla Questura?».

«E un vigilato...» disse il commissario e si arricciò i baffi, facendo una pausa.

S'erano fermati sul pianerottolo. Passò quasi di corsa un agente con un fascio di carte fra le mani. Volle salutarli e le carte gli caddero, De Vincenzi si chinò a raccoglierle.

«Oh cavaliere... Grazie, cavaliere!... Scusi... scusi...» poi riprese la corsa, tutto rosso.

Roberti guardava con imbarazzo il collega, che s'era sollevato.

«Ti debbo dire… Quest'uomo non è proprio un nostro "confidente". È più che altro un uomo di Harrington… Sai? Il detective privato di via Dante…».

«Ah!» e il lampo d'ironia ch'ebbero le pupille di De Vincenzi fu così evidente, che Roberti arrossì di nuovo.

«Non credi che Harrington sia un galantuomo?».

«Certo certo… Un galantuomo, che si fa pagare dai suoi clienti per non esserlo… Vorrei sapere però chi è che lo paga, questa volta…».

Roberti sbuffò.

«Ne hai di belle, tu! L'essenziale è che questo suo "confidente" dica la verità! Che c'importa del perché abbia parlato?».

«Naturalmente!».

Erano giunti in cortile. Il commissario di via Meda fece segno a un uomo, che si teneva appoggiato a una colonna.

L'uomo gettò il mozzone di sigaretta che aveva tra le labbra e li seguì.

De Vincenzi, passando per la prima stanza, sussurrò rapidamente a Sani: «Trattieni qui colui che ci segue» ed entrò nella sua con Roberti.

«Vuol rimaner solo per interrogarlo?» chiese questi, che s'era accorto della manovra.

«Se non ti dispiacesse… Perdonami, Roberti! Io ho i miei metodi. Valgono quel che valgono; ma insomma non ne ho altri e li adopero. Per di più, questo qui è un maledetto affare, che non mi fa dormire la notte. Mi sono messa un'idea per la testa, che ho paura di confessare anche a me solo. Sono tre giorni che la rimugino, chiedendomi se debba verificare i miei sospetti o se debba abbandonarli come pazzeschi. Credi a me: questo è uno di quei casi scabrosi, in cui a fare un passo falso, si rotola sino in fondo…».

«Ma sicuro… sicuro… sicuro…» balbettò Roberti, a cui tutte quelle parole avevano dato il capogiro.

Non era un intellettuale, lui! E neppure procedeva guidato da una propria sensibilità e tanto meno da una intuizione, sia pure lenta. Lui vedeva quadrato e tagliava grosso.

«Allora, me ne vado... Mi farai sapere qualcosa... E, se posso servirti, per l'arresto dell'assassino, conta su me. Lo faccio col desiderio d'esserti utile e per null'altro».

Adesso, si espandeva in profferte, pel timore d'apparire offeso o invidioso. Davvero non lo era. Soltanto, non capiva come mai si potesse discutere tanto un'informazione di un «confidente». Oh! Se non fossero esistiti i «confidenti», come avrebbe fatto la Questura? Pensava lui e non era colpa sua, se si era fermato ai metodi e agli usi di qualche anno prima, quando c'erano le guardie regie e tutto il resto!

De Vincenzi gli strinse la mano con cordialità: «Grazie e capiscimi!... Ma del tuo aiuto, come di quello di tutti, ho sempre bisogno».

Quando Roberti fu sulla porta, gli disse: «Allora, mandamelo qui ti prego» e andò a mettersi nell'angolo della finestra, con le spalle alla luce.

Voleva guardarselo bene in faccia il tipo che entrava.

Un tipo, infatti. Quel che colpiva subito, in lui era il colore del volto. Non era pallido, né rosso, né livido, né cianotico, né moro, né mulatto, né aveva alcun altro colore d'un volto consueto o soltanto, se pur raro e insolito, naturale: era cinerino. Neppure, anzi. Si sarebbe detto che quel volto fosse tagliato e modellato nella creta calcarea e proprio pastoso, rugoso e poroso come la creta. Faceva impressione.

Gli occhi apparivano spenti, tra le palpebre socchiuse, sotto la fronte bassa. La mascella sfuggente, il mento appena accennato, le labbra sottili accrescevano l'impressione d'un essere moralmente disossato, obliquo e viscido. La testa posava su spalle a baule, che continuavano in un corpo piccolo e meschino.

Entrò, tenendo il cappello con una mano dietro la schiena, quasi volesse nasconderlo, e con l'altra si toccava i ciondoli, che gli pendevano dalla catena di rame, sul panciotto.

Per tutto saluto, piegò la testa sul petto e attese.

«Che fate, voi?».

Spalancò gli occhi, che apparvero senza luce, opacamente inespressivi.

«Come, che faccio?».

«Dico di mestiere».

«Servo nella Chiesa della Consolata... a Porta Nuova...».

«Siete scaccino, insomma!».

«Servo quel parroco e i fedeli...».

«E fate il “confidente” della Questura, nelle ore di riposo?».

«Chi gliel'ha detto? Le cose non stanno così».

«Sentiamo, allora».

«Ecco».

Ma taceva. De Vincenzi gli disse: «Prendete quella seggiola dietro di voi... Sì, quella... e sedetevi... Bene... Adesso, ditemi come stanno le cose».

L'uomo sedette e posò le mani sulle ginocchia, col cappello pendente dalle dita. Ma aveva tale abitudine, parlando, di congiunger le mani sul petto e di fregarsele poi lentamente, una contro l'altra che fece subito quel gesto e il cappello cadde. Gli diede un'occhiata e non lo raccolse.

«Servo nella Chiesa della Consolata, perché è stato Harrington a volere che prendessi quel posto... Egli aveva bisogno di un uomo suo, in quell'ambiente... Forse, pensava che nessuno avrebbe diffidato di me».

«E ha anche pensato che voi avreste potuto procurargli qualche cliente, approfittando della dimestichezza che i devoti e soprattutto le devote avrebbero avuta con voi».

«Non so...».

«E per di più gli sareste stato utile nei casi d'informazioni matrimoniali e in quelli di adulterio».

«Non so...».

«Lo so io. Continuate».

«Così, in realtà io sono uno degli informatori dell'agenzia del signor Harrington... e non un “confidente” della Questura».

«Bene. Dunque, per far questo servizio di oggi, siete pagato».

«Di quale servizio parla?».

«Dove avete pescato l'assassino del senatore Magni?».

«In un'osteria».

«Quale?».

«Gliela mostrerò... è lontana... vicino a Taliedo... Un'osteria di campagna...».

«Avanti...».

«Le giuro sul Cristo che è la verità!».

«Lasciate in pace il Cristo. Non vi ho ancora accusato di menzogna».

«È stato per caso... Sentivo parlare di un cappello quasi nuovo e di un soprabito da donna, che volevano vendere... Chi ce li ha? domandai. Avevo capito che si trattava di oggetti rubati... Ma il giovanotto che li offriva non volle dirmi nulla... Fu soltanto quando lo ebbi fatto bere, che accennò al bigatt...».

«E questo bigatt sarebbe?».

«Il nome vero non lo so; ma è conosciuto al Carrobbio e per tutto il quartiere di Porta Ticinese... È vecchio ma è terribile... Anche i giovani lo temono... Io l'ho cercato e ieri notte, finalmente, l'ho trovato... Mi condusse in una cascina verso Monza... È la cascina di un fornaio, che gli dà ricetto nel fienile, perché lui gli fa qualche servizio... Sotto il fieno... nascosti... il bigatt mi mostrò un soprabito da donna e un cappello floscio di feltro... quasi nuovo... Nell'interno c'erano ancora due cifre in oro: un U e un M... Non so perché... ma soprattutto per gli occhi che faceva il vecchio, quando toccava quegli oggetti ebbi come in un lampo la rivelazione di qualche cosa di mostruoso... I giornali hanno parlato molto del soprabito e della borsetta di Norina Santini, che non si sono ritrovati nella Darsena di Porta Ticinese, né altrove... Pensai che quello potesse essere il soprabito della ragazza... Chiesi all'improvviso al bigatt: «E la borsetta dove l'hai messa?». Lui si turbò. Mi guardò con occhi striati di sangue. «Sei una spia?» mi chiese ferocemente. Mi misi a ridere. Gl'inventai tutta una storia di delitti e di condanne. E poi gli dissi: «Andiamo a bere. A respirar l'aria di tutto questo fieno m'ha messo sete». Venne. Lo feci bere più che potei. Finalmente, parlò. È stato lui, che ha ucciso il senatore e la ragazza. Mi ha mostrato anche il "rebattin" con cui ha sparato e in quanto alla Santini… le garantisco che, soltanto a guardar le mani di quel vecchio, vengono i brividi!…».

De Vincenzi lo aveva ascoltato, senza interromperlo, immobile.

«I connotati del bigatt, naturalmente, tu puoi darmeli, vero?».

L'altro riprese a parlare con quella sua voce monotona, come se recitasse una lezione.

«Un vecchio ancora valido… Ha l'aspetto sornione e repugnante. Gli occhi piccini mandano sprazzi vivi ira le palpebre arrossate…».

«Aspetta!» intimò De Vincenzi e andò all'uscio della camera.

«Sani!» disse. «Chiama Cruni e venite tutti e due qui».

Lo scaccino s'era voltato sulla seggiola a guardare dove andasse e che facesse. Sembrava preoccupato.

Quando lo vide tornare, riprese: «Ha i capelli grigiastri…».

«Aspettate, vi ho detto!».

De Vincenzi di solito così gentile con tutti, con costui aveva una insolita ruvidezza, quasi ne provasse ribrezzo.

Entrarono Sani e Cruni.

«Sani, ti prego, scrivi quanto quest'uomo dirà. E, tu, Cruni, ascoltalo bene».

Il vicecommissario sedette al tavolo di De Vincenzi e si preparò con la penna in mano.

«Ripetete, voi; ma prima date le vostre generalità».

L'uomo si alzò. Raccolse il cappello. Si avvicinò al tavolo.

«Angelo Panzeri… fu Antonio… di Intra… nato nel 1880… Ma, commissario, le giuro sul Cristo che ho detto la verità».

«Ebbene, ripetetela un po' tutta da principio la vostra verità…».

Lo scaccino ricominciò il racconto. Quasi le medesime parole della prima volta! Sembrava d'ascoltare un fonografo. E ogni tanto guardava di sottecchi De Vincenzi e quei suoi occhi spenti sembravano illuminarsi di malizia, come pensasse: «Se speri di cogliermi in contraddizione ti sbagli!».

Ma quella era proprio l'unica cosa che De Vincenzi non sperava.

Quando ebbe finito, il commissario prese l'ultimo foglio scritto da Sani e lo mise davanti all'uomo, poi gli tese la penna.

«Firmate. È la vostra deposizione».

Lo scaccino esitò, poi afferrò la penna e firmò.

«Sta bene... Cruni, accompagnalo di là, nel corpo di guardia... Poi torna da me immediatamente».

«Mi trattiene?» gemette l'uomo.

«No!» gli rispose De Vincenzi, facendo uno sforzo per sorridergli. «Vi pare?... Ma ho bisogno di voi e in qualche luogo vi debbo pur mettere...».

Quegli uscì lentamente, guardandosi attorno.

«Gli credi?» chiese Sani, quando fu scomparso.

«Una parte di verità, la dice. E questo è il terribile, perché tutto il resto delle sue menzogne si puntella appunto su quella verità».

Prese il cornetto del telefono: «Chiama l'Agenzia d'Informazioni Private di Harrington e digli che gli voglio parlare subito...».

Cruni rientrava.

«Sentite, Cruni. Cercatemi il bigatt. Per questa notte, dovete averlo preso a ogni costo».

«Ci saranno almeno dieci bigatt fra i pregiudicati di Milano...».

«Di questo avete i connotati. Bisogna trovarlo...».

«Farò il possibile, dottore» e Cruni uscì, scuotendo la testa.

Con quel suo buon senso semplice e incapace di sottigliezze tortuose, il brigadiere non credeva neppure che l'uomo descritto dallo scaccino esistesse.

De Vincenzi si mise a passeggiare.

Sani si alzò.

«Ti lascio solo» disse, quando fu sulla porta.

Il commissario sorrise.

«Grazie. Ma adesso non ho più bisogno di solitudine. È cominciata la fase decisiva…».

«Allora, tu pensi che prenderemo il bigatti».

«Certo che lo prenderemo!».

«È lui che ha assassinato il senatore e la cameriera?».

«Questo è un altro conto!…».

E De Vincenzi rise, come non rideva da quella mattina, in cui gli avevano portato l'involto coi ferri chirurgici e in cui s'era trovato davanti al cadavere del senatore Magni, disteso fra i libri e la polvere del negozio di via Corridoni.

Capitolo quindicesimo

Harrington

Fu proprio a notte fatta, come aveva preveduto De Vincenzi, che Cruni tornò, recando con sé il bigatt. Erano le ventiquattro circa.

Lo aveva arrestato alla Cascina Maria, alle porte di Monza, mentre dormiva. E buon per lui che non vi fosse andato solo, perché quel vecchio aveva opposto una resistenza accanita, springando calci e pugni e dando morsi, come un molosso.

Quando lo portarono giù dall'automobile, ammanettato e ravvolto in un ferraiolo da brigante, con un cappellaccio sugli occhi, lo dovettero quasi trasportare di peso fin dentro gli uffici della Squadra, perché, per difendersi, Cruni e i due agenti che aveva con sé gli avevano dato una tale dose di botte da orbi, che quello non ce la faceva neppure a star ritto.

Cadde sulla seggiola e vi rimase, girando attorno sguardi da belva incatenata. De Vincenzi ebbe un fremito. Non aveva mai veduto tanto odio addensato nelle pupille di un uomo.

«Togligli il cappello» disse a Cruni.

Il ritratto fatto dallo scaccino corrispondeva abbastanza al vero. Era un brutto esemplare della razza uma na. Capellacci grigi, arruffati sul cranio, baffi grigi, spioventi, naso schiacciato da un lato, bocca sdentata e contorta.

«Come ti chiami?» chiese il commissario.

Gli rispose una specie di grugnito.

«Pigliagli le impronte».

Sani e Cruni gliele presero, senza togliergli le manette.

«Va' su e sveglia l'archivista. Voglio saperne il nome stanotte stessa».

Cruni, che zoppicava un poco per un calcio del vecchio, prese il foglio con quelle dieci ditate azzurre — s'eran serviti del tampone dei timbri — e uscì.

De Vincenzi scrutava quell'uomo e si chiedeva per quale caso grottesco e atroce si trovasse immischiato in una vicenda tanto estranea al suo essere.

Che fosse davvero l'assassino del senatore e di Norina non lo aveva mai creduto, e tanto meno lo credeva adesso che se lo vedeva dinanzi. Per nessuna ragione al mondo il senatore si sarebbe fatto avvicinare da un individuo di quella specie e si sarebbe indotto ad entrare con lui nella libreria, conservando una tranquillità e una fiducia tali da permettere che gli sparasse due colpi di rivoltella alle spalle.

E poi, come se non bastasse, poteva esser stato quella specie di bruto alcoolizzato ad asportare dallo scaffale un libro del cinquecento?

Ma, se non era l'assassino, poteva esser vero che si fosse trovato in possesso del cappello del senatore e del soprabito della ragazza.

«Avete trovato niente in mezzo al fieno?» chiese ai due agenti, che erano andati con Cruni.

«Il brigadiere ha cercato rispose uno di essi» ma non l c'era nulla...

«Va' a prendermi nel corpo di guardia quel Panzeri...».

L'agente uscì.

Sulla seggiola, il vecchio cominciava a chiuder gli occhi, come se volesse dormire.

«Non lo farai parlare, neppure con le frustate» disse Sani.

«Lo credo anch'io!» esclamò De Vincenzi. «Ma anche se parlasse, non potrebbe dirci gran che!...».

Lo scaccino entrò, con quel suo volto assurdamente grigio e quegli occhi color di palude.

«È lui» disse subito, appena vide il vecchio.

«Lo so. E chi volete che sia?».

Il bigatt aveva aperto gli occhi. Guardò il «confidente» ed ebbe un lampo di meraviglia. Poi digrignò i denti e si agitò furiosamente sulla seggiola.

«Boia! Spia!» ruggì.

Lo scaccino indietreggiò spaventato, tendendo le mani a ripararsi.

«Non abbiate paura. È legato».

Il vecchio tornò subito calmo e ricominciò a fare il gattone sonnolento.

«Ripetete davanti a lui quel che avete detto a me!».

L'uomo rifece per la terza volta il racconto e neppur questa volta mutò quasi parola. Il bigatt sembrava non ascoltarlo.

De Vincenzi gli si avvicinò e lo scosse.

«Hai sentito? Lui ti accusa di avere ucciso il senatore Magni e Norina Santini!...».

«È un boia!» disse il vecchio.

«Ma è vero che li hai uccisi?».

«È un boia!».

«Allora, confessi?».

Per la terza volta, quasi non sapesse dir altro, ripeté: «È un boia!...».

Entrava Cruni con la pratica dell'arrestato.

«Ecco qua, dottore...».

Porse il fascicolo giallo. Era voluminoso. De Vincenzi lo sfogliò rapidamente.

«Ti chiami Francesco Ravizzani... Hai iniziato la tua carriera nel 1890 con un arresto per violenza carnale e da quel giorno le condanne e gli arresti si sono susseguiti interminabili. Dieci condanne per violenza carnale... quaranta circa, per furto... ferimento... ribellione...».

Alzò la testa e fissò il vecchio.

«Però, in sessant'anni non hai mai ucciso. Perché lo hai fatto questa volta?...».

Nessuna risposta. L'uomo lanciò uno sguardo di traverso allo scaccino, che tremava.

Cruni si avvicinò a De Vincenzi e gli disse a bassa voce: «Di là c'è Harrington, che ha chiesto se poteva assistere al confronto...».

«Che aspetti» fece De Vincenzi e ordinò agli agenti di mettere in guardina il vecchio. «Solo, naturalmente. Non deve vedere nessuno».

«Io posso andare?» chiese l'uomo di Harrington, quando furono usciti il brigadiere con l'arrestato.

«Ma no! Dove volete andare a quest'ora? Il brigadiere vi darà una coperta e dormirete tranquillamente...». Il tremore dell'uomo si accentuò.

«Ma allora, lei crede che io?...».

«Non credo nulla!... A proposito! Non è stato ritrovato né il cappello, né il soprabito...».

«Li avrà bruciati...».

«Già... Buona notte!...».

L'inconcepibile lividore di quel volto sembrò aumentare. Lo scaccino fece qualche passo verso la porta, poi tornò. De Vincenzi fingeva di non badargli: s'era messo al tavolo e si vedevano soltanto le sue mani, nell'alone della lampada, prendere alcuni fogli e ordinarli. Il resto della sua persona era in ombra. Sani stava in piedi, di fianco al tavolo, ombra nera lui pure. Tutta la luce veniva proiettata in mezzo alla stanza e, dentro quel cerchio luminoso, lo scaccino sembrava preso come in una rete di raggi.

Batteva le palpebre.

«Perché, se lei volesse ritenermi responsabile...».

«Voi siete responsabile di quel che avete scritto e firmato...».

«Io non ho avuto un centesimo per mentire».

«Lo dimostrerete».

«Alle sei c'è la prima messa... il parroco mi cercherà...».

«Non vi trovate qui, forse, per fare un'opera di bene?».

«Il vino nell'ampolla... debbo aprire la chiesa...».

Balbettava. Se De Vincenzi gli avesse dato soltanto un altro colpo, si sarebbe sgonfiato. Ma De Vincenzi non voleva.

«Sapete che c'è Harrington di fuori?».

Istantaneamente s'irrigidì.

«Allora, vuole proprio che vada a dormire in guardina?».

«Ve l'ho detto».

«Sì... Buona notte».

E uscì.

Rapidissimo De Vincenzi si lanciò alla porta.

«Harrington, venite...».

Il detective si allontanò con un balzo dal suo uomo, che gli si era fermato vicino per parlargli, e avanzò. La porta del cortile batté dietro le spalle dello scaccino.

Harrington s'era messo tutti i suoi gioielli peggio di una cortigiana. Anche lui, alla luce della lampada, batté le palpebre. Il brillante della cravatta e quelli delle dita mandarono sprazzi rossigni. Piccolo, con quel suo volto trasudante malizia, il detective non sembrava tranquillo.

«Vi ho fatto chiamare alle undici di questa mattina e vi presentate a mezzanotte!».

«Ho un da fare da cani, cavaliere! Non c'è respiro! E poi le avevo mandato Panzeri... Più di quanto può dirle lui!... Ha fatto un bel lavoro, eh!».

«Sedetevi, Harrington. Credo che il nostro colloquio sarà piuttosto lungo».

Quello batté di nuovo le palpebre e si mise la mano ingioiellata davanti agli occhi.

«Ma questo è un faro da automobile, commissario!...».

«Quando sarete seduto, non vi darà più fastidio…». Il detective fece una smorfia, poco persuaso, e sedette. «Chi vi ha dato l'incarico di trovare l'assassino del senatore?».

«Nessuno, cavaliere».

«Cominciamo male, Harrington!».

«Eppure è la verità. Che crede lei, che io non ci metta il mio punto d'onore a render qualche servigio alla Questura, anche senza guadagno?».

«Uhm! E voi siete convinto che quella specie di rottame umano… quel bigatt, che vive nell'ombra della notte, rubacchiando qualche gallina o quel che gli capita dalle aie e per le cascine… abbia potuto uccidere il senatore Magni e proprio lì dove è stato ucciso… nel retrobottega d'un negozio di libri antichi?».

«Lo avrà ucciso fuori e poi trasportato là dentro! Lei conosce il casamento di via Corridoni?».

«Lo conosco. Ma il senatore è stato ucciso dentro il negozio e non fuori».

«Come fa a saperlo?».

«Lo so. E poi… dov'è la rivoltella? Voi avete trovato l'assassino…».

«Non l'ho trovato io, cavaliere!» protestò con foga improvvisa il detective. «Mettiamo bene in chiaro questo punto. Da me è venuto il Panzeri a dirmi: "So chi ha fatto il colpo di via Corridoni e della Darsena". E mi sono affrettato ad avvertire il commissario Roberti…».

«Perché proprio lui?».

«Perché il bigatt se la fa pel Carrobbio e per Porta Ticinese… e io volevo che lo arrestasse quel Commissariato prima ancora d'avvertire la Centrale…».

«Ah! Volevate prepararmi tutto il servizio pronto, eh?».

«Che c'è di male? Questo le dimostra i miei scrupoli…».

«Già… Ma fatemi riprendere il filo… Come spiegate che non s'è trovato né il cappello, né il soprabito… né la rivoltella?».

Harrington agitò la mano in aria e il brillante s'accese di tutti i suoi fuochi.

«Distrutti... nascosti. L'uomo sarà stato preso da paura dopo il colloquio col Panzeri».

«Un ladro inveterato come il Ravizzani non distrugge la refurtiva... dovesse valere quattro soldi. E in quanto alla rivoltella...».

«Vedrà che la rivoltella salterà fuori, cavaliere!».

De Vincenzi corrugò la fronte.

«Badate, Harrington!» pronunciò lentamente. «Se mi fate ritrovare anche la rivoltella, vi metto in guardina e vi ci tengo per un pezzo!».

Il detective si fece bianco. Fissò il commissario con occhi atterriti.

«Che vuol dire, cavaliere?».

«Quello che ho detto».

«Ma... ma come fa a supporre che io?... Oh!».

Ebbe un gesto d'indignazione.

De Vincenzi sorrise con cordiale bonomia!

«Su via. Harrington. Ditemi per incarico di chi state arrischiando la galera?».

«La galera? Ma che dice, cavaliere? E un insulto... Vent'anni di mestiere onorato!... Non un solo incidente... Che cosa possono dire a San Fedele di me e della mia Agenzia?... Appena tre giorni fa, ho dato cinquecento lire per le Opere Assistenziali!...».

«Quando?».

«Tre giorni fa... Vuol vedere la ricevuta?».

«Ci credo, Harrington! Siete un nobile filantropo, voi! Ma questo non impedisce che non mi abbiate ancora detto chi sia stato a darvi l'incarico di ritrovare l'assassino, tre giorni fa».

«Ma nessuno, per Dio!...».

«Perché non dite: by Jove, Harrington? Tutti i detectives americani dicono by Jove!...».

L'altro si fece rosso come un gallinaccio. L'indignazione lo soffocava.

«Oh! Come fa a scherzare, in un momento così grave!... Non è serio!».

«Ma chi vi ha detto che io vi prenda sul serio, Harrington? Del resto, voi vi chiamate Caputo e, se avete voluto mettervi il nome di Harrington, perché non dovreste darvi anche una certa vernice... americana? Il mio non era che un suggerimento!».

Il detective si alzò. Era livido; le labbra gli tremavano.

Voleva continuare a mostrarsi indignato, ma gli passavano bagliori di smarrimento negli occhi. «Domattina, andrò dal Questore! Non è bello quel che lei fa a un galantuomo, che s'è dato ogni pena per servirla, al solo fine della giustizia! Non è bello!...».

«Calmatevi, Harrington! Se mi dite per conto di chi lavorate, vi prometto che non avrete noie».

«Ho detto la verità, cavaliere! Perché non vuol credermi?».

De Vincenzi capì che neppure con la tortura quello avrebbe rivelato il nome della persona, che evidentemente lo aveva pagato per non dirlo. Doveva essersi venduto a caro prezzo. E quel segreto, in mano sua, valeva tant'oro di zecca, non v'era dubbio!

«Sta bene. Ma se mi fate mandare in carcere un innocente... se avete accumulato tali prove contro il bigatt, da perderlo... l'avrete a fare con me, Caputo, e vi garantisco che non sono tanto innocuo quanto sembro!».

Harrington si accorse che il commissario non scherzava.

«Mi meraviglio!» mormorò. «I fatti mi daranno ragione... Io non ho mai avuto il più piccolo dubbio sulla correttezza del Panzeri... È un uomo timorato di Dio...».

«Vedremo. Può darsi che io abbia mal giudicato, non è vero, Harrington? Speriamolo. Io lo spero per voi. E, per ora, non ho altro da dirvi. Arrivederci!».

«Buona notte!» ma rimase qualche istante ancora nel cerchio di luce.

Poi si volse e si diresse lentamente verso la porta.

«Harrington...» chiamò con voce pacata il commissario. «Mi dica!».

Si fermò.

«Harrington... ricordatevi del mio consiglio... Non mi fate ritrovare la rivoltella!».

«Oh!...».

Alzò le spalle e uscì.

De Vincenzi sorrise. Si sentiva più leggero, adesso.

Aveva ritrovato quel suo fervore febbrile, il fervore di quando si avvicinava alla verità. Dopo tre giorni di atroce indecisione, ora capiva d'essere sulla buona strada. Sorrise di nuovo. Quale strada? Non sapeva ancora nulla di nulla, lui! Non un nome. Non un indizio buono. Ma appunto quell'assoluta mancanza di indizi gli dava la sicurezza che avrebbe ritrovato il delinquente. Costui si sarebbe perduto per la sua stessa abilità. Il fatto medesimo di avere inscenato tutta quella commedia del bigatt glielo dimostrava.

Si alzò. Girò il commutatore, che accendeva la luce in mezzo al soffitto e spense quella lampada bassa, di cui si serviva come d'un proiettore.

Sani era apparso sulla soglia.

«E così?».

«Cominciamo a camminare».

«Lo so».

«Perché?».

«Perché tu sei tornato a esser tu!».

«Ho passato tre brutti giorni, Sani!».

«Me ne sono accorto!».

«E ne passerò ancora dei bruttissimi, lo sento!».

«Non importa. Vincerai anche questa volta».

«Lo spero!».

«Io ne sono sicuro... Te ne vai?».

«Sì, vado a letto. Domattina il ballo comincerà assai presto».

«Vuoi che mi trovi qui anch'io di buon'ora?».

«Mi farai piacere. Grazie!».

E uscì svelto e, quando fu nel cortile illuminato dalla luna piena, accese una sigaretta.

De Vincenzi fumava una volta al mese, proprio nelle grandi occasioni...

Capitolo sedicesimo

Il «bigatt»

Il Questore passeggiava nervosamente per l'ufficio e, poiché la stanza era stretta e lunga, egli aveva spazio sufficiente per quella sua corsa agitata.

Il commissario si teneva contro l'uscio chiuso e osservava il suo Capo con pacata serenità.

Sembrava più giovane, più fresco del solito, De Vincenzi. La primavera, che cominciava a dare a quelle ultime mattine di marzo una gioiosità cristallina e squillante, illuminava piazza San Fedele, oltre il balcone centrale della Questura, a cui si accedeva dall'ufficio del Questore. Certo doveva essere la primavera a dare quel rifiorente aspetto di gioia al commissario, gioia che neppure la preoccupata agitazione del suo Capo sembrava turbare.

La corsa durava già da qualche minuto. Il Questore si fermò di colpo in mezzo alla stanza, di fronte a De Vincenzi. I suoi piccoli occhi penetranti sembrava volessero forare coi loro sguardi il volto impassibile del giovane.

«Così, lei vorrebbe rilasciare il Ravizzani... rimandarlo alle sue cascine e ai suoi furti... soltanto perché non s'è trovato il cappello e il soprabito!... E della for male accusa del Panzeri, non tiene conto? E del fatto che quell'uomo non sa neppure negare, non tiene conto? E dei precedenti dell'indiziato, non tiene conto?».

Fece una pausa, carica di collera contenuta.

«Ma lo sa, De Vincenzi, quanti indiziati gravi, lei ha lasciati liberi di passeggiar per Milano, da quattro giorni a questa parte? Li conti un po'! Il dottor Verga... miss Drury...».

«Oh quella!» sorrise l'altro.

«Oh! Quella, un corno, caro lei! Quell'americana è una donna di nervi e di cervello, capace di metter nel sacco parecchi uomini e che avrebbe potuto uccidere non uno, ma dieci senatori Magni!... E poi, continui!...

il fratello della cameriera... il portinaio e la portinaia dello stabile di via Corridoni... Ce n'è abbastanza, mi pare!... E forse la mia lista non è completa... Lei non vuol tener conto degli indizi... delle apparenze... dei precedenti... dei moventi, che ognuno di costoro ha... Lei li guarda, li interroga, li esamina... li giudica col suo metodo psicologico e poi li manda a spasso, decretando: non può esser stato costui, perché gli manca la capacità morale... intellettuale... nervosa... fisica, per commettere un assassinio, questo assassinio! E adesso mi vuol dar aria anche a quel vecchio avanzo di galera, perché non ha la capacità morale? Ma così dove andiamo a finire, De Vincenzi? La sua psicosi del delitto è una pazzia!».

Il commissario sorrideva. Era un sorriso buono, pieno di affettuoso rispetto, il suo, e valse a far sbollire un poco la collera del Capo.

«Lo sa dove andiamo a finire? Glielo dico io! Al Manicomio!».

E sorrise anche lui. Sbirciò il garofano, che aveva all'occhiello, gli diede un colpettino col dito, per metterlo a posto. A De Vincenzi, lui voleva bene. Ciò non impediva però, che questa volta la partita fosse troppo seria, perché gli lasciasse le mani completamente libere. Era necessario, non già spronarlo, ma tenerlo sulla strada della praticità e della logica comune.

«Lei sta pensando che io dico un sacco di bestialità, vero?».

«Ma neppur per sogno, commendatore!».

«Già! Ma poi va diritto per la sua strada, sino in fondo!... Può aver ragione lei, del resto! Ma se questa volta prende una cantonata, De Vincenzi, non gliela perdono!».

«Lo so! Ed è per questo che non vorrei arrestare il Ravizzani...».

S'interruppe. Gli era balenata un'idea. Che imbecille era stato a non pensarci subito!

«Oppure, no, commendatore. Forse, ha davvero ragione lei. Adesso, vado giù, telefono al giudice, mi faccio firmare il mandato e spedisco il bigatt a San Vittore, prima di mezzogiorno...».

Il Questore lo scrutava. Quell'improvviso cambiamento non poteva persuaderlo.

«Che cosa ha nel cervello, De Vincenzi?».

Il commissario non sorrideva più. Era assorto.

«E un duplice delitto mostruoso, commendatore.

Soprattutto lo strangolamento della ragazza. Rientra anche esso nel quadro, ma è terribile».

Alzò la testa.

«Adesso, le dirò sinceramente il mio pensiero. Io non credo, naturalmente, che sia stato il Ravizzani a uccidere, come non sono stati né il dottor Verga, né miss Drury, né gli altri, che lei ha nominati. C'è qualcuno nell'ombra, che ha commesso i due delitti e che ha saputo rendere l'ombra tanto fitta e spessa, da essere assai arduo distinguervelo. Chi? Non lo so. Posso sospettare almeno due persone; ma è sospetto estremamente fantasioso, per non dire fantastico. Ma qualcuno c'è. E, naturalmente, costui ha tutto l'interesse a mandare in galera un altro al posto suo. Anzi, credo addirittura che si sia adoperato abilmente a tale scopo. Orbene, se noi facciamo credere di essere caduti nell'inganno... se ficchiamo a San Vittore il Ravizzani... forse, riusciamo ad addormentare la diffidenza del vero assassino. E allora, chi sa?!».

Il Questore lo aveva ascoltato con attenzione. Dopo una pausa alzò le spalle.

«Può darsi che le cose stiano come lei suppone... A ogni modo, quel vecchio ladro non avrà davvero rubato anche quei pochi giorni di carcere, che gli faremo fare... se pure saranno pochi!».

«Oh! Da questo lato non ho rimorsi!» esclamò il commissario.

«Allora...» e fece un gesto di congedo.

De Vincenzi aprì la porta.

Il Questore continuava a guardarlo.

«Lei mi ha chiesto otto giorni... e siamo già al quarto».

«Gliel'ho detto, commendatore, all'ottavo verrò a presentarle le dimissioni...».

«Bella consolazione!... Vada, vada!».

E ricominciò a passeggiare per la stanza.

De Vincenzi tornò nel suo ufficio, dove Sani e Cruni lo aspettavano.

Traversò in fretta la prima stanza, dicendo: «Cruni!... Vieni anche tu, Sani».

I due si affrettarono a seguirlo. Lui aveva già preso il ricevitore del telefono.

«Mettimi in comunicazione col giudice istruttore dell'affare Magni... Sai chi è?... Bene. Digli che si tratta di cosa urgente».

Sani e Cruni si diedero un'occhiata. Che, invece di dormire quella notte, avesse trovato l'assassino? De Vincenzi vide l'occhiata e fece di no, energicamente col capo. Poi, mettendo una mano sul cornetto, disse: «Io non ho trovato un accidente! Ma adesso, capirete».

Tolse la mano e parlò nel microfono: «Buon giorno, signor giudice... No, no... Non sono ancora trascorsi gli otto giorni!... Può star tranquillo!... Ma oggi ho bisogno di un mandato d'incarcerazione al nome di Francesco Ravizzani... È un vigilato, recidivo... ha avuto una quarantina di condanne... Naturalmente, per il delitto di via Corridoni... Chi? Lui? Ma no! È più innocente lui di quei delitti, che io del peccato originale!... Non le posso spiegare di più per telefono... Ma si fidi di noi!... Anche il signor Questore la prega di questo... Oh Dio! Può mettere: accusa di trafugamento di oggetti appartenenti a due persone assassinate e presunto assassino. Vedrà che fra un paio di giorni dovrà farlo liberare... Ecco! Grazie...».

Posò il ricevitore e guardò i suoi fedeli.

«Avete capito?».

«Ho capito» disse Sani «che mandi in carcere il bigatt con la sicurezza che è innocente!».

«Sì. E necessario. Cruni, andate subito alla Procura del Re, fatevi consegnare il mandato e poi tornate qui a prendere il Ravizzani e portatelo a San Vittore... Ma, quando lo portate via, prendete con voi quattro agenti e fate un'uscita teatrale: manette, tassi e tutto il resto... Che i cronisti della Sala vedano l'arrestato... E se vi domandano qualcosa, come certo vi domanderanno, confidate loro col più grande mistero che il prigioniero è il presunto assassino di Magni… Più gente lo saprà e meglio è…».

«Ho capito, dottore…» e uscì in fretta.

«E adesso a noi, Sani… Bisogna che tu vada da Harrington…».

«Nella sua Agenzia!?…».

«Eh! Già, proprio nella sua Agenzia e devi trattarlo col massimo riguardo. Digli pure che io stanotte ero stanco… nervoso… Digli quel che vuoi, che il lavoro mi ha esaurito… e che non ho più la testa a posto. Insomma, cerca di dargli la sicurezza che noi abbiamo bevuto la sua storia e che il giudice ha mandato il Ravizzani a San Vittore, come autore del duplice assassinio…».

«Tu credi che Harrington?…».

«Harrington non sa nulla. Forse, è persino in buona fede. Ma è indispensabile che il suo cliente ritenga chiusa l'istruttoria o quasi… Hai capito?».

«Ho capito. Ma il cliente chi è?».

«Eh! Se lo sapessi!… Che vuoi, tu?».

Sulla porta era comparso il piantone.

«C'è una signora che chiede di parlare con lei, signor commissario».

«Com'è? Giovane? Bionda?».

«No, cavaliere. È grande, bruna… Molto bella, ma bianca in volto come fosse di cera… È vestita a lutto…».

De Vincenzi trasalì.

«Falla entrare subito».

Il piantone scomparve.

«È la vedova del senatore! Oh! Perché mai s'è indotta a venir qui?…».

Sani andò incontro alla visitatrice, l'introdusse nella camera del commissario e chiuse la porta dietro di lei.

De Vincenzi, in piedi, l'attendeva coi segni del più profondo rispetto.

La signora Magni aveva rialzato sul volto bellissimo il pesante velo vedovile e avanzava lentamente, con un pallido sorriso sulle labbra laccate di rosso. Aveva sempre quella sua aria da gran signora, quell'incedere matronale e aristocratico; ma c'era in lei, negli occhi soprattutto, alcunché di turbato e di turbevole, come se un sentimento nuovo e ambiguo la tenesse, un sentimento di cui ella stessa non sapesse valutare la portata.

«Sono venuta io, per non farla disturbare a recarsi lei da me...».

De Vincenzi le porgeva una seggiola. Sedette. Si accomodò il velo dietro le spalle, si appoggiò allo schienale, con un movimento di stanco abbandono. Ma si vinse subito ed eresse il corpo.

«Sarei venuto io da lei, signora, anche nei giorni scorsi, se non avessi temuto di risvegliare con la mia presenza un dolore tanto più profondo quanto inasprito dalle circostanze. E poi... purtroppo non potevo ancora dirle nulla di nuovo e di sicuro, sulla morte del suo povero marito...».

«Ancora nulla?» mormorò lei, con un accento, che voleva essere di tristezza, ma che era soprattutto di delusione. «Lo immaginavo».

«Eppure, troveremo, signora!».

De Vincenzi era andato a sedersi al suo tavolo e non perdeva uno solo dei movimenti del volto di lei, pur facendo mostra di occuparsi delle carte, che aveva dinanzi.

«Lei è scettica circa l'opera della Questura...».

«Ma no... Anche loro fanno quel che possono... Ma la morte di quella povera ragazza... quella cosa orribile e mostruosa... ha finito per darmi il colpo di grazia... Creda che vivo in un vero terrore!... Chi può essere ad accanirsi con tanta ferocia contro di noi?! Una povera figliola innocente!... Ma perché?... Perché?...».

Era profondamente commossa.

«Sì, è stato atroce!... Ma vendicheremo suo marito e vendicheremo Norina!... Lei può supporre quale scopo abbia mosso l'assassino, nel sopprimere la sua cameriera?».

«Io? E come potrei supporlo? Non so vedere...».

«Ci sarebbe da credere» lasciò cadere il commissario con voluta indifferenza «che il povero senatore fosso stato ucciso, perché possessore d'un segreto... e che tale segreto egli avesse confidato a Norina...».

«Ma che dice? Una cameriera!...».

C'era tanto sdegnoso disprezzo in quelle parole, che De Vincenzi comprese come il solo orgoglio avesse potuto dare a quella donna la forza di fingere per tanto tempo una felicità coniugale, che non esisteva.

«E follia, la sua!».

«Lo ammetto. Infatti, non ho mai dato alcun peso a una simile ipotesi... Le ragioni dell'uccisione di suo marito sono altre!... Ah! Se lei avesse potuto aiutarci, dicendoci quali erano le abitudini del senatore... le persone, che frequentava... le relazioni che aveva...».

Colpo secco del capo all'indietro, sfavillar di pupille diamantine, voce di ghiaccio: «Le ignoro! Le ho sempre ignorate!».

«Naturalmente...».

Il commissario giocava con un tagliacarte d'avorio, tutto macchiato d'inchiostro. Aveva assunto un'aria da buon fanciullo, mortificato e quasi trepidante.

«Stamane, il giudice istruttore ha firmato un mandato d'arresto...».

La signora si volse. Ansava leggermente. Le si vedeva il petto sollevarsi sotto l'abito di crespo sottile.

«Chi?... Chi hanno arrestato?...».

«Un losco figuro, signora... Un uomo capace di tutto... C'è un testimonio, che afferma di aver ricevuto da lui la confessione dei due delitti... E sembra sia stato visto nascondere il cappello di suo marito e il soprabito della ragazza...».

«Ma allora!... E chi è costui? Perché ha compiuto il delitto?».

«Gliel'ho detto: un delinquente comune... Un ladro... Fino a oggi non aveva mai assassinato; tuttavia si trovano in lui istinti abbastanza sanguinari...».

«Ma se mio marito non è stato derubato?».

«Infatti!...».

La signora ricadde in una specie di atonia, distaccata e lontana. Soltanto per un istante aveva vibrato. Era chiaro che non credeva che suo marito fosse stato ucciso a quel modo, da un delinquente comune, più di quanto non lo credesse De Vincenzi.

«E debbo confessarle anche, che a trovare questo uomo... non è stata la Polizia... non siamo stati noi...».

«E chi, allora?».

«Così, il suo scetticismo a nostro riguardo aumenterà, signora...» continuò con un sorriso. «È stato un detective privato... un certo Harrington...».

«Ah!».

Aveva abbassato gli occhi. Sembrava imbarazzata.

«Lo conosce?».

«Ha l'Agenzia in via Dante...».

«Precisamente!».

Seguì un silenzio.

«Ha avuto occasione d'incontrarlo? Non è un catti vo uomo ed abile nel suo mestiere lo è di certo. Naturalmente, si muove soltanto se pagato e io mi domando chi lo abbia pagato, questa volta. Lui non ha voluto dirmelo».

La signora arrossì leggermente. Appena un'ombra rosata sulle guance d'avorio.

«Io sono andata da lui... Me ne avevano parlato come d'un uomo molto abile... Gli ho dato l'incarico di cercar l'assassino e, poiché temevo che questo potesse dispiacere al Questore e a lei, gli ho messo come condizione di non dir mai da chi lo avesse ricevuto...».

«Già!».

Questa volta De Vincenzi dovette fare uno sforzo davvero violento, per non mostrare la profonda sorpresa cagionatagli dalla rivelazione della signora Magni. Tutto il castello delle sue ipotesi crollava!

«Ma le pare!... È perfettamente spiegabile e corretto il suo modo di agire, signora!... Noi non avremmo potuto e non potremmo dolercene!...».

Aveva parlato con accento di sincerità, seppure forse con eccessivo calore.

«E chi è stato a darle il... consiglio di rivolgersi ad Harrington?».

«Non ricordo!... E poi non si tratta di un vero e proprio consiglio... Si discorreva... qualcuno raccontò come quell'Harrington avesse scoperto l'autore di un furto in una gioielleria...».

«Di via Santa Margherita...».

«Precisamente!... E avesse rintracciato e recuperato la refurtiva...».

«Già!...».

«E io in seguito... a ripensarci... mi sono decisa e gli ho telefonato...».

«Naturalmente. E lei non ricorda chi sia stato a parlarle di Harrington?».

«No... Ci sto pensando... Ma che vuole? In questi giorni sono venute tante persone a trovarmi... Non avrei voluto riceverle! Proprio non ricordo... Del resto, mi sembra che la cosa abbia scarsa importanza».

«Oh! Scarsissima!» si affrettò ad affermare De Vincenzi, per il quale invece aveva un'importanza capitale.

«E quest'uomo... quest'uomo, che avete arrestato, ha confessato?... Se veramente è stato lui, deve esservi stato spinto da qualcuno...».

«Un delitto per mandato. Sicuro!... Se è stato lui, non è che un assassino prezzolato, un sicario».

La signora si era alzata.

«Povero Ugo!» mormorò.

Poi scosse il capo, come per allontanare da sé una visione d'incubo.

«La vita!...».

De Vincenzi le si era avvicinato. Lei gli diede la mano e il commissario si chinò a baciarla. «Abitudini da gran signore!» dicevano i colleghi, quando celiavano alle sue spalle.

«Non dica ad Harrington che io mi sono rivelata. Tanto valeva che non gli facessi giurare il segreto».

«Ma certo... E scusi, signora... se non è indiscretezza la mia... potrebbe dirmi quale somma ha versata ad Harrington per le sue ricerche? Mi perdoni, ma noi c'informiamo sempre di questo, perché desideriamo esercitare il controllo sulle Agenzie di Informazioni Private».

«Oh! Non una grande somma, soprattutto se essa ha dato realmente qualche frutto... Duemila lire...».

«Una somma equa. Grazie...».

E l'accompagnò fino alla porta, che si apriva dalla camera di Sani sul porticato. S'inchinò. La guardò attraversare il cortile pieno di sole.

Tornò sui suoi passi lentamente, senza badare a Sani, che lo seguiva con lo sguardo carico di interrogazioni. Rientrò nella sua camera; chiuse la porta.

Dunque, Harrington avrebbe arrischiato la propria posizione, si sarebbe messo nelle condizioni di vedersi togliere la licenza, forse di peggio, per duemila lire?

Assurdo! Eppure, quella donna non mentiva. O credere l'incredibile o non si poteva trovare ragione al mondo perché lei mentisse!

Tutto all'aria di nuovo!

Aveva sperato che, quando fosse riuscito a sapere chi aveva pagato Harrington, avrebbe saputo anche chi era l'autore dei due delitti! E invece...

Tornò alla porta.

«Sani!» chiamò.

Quello accorse.

«Siamo nell'inconcepibile, amico mio! È inutile che ti dica. Ci perderesti la testa, anche tu... E invece io ho bisogno che tu almeno la testa ce l'abbia a posto… Ascoltami… Prima di tutto, vai da Harrington, come t'ho detto; poi io ho bisogno che venga qui nel mio ufficio, nel pomeriggio di oggi… l'autista di casa Magni. Evidentemente, dovrei mandarlo a chiamare da un agente; ma non voglio. Non voglio che la sua padrona, né alcun altro della casa sappia che l'ho convocato. Capisci?».

«È facile!».

«Per questo mando te. Cerca di parlargli fuori di casa. Digli… digli quel che ti sembrerà opportuno, dopo che avrai studiato l'individuo. Fagli paura o lusingalo nella sua vanità…».

«Lascia fare a me…».

«Bene. Fatti dire a che ora potrà venir qui senza che la sua padrona o gli altri se ne accorgano».

«Sì».

«Non è finito! Manda un agente a convocare nel mio ufficio per questa sera alle dieci il dottor Verga… e anche costui ha da essere avvertito con molta cautela. Intesi?».

«Intesi. L'avvertirò io stesso».

«Grazie, era proprio quel che speravo da te…».

«Arrivederci» fece Sani.

E poco dopo lo si sentì gridare dall'altra camera: «Io vado. Ciao!».

«Ciao!…».

De Vincenzi si mise a passeggiare.

Stava mettendosi il soprabito ed aveva già preso il cappello, quando entrò Cruni. Il povero brigadiere aveva la faccia scura scura, come se tornasse da un funerale.

«Ebbene?… Che cosa t'è successo? Lo hai portato a San Vittore?».

«Eh, sì! Ce l'ho portato. Ma l'abbiamo fatta grossa, cavaliere!». «Che vuoi dire?».

«Quando ho consegnato il Ravizzani al direttore del carcere, questi lo ha guardato e poi ha esclamato: «Insomma, tu non puoi star più di tre giorni lontano da qui!... Sei appena uscito e ci rientri!». E si è voltato verso di me: «Che ha fatto? Qualche solito furto, vero?». «Eh, no» gli ho detto io «questa volta è grave. Ha assassinato il senatore Magni e Norina Santini. Guardi il mandato». Il direttore s'è gettato a leggerlo, come se non avesse creduto alle sue orecchie. «Ma quando è stato assassinato il senatore?» mi ha chiesto. «Nella notte dal 20 al 21». Allora, il direttore s'è messo le mani nei capelli: «Che avete fatto!». «Come che abbiamo fatto?!». «Ma se quest'uomo è uscito da San Vittore la mattina del 22... Guardate i registri...».

Cruni aveva fatto il suo racconto tutto d'un fiato, con accento drammatico.

De Vincenzi scoppiò in una risata.

«Questa è buona!».

«Lei ride?».

«E, se non rido adesso, quando vuoi che rida?». Si mise il cappello.

«Su, su non pensarci. Tutto va bene. Un paio di giorni di carcere al bigatt non faranno male!... Tutto va bene, ti dico!...».

E rise ancora. Pensava alla faccia del Questore, quando lo avrebbe saputo.

Sulla porta si voltò.

«Il Panzeri sta sempre in guardina?».

«Sì, signor commissario».

«Bene. Andrà lui al posto del Ravizzani, a San Vittore».

E uscì. Non si era mai sentito tanto allegro.

Capitolo diciassettesimo

Colloqui… spiritici

Quando fu all'angolo di via Cappellani, De Vincenzi si fermò ad attendere il tranvai, che lo portasse dalle signore Sorbelli, madre e figlia.

Da tre giorni non sapeva decidersi a recarsi a casa della medium. Aveva pensato d farsela venire in ufficio; ma non ne avrebbe cavato nulla. La donna sarebbe arrivata, grossa e flaccida, assieme alla figlia, sottile e insignificante; avrebbero sciorinato tutte e due il repertorio delle loro frasi tornite e ravviate, delle loro parole preziosette e scolastiche, e tutto sarebbe rimasto al punto di prima.

E poi voleva conoscere l'ambiente in cui vivevano. L'atmosfera.

Andarvi verso il mezzogiorno doveva essere il momento buono.

Scese dal tranvai all'angolo di via Cosimo del Fante e trovò subito la casa, che era la terza verso corso Italia.

Una di quelle case costruite al principiar del novecento, quando, col secolo nuovo, imperò — per brevi anni, fortunatamente — l'atroce stile liberty, tutto curve e svolazzi mostruosi. Aveva l'apparenza pretenziosa an cora, ma era precocemente vecchia e scrostata. Dentro, nell'andito troppo stretto, l'uscio a vetri della portinaia si apriva sui primi gradini della scala.

«Le signore Sorbelli?».

Un rumore di tegami, un ciabattare e poi la donna comparve. Come la casa, appariva vecchia, unta e trasudante, per quanto non dovesse aver neppure quaranta anni.

«Terzo piano, prima porta… Vuole la signorina?».

«Tutte e due…».

«C'è la madre sola. La figlia è a scuola fino alla mezza. Lei è mandato dal Municipio?».

De Vincenzi chiuse la porta e si avviò per le scale. Ma la portinaia gli corse dietro.

«Dica!... Se va su per un consulto... è meglio che torni dopo pranzo... C'è gente adesso ed è già tardi...».

Il commissario si voltò e ridiscese i pochi gradini, che aveva fatti.

«Che consulto?».

La donna apparve imbarazzata.

«Non so... Credevo... Ma, infine, chi è lei?».

«Non importa che sappiate chi sono... Spiegatemi questa storia del consulto».

«Perché? Lo domandi alla signora Sorbelli, se va da lei!».

E scomparve di nuovo dietro la porta, che richiuse. De Vincenzi ebbe l'impulso di seguirla. Ma si trattenne. Dopo tutto era meglio non metterla in sospetto, con domande precise. A lui era facile immaginare di che cosa si trattasse. La medium, con quella sua aria distinta, da nobile decaduta, faceva forse la chiromante o qualcosa di simile. Era lieto della scoperta, se le cose stavano così. Quel che andava a proporle diventava più facile.

Sulle scale s'incontrò con due signore eleganti che scendevano e dovette farsi contro il muro, per lasciarle passare. Quelle lo squadrarono. Un'ondata di profumo lo ravvolse. Era il profumo di gente, che va anche a farsi leggere la sorte con le carte o nei fondi del caffè. Quando ebbero raggiunto il pianerottolo inferiore e furono scomparse al suo sguardo, le sentì ridere. Al terzo piano, vide subito la targa d'ottone, col nome e cognome scritti in corsivo, a lettere nere, senza maiuscole: «wanda sorbelli». Una trovata anche quella!

E non ebbe bisogno di premere il campanello, che la porta si aprì.

«È troppo tardi!» cominciava a dire la signora Sorbelli, ma lo riconobbe e gli sorrise, affettando allegria. «Oh! Il signor commissario!... Favorisca nella nostra umile dimora...».

Il tono s'era subito fatto ricercato, prezioso, ma lei aveva impallidito e ansava leggermente. Si trasse da parte, per farlo entrare.

La stanza d'ingresso era quella di una qualunque casa borghese.

«Per di qua, signore».

Aveva ritrovato la sua distinzione e quell'aria da gran dama, che avevano reso perplesso De Vincenzi la prima volta.

C'erano tre porte. Aprì quella di fronte. Una stanza da pranzo coi mobili chiari, di legno biondo, carichi di intarsi. In mezzo alla tavola un vaso di cristallo con qualche garofano appassito.

Il commissario si guardò attorno rapidamente. Sulla credenza c'era un piatto di carne del giorno prima e il pane ancora incartato dal fornaio. Certamente non era quella la stanza dei consulti e la donna aveva preferito fargli vedere il bollito, più tosto che le carte o i fondi di caffè.

«S'accomodi...».

Prese il piatto della carne e lo fece sparire dentro la credenza. Cacciò il pane in un cassetto.

Poi andò a sedersi all'altro angolo della tavola, al suo fianco, e volse la seggiola di tre quarti, per poterlo guardare in faccia.

«Mi dica in che cosa posso esserle utile... Mi duole che mia figlia sia fuori di casa. Ma se lei si trattiene, la vede tornare. Alla mezza, termina la scuola e ha poca strada da fare...».

De Vincenzi taceva. Era imbarazzato. Avrebbe preferito adesso che la portinaia non gli avesse parlato di consulti. Per la strada, in tranvai, s'era fatto un piano.

Sapeva di dove cominciare. Ora, non più. Quella donna a due facce lo sconvolgeva. Come poteva far le carte, con la sua voce musicale e vibrante e il suo contegno da marchesa?

La signora Sorbelli, davanti al suo silenzio, cominciò a guardarlo meravigliata. Improvvisamente le passò sul volto un'ombra di spavento.

«C'è qualcosa di nuovo? Mi dica!... Ho letto nei giornali che hanno ucciso anche la cameriera...». Mandò quasi un grido. «Ah! Lei è qui per questo!». «Per questo, che cosa?» chiese De Vincenzi.

«Perché crede che io sappia più di quanto le dissi; nel suo ufficio...».

«Sa realmente di più lei?».

«Ma no! Come potrei? Quando l'ho veduto sulla soglia della porta, non ho pensato neppure che lei era un commissario di polizia... Mi spiego... L'ho chiamata commissario, ma non mi sono resa conto che potesse venire da me a causa delle sue funzioni... per interrogarmi... È strano! Mi è apparso come un visitatore qualsiasi... un buon amico...».

«Un cliente» insinuò De Vincenzi con voce soave. Cominciava a ritrovare la sua freddezza.

L'altra tacque, colpita. Sembrò facesse uno sforzo, per capire.

«Un cliente?» chiese poi, irrigidendosi.

«Dicevo per dire...».

«Non credo! Lei ha un'idea precisa. Si riferisce a qualcosa di concreto. Perché vuol giocare con me come con un topo? Anche il suo lungo silenzio di quando è entrato... Crede che io abbia un mistero da nascondere?».

«Non proprio un mistero, forse...».

«Ma un?... Suvvia! Dica che cosa...».

«Un piccolo, piccolissimo segreto...».

«Ah!».

Si osservarono. Nessuno dei due voleva parlare per il primo, lei perché temeva di dir troppo, il commissario perché sperava che la donna si tradisse. In fondo, lui brancolava nel buio, guidato soltanto dalla propria intuizione.

«Mi vuol dire perché mi ha onorata di una sua visita?».

La voce d'oro s'era fatta fredda, quasi imperiosa.

De Vincenzi tese la mano sul tavolo con la palma rivolta in alto, verso di lei.

«Vuol leggermi la vita?».

Fu istantaneo. Il volto già flaccido e bianco le si decompose. Gli occhi le divennero supplici. Due lacrime le rigarono le gote.

«Lo sa?!» mormorò. «È per questo che è venuto! La supplico, non mi faccia del male. Oppure, faccia quel che deve, ma eviti che lo sappia mia figlia!... Se non ho preso la licenza, se non ho fatto la dichiarazione alla Questura, non è stato per nascondermi. In fondo, io credo sinceramente nella chiromanzia, come in tutte le arti magiche. Quel che dico e faccio lo compio inconsciamente, mossa da una forza superiore. Glielo giuro! Ma non volevo che lo sapesse la mia Tina! Lei stesso ha sentito come mi ha rimproverata, perché avevo partecipato alle sedute spiritiche! No! Non glielo dica! Ne morrei creda: ne morrei di vergogna!».

Singhiozzava. Era livida. Doveva soffrire di cuore, per di più! De Vincenzi si spaventò.

«No! Non glielo dirò! Non ha importanza. Si calmi!...».

Si guardava attorno.

La donna sembrava mancare. Sollevò la mano e indicò l'armadio. Il commissario si precipitò. Aprì tutti gli sportelli prima di trovar l'acqua. La fece bere. Lei piangeva sempre.

«Non lo dirò mai a sua figlia» scandì con forza De Vincenzi. «Si calmi».

E la donna si calmò, infatti, come se il tono imperativo di lui le si fosse imposto.

«È passato» mormorò con voce bianca. «Sono calma».

Un temperamento facilmente suggestionabile, perbacco! Chiunque avesse voluto operare su di lei con l'ipnosi o col magnetismo, ne avrebbe fatto quel che ne avesse voluto, l'avrebbe ridotta uno strumento inconscio.

Il cervello di De Vincenzi si mise a lavorare febbrilmente.

L'avevano suggestionata anche per imporle di predire la morte a Magni? In questo caso dovevano aver lo scopo di gettare il turbamento nell'animo del senatore, per indurlo a qualche atto, che facilitasse l'opera dell'assassino.

«Non dirà davvero nulla a mia figlia?».

«Certamente, no».

«Grazie!».

«Ho però qualche cosa da chiederle in cambio...».

Le pupille della donna s'oscurarono.

«Sì... Sono pronta a tutto, pur di evitare un dolore a Tina. Lei non sa che i denari del suo stipendio e della mia pensione non bastano... Non possono bastare!... Mio marito, poverino, giocava... ha lasciato molti debiti... Io mi sono assunta di pagarli, senza che Tina lo sapesse, perché voglio che la memoria di lui sia pura! Allora... Capisce? Ho cominciato quasi per ischerzo, con le amiche... Poi mi sono fatta pagare... Ricevo i clienti soltanto nelle ore in cui mia figlia è a scuola... Ho avvertito la portinaia che non faccia salire nessuno, quando Tina è in casa...».

Per questo, la portinaia gli aveva chiesto se andava per un consulto. Doveva essere la verità quella che diceva la donna, anzi, era certamente la verità.

«Ma lei non parlerà, vero?».

De Vincenzi disse di no col capo.

«E... Mi permetterà di continuare?».

«Fin quando non se ne accorgano gli altri... Per quel che mi riguarda, io non c'entro. È come se non lo sapessi».

«Oh! Grazie».

Esultava; ma di nuovo gli occhi le si oscurarono.

«E da me che vuole? Che cosa posso fare per lei? Si tratta forse?...».

Il commissario assentì col capo, gravemente.

«Ma io non so nulla!».

«Non importa. Ma se le chiedo di partecipare ad una seduta spiritica per me... Con alcuni miei amici... Accetta?».

Lei si turbò.

«Non capisco!».

Forse, temeva un tranello.

«Non vorrà mica mettermi alla prova?».

«Non ci penso neppure. Di lei non dubito».

Si alzò. La donna gli afferrò una mano.

«Me lo ha promesso, badi!».

Faceva pena. Aveva perduto ogni fierezza. Per un istante sembrò a De Vincenzi che stesse per baciargli la mano. Rapido, si liberò dalla stretta.

«Stia tranquilla! Sono un gentiluomo...».

Non adoperava mai quella frase, che a lui ripugnava, perché di solito proprio chi lo afferma non lo è; ma sentiva che con quella donna occorrevano le parole drammatiche, le frasi teatrali.

Squillò il campanello. Due o tre colpi successivi.

«È mia figlia!... Che cosa le dirà, per spiegare la sua presenza?».

S'era alzata, aspettava con ansia la risposta, prima di andare ad aprire.

«Interrogherò anche sua figlia. È sempre l'inchiesta, che continua. Sua figlia non può meravigliarsene».

«È vero!».

Ma non sembrava completamente persuasa. Traversò l'ingresso con passo incerto.

«Tina, c'è il signor commissario, che vuole interrogarci ancora...».

«Ha già parlato con te, mamma?».

«Poche parole... È appena arrivato...».

«Buongiorno, commissario. Sempre quella storia dello spiritismo, eh?».

Era ancora più piccola, più insignificante, più inesistente della prima volta che De Vincenzi l'aveva veduta. Forse, per il suo abitino grigio, col colletto rovesciato di tela bianca, la sottana corta, da cui uscivano le gambe troppo magre e ossute, con le calze nere e le scarpe a tacco basso e a punta quadra. Sotto il cappellino scuro, il visuccio smorto si profilava senza rilievo.

Il commissario, s'era inchinato. La guardava.

«Già!...».

Un lampo di corruccio illuminò improvvisamente il volto della ragazza.

«Mamma s'è sentita male!» disse, indicando la bottiglia dell'acqua e il bicchiere sul tavolo e fissò De Vincenzi con rimprovero. «Che cosa le ha detto, lei?».

«Non mi sono sentita male, Tina... Il commissario è stato gentilissimo...».

«E da me che cosa vuole?».

Non era aggressiva. Soltanto amaramente rassegnata.

S'accorse d'avere tra le mani, inguantate di filo nero, un libro e le pagelle e li posò sul tavolo. De Vincenzi tossì.

«Vorrei che rammentasse chi venne a invitare sua madre, sabato scorso, perché andasse al Circolo di via Broletto...».

La figlia diede uno sguardo alla donna, che si teneva sulla soglia.

«Non glielo hai detto?». «Non me lo ha chiesto».

«Si vede che voleva chiederlo a me» disse, sempre con quel tono di rassegnazione pacata. «Fu il signor Chirico. Venne il venerdì verso sera, poco prima di cena». «Come disse?». «Oh! Vuole che ricordi le sue parole!».

«Insisté, perché non mancasse? Sembrò annettere un'importanza particolare a quella seduta?».

«Non più delle altre volte. Lui insisteva sempre, soprattutto quando ero presente io, che sapeva ostile a quel genere di cose».

«E la mamma si recò sola in via Broletto?».

«Io non potevo accompagnarla. Nel pomeriggio del sabato c'è sempre il cinematografo educativo e debbo condurvi i bambini».

«Quando sua madre tornò dalla seduta, le riferì nulla di particolare?».

«Povera mamma!» ma nella sua compassione era una punta di biasimo, quasi di disprezzo. «Quando torna da una di quelle sedute, è molto se trova la forza di mangiare prima di coricarsi. Quella sera si coricò subito, tanto era stremata. Le portai uno zabaione a letto».

«E l'indomani... quando si sentì in forze, insomma... non le accennò alla profezia, che aveva fatta durante il sonno magnetico?».

«No. Io l'ho sentita per la prima volta davanti a lei. Ma non mi sarei impressionata, se me l'avesse detta. Non credo allo spiritismo, io».

«Neppure che sua madre abbia virtù medianiche?».

«Questo non c'entra. Siamo nel campo dell'ipnosi e della suggestione, secondo me. Mia madre è molto impressionabile. Come una bimba».

Sempre quell'aria di compatimento poco indulgente. Si indovinava che era lei a far andare la casa e a comandare. E non doveva avere la mano leggera, nell'imporre la propria volontà.

«Grazie, signorina. Questo è tutto».

S'inchinò di nuovo. La madre lo aspettava in anticamera.

Quando fu sulla porta della stanza da pranzo, la signorina lo richiamò: «Commissario!».

«Dica!».

«Se può interessarle, le dichiaro che non permetterò mai più a mia madre di recarsi al Circolo di via Broletto...».

«Farà bene, signorina, se proprio crede che la salute di sua madre ne soffra...».

La donna gli aprì la porta c, mentre usciva, gli sussurrò: «Lei conti su me! Ma deve mantenere la sua promessa!».

«L'avvertirò. Grazie...».

E scese le scale in fretta. Al passaggio vide, dietro i vetri della porta, il volto della portinaia, che spiava.

Uscì in istrada. Camminava assorto. Adesso gli sembrava che nel suo spirito le impressioni ricevute si precisassero. Si avvicinava alla spiegazione del mistero. Neppur lui, però, avrebbe saputo dire perché lo credesse. Era una sensazione indistinta, che gli veniva dal suo subconscio. Quale rapporto vi fosse tra quelle due donne e la morte del senatore e soprattutto quale legame invisibile tra esse e l'assassino non sapeva. Certo, non un legame d'interesse. Piuttosto uno di quei fili misteriosi, ignoti a coloro stessi che ne sono avvinti. Un'onda eterea, priva di calore, priva di luce.

I tranvai passavano davanti a lui, senza fermarsi, colmi, stipati di gente. Impiegati, commesse, dattilografe.

Scese corso Italia lentamente, a piedi. A casa, Antonietta l'aspettava, fremendo, per la colazione, che lui faceva freddare come il solito. Le avrebbe telefonato che non andava. Quando fu davanti al telefono di una tabaccheria, chiamò San Fedele, invece di casa sua. Si fece dare Sani.

«Novità?».

«Ho fatto quanto t'interessava. Alle due, l'autista sarà qui...».

«Grazie. Nient'altro?».

«Il dottor Verga sono tre giorni che non va in viale Bianca Maria...».

«E l'infer... e quella signorina americana?».

«Quella sì. È lei che manda avanti l'ambulatorio. Naturalmente, i clienti sono quasi tutti scomparsi, adesso che il professore non c'è più».

«Manda Cruni a casa di Verga, in via Leopardi. Che me lo conduca in Questura nel pomeriggio...».

«Va bene...».

«Grazie... Ah! Senti! Per favore, telefona tu a casa mia. Di' ad Antonietta che non vado a colazione. Se telefono io, mi fa la paternale!».

«Chiamo subito. Le dirò che tu mangi col Questore...».

«Fa' come vuoi. Ma la storia del Questore Antonietta la conosce già!... Ciao!».

Uscì dalla tabaccheria e scese da piazza Missori per via Carlo Alberto.

In piazza del Duomo vide che era la una. Lui aveva abitudini modeste; ma, quasi senza rendersene conto, imboccò la Galleria ed entrò al Biffi. Sedette nell'ultima sala, dove c'era meno gente. Ordinò quel che volle il cameriere. «Vino?».

«Acqua minerale».

Il cameriere s'allontanò.

«Astemio, commissario? Eppure un po' d'alcool fa bene!».

Si voltò di scatto. Al tavolo accanto al suo c'era il dottor Marini, che gli sorrideva, esuberante di gaiezza e di cordialità espansiva.

«Io bevo birra!...».

«Fa sempre colazione qui, lei?».

«Io? No. Ma ho mandato mia moglie in campagna. È sofferente. E allora, per non digiunare, mangio dove mi trovo...».

«Ah! Sua moglie è ammalata?».

«Sofferente soltanto. Mali di donne. Si cambia aria e passano».

«Non ha figli, lei?».

«No».

Il cameriere serviva De Vincenzi.

«Virgilio, il signore è mio amico. Porta via quell'intingolo e dagli il piatto del giorno... Dia retta a me, commissario! Quando viene qui dentro, ordini sempre il piatto del giorno».

Virgilio, interdetto, era rimasto a guardar De Vincenzi. Questi gli tolse il piatto dalle mani e se lo mise davanti.

«Sarà per un'altra volta. Stamane, ho fretta».

Marini disapprovò col capo. Poi, come a un'idea improvvisa, si chinò verso la tavola vicina e chiese, abbassando la voce: «C'è qualcosa di nuovo?». «Forse...».

«È vero quel che si dice di un arresto?». «È vero».

«Ha trovato la strada buona, dunque?». «Spero...».

De Vincenzi era laconico; ma senza scortesia. Anzi, sembrava disposto alle indiscrezioni.

Il dottore aveva terminato di mangiare la sua macedonia di frutta. Bevve il maraschino ch'era rimasto nella coppa, si asciugò la bocca e si alzò. «Permette?».

Aveva preso una seggiola e si teneva davanti al tavolo del commissario. «S'accomodi».

«Sa? Non è curiosità la mia. Ma l'idea che Ugo, non sarebbe stato vendicato mi torturava!». «E quell'altra?» scandì De Vincenzi, guardandolo. «Quell'altra?». «La cameriera... Norina...».

«Sì, naturalmente. Una cosa orribile! Ma Ugo era mio amico. Ci volevamo bene».

«Lo sa che l'autopsia ha constatato che quella ragazza era incinta, quando è morta?». «Oh!».

Aveva impallidito. Per qualche minuto non trovò la forza di parlare.

De Vincenzi mangiava e l'osservava, senza parere.

In quella sala erano rimasti loro due soli. Il cameriere cambiava il piatto, metteva sulla tavola il canestro della frutta.

«Vuole il caffè?».

«Sì».

«Liquori?».

«No».

Passò il sigaraio. Offrì il Corriere del pomeriggio.

Finalmente, furono soli di nuovo.

«È mostruoso!» mormorò il dottore. «Che fosse incinta oppure che l'assassino l'abbia Strangolata e gettata nella Darsena?...».

«Ma allora...» e s'interruppe.

«Allora, che cosa?».

«Anche lei, come le altre, lo amava!».

«Pare!».

«Siete sicuri che non è stato un suicidio? Tutto si spiegherebbe!».

«Meno il fatto che quella disgraziata si sia strangolata da sé, stringendosi così forte alla gola da schiacciarsi le vene giugulari!».

Seguì un altro silenzio.

«E l'arrestato?».

«Un vecchio ladro, che sembra si sia tradito, cercando di vendere il cappello del morto e il mantello della ragazza...».

«Imbecille!».

«Infatti...».

«E come lo avete scoperto?».

«Ah!» fece De Vincenzi, sorridendo. «Io non ci ho proprio merito. E neppure la Polizia. Lo ha scovato un uomo di Harrington».

«Il detective privato?».

«Già».

«Quello che fece arrestare i ladri del gioielliere di via Santa Margherita?».

«Proprio!» esclamò il commissario e si chinò in fretta a raccogliere il tovagliolo, che gli era caduto. Per qualche istante rimase col volto sotto la tavola.

Quando si sollevò, bevve il caffè in fretta e chiamò il cameriere per pagare il conto.

«Se permette, faccio fare tutt'uno col mio. L'altra notte pagò lei le consumazioni al caffè».

«Non è la stessa cosa. Grazie!».

Uscirono assieme. La Galleria era piena di gente affrettata. Soltanto nel centro c'era il solito gruppo di persone, che chiacchieravano tranquillamente. I tavoli del Biffi e del Savini si andavano vuotando.

De Vincenzi voltò sotto il passaggio del Manzoni. Il dottore gli camminava a fianco.

«Crede che sia tutto finito?».

«Finito?».

«Voglio dire che abbiate preso l'assassino...».

«Già... Ha confessato?».

«Non parla, neppure per negare».

«Ma sarà un mandatario!».

«Naturalmente».

«E il mandante?».

De Vincenzi si fermò in mezzo alla piazza, davanti al monumento.

«Quale ipotesi farebbe lei, dottore, ch'era un amico del morto?».

«Gliel'ho già detto che non saprei pensare chi possa essergli stato nemico al punto da volerne la morte… Gelosia? Invidia? Non bastano per pagare un sicario!».

«È vero. Agiscono da sole. D'impeto. Allora?».

«Non so. Mi ci perdo… Ipotesi? Oh! Se ne possono fare. Una donna, che abbia voluto vendicarsi…».

«Anche qui siamo nel campo passionale…».

«Ha ragione!».

Trasalì, fissò De Vincenzi.

«E se fosse stato quel fratello della cameriera? I giornali hanno detto che era un pregiudicato. Fra gente di quella risma si può stringere un patto».

«E avrebbe fatto uccidere anche la sorella, dopo averla vendicata?».

«La ragazza poteva aver scoperto qualcosa e aver minacciato di parlare… Una donna che ama è sempre pericolosa».

«L'ipotesi è sottile» fece De Vincenzi con gravità. «Ci penserò. Vede che lei era in grado di darmi aiuto! Ed è scomparso per tanti giorni…».

«Ah!» fece il dottore, allargando le braccia. «Se sapesse che non ho un minuto di pace».

«Ma le sue passeggiate notturne, quelle le farà ancora, no?».

«Lei di notte rimane chiuso a San Fedele! Lavora… Non ho osato venirla a disturbare».

«Venga, quando vuole. Mi farà sempre piacere… E poi non ho deposto l'idea della seduta spiritica… Lo sa che mi vado sempre più convertendo alla sua credenza?... Un mondo ci circonda, che ignoriamo!».

«Oh!» esclamò il dottore. «Coloro che si contentano di quel che esiste, si contentano di poco!».

«Ebbene, perché non aiuta anche me a non contentarmene?».

Marini rimase qualche minuto in silenzio. Aveva lo sguardo fisso.

Il volto di solito roseo gli si era sbiancato. Le labbra tumide gli tremavano leggermente.

De Vincenzi attese.

Finalmente, l'altro parlò. La voce era dura, metallica, quantunque contenuta e quasi soffocata. Si sarebbe detto che parlasse a se stesso.

«E stato dieci anni or sono che io mi sono dato alle pratiche spiritiche, profondamente convinto ch'esista un altro mondo invisibile e che sia possibile agli uomini di comunicare con esso. Credere allo spiritismo, vuol dire credere alla sopravvivenza dell'anima sul corpo, alla sua individualità dopo la morte e quindi alla sua immortalità. Coloro che ci lasciano possono tornare... Da allora, non ho fatto che un solo proselite alla mia fede... E fu Magni... Oggi, Ugo è morto... Morto nel modo che sappiamo... Non ricomincerò l'esperienza con un altro!...».

De Vincenzi rise.

«Non crederà che il senatore sia morto, perché si era dato allo spiritismo!».

«Oh! No... Ma io sono superstizioso. Tante cose che agli altri appaiono assurde o comiche o grottesche, per me hanno un valore diverso. Non mi badi».

Tese la mano al commissario.

«E adesso vado dai miei ammalati, i quali non hanno alcun desiderio di conoscere l'aldilà e si affidano a me, per non conoscerlo...».

Era tornato gioviale.

«A rivederla. Verrò certamente una di queste notti. Ma non discorreremo di spiritismo. Non bisogna parlarne a cuor leggero... e, per farlo seriamente, occorre trovarsi nello stato di grazia. Creda a me!».

Si allontanò in fretta e scomparve per via Agnello.

De Vincenzi entrò in San Fedele, ripetendo involontariamente a se stesso le parole, che il dottore aveva pronunziate in un momento di meditazione quasi allucinata: «Coloro che ci lasciano possono tornare...».

Sani gli si fece incontro, per dirgli: «Di là, con Cruni c'è quel Pietro Santini... E venuto da sé... Ti vuol parlare...».

«Fallo venire» disse il commissario, entrando nella sua camera e andando all'attaccapanni, per appendervi il soprabito e il cappello.

Capitolo diciottesimo

Il «Parco dei cervi»

Mentre aspettava che il fratello di Norina comparisse, De Vincenzi diede un'occhiata all'armadio in cui stavano rinchiusi i quattro ferri chirurgici e il camice bianco, che era di cotone troppo comune per avere appartenuto al professore Magni. «I camici del Professore sono di puro lino... Era una sua civetteria aver ferri di molto valore...».

Quello rimaneva un mistero. «Prego consegnare alla Questura».

Chi era stato il padrone di quei ferri e di quel camice? E perché glieli avevano mandati?

«Venite avanti».

Il giovanotto avanzò con quel suo passo caratteristico, dimenando i fianchi e gettando avanti una spalla dopo l'altra. Non era più lo scamiciato di quella notte, in cui lo avevano portato lì dentro legato con le cinghie. Indossava l'abito del suo tristo mestiere: i pantaloni troppo larghi con le cuciture ribattute alla costura, la giacca attillata alla vita, le maniche a imbuto, la camicia di seta grigia con la cravatta a strisce larghe, rosa e bianco.

Lo sguardo sfuggente s'incontrò per un istante con quello di De Vincenzi, che lo fissava.

«Hai voluto parlarmi?».

«Sì... Si tratta di lei... Siedi».

Lui sedette, tirandosi i calzoni sulle ginocchia.

«Che c'è? Hai scoperto qualcosa?».

«Non so... M'hanno detto che avete arrestato un vecchio... Che lo hanno trovato col cappello di lui e col mantello di Norina...».

«Ebbene?».

«Il cappello, non so... forse non è vero che l'aveva... Ma il mantello al bigatt gliel'ho dato io... perché lo vendesse...».

Parlava a voce bassa, roca, con la cantilena propria dell'ambiente al quale apparteneva, resa più marcata dall'accento livornese e da un certo turbamento da cui era invaso.

«Spiegati».

«Norina venne a cercarmi a casa mia nel pomeriggio di martedì, verso le sei... Lo dissi anche a lei, quando mi interrogò quella notte... Deve ricordarselo!...».

«Va' avanti...».

«Io non c'ero... Stavo nel negozio del "commendatore"... Lei avrà verificato l'alibi, se non mi ha più mandato a prendere... Allora, Norina parlò con la portinaia... L'avvertì che sarebbe tornata più tardi... a sera fatta... prima che chiudesse il portone e le lasciò il mantello da tenere, perché aveva caldo, disse, e doveva fare ancora parecchie corse per la città...».

«E tu?».

«Sono stato due giorni fuori di me... La portinaia mi aveva dato il mantello, ma io non avevo neppure capi to di che si trattasse. Lo avevo lasciato in camera... Quando cominciai a farmi una ragione di quanto era accaduto... mi accorsi che la mia amica se l'era messo e lo portava. Glielo strappai di dosso... Non volevo che il mantello di Norina finisse a quel modo... Preferii darlo al bigatt, perché lo vendesse».

«Non c'è altro?».

«No».

«Perché sei venuto a dirmelo?».

«Perché non è stato il vecchio a strangolarla. E io voglio che voi troviate chi l'ha ammazzata».

«Va bene. Se non sai altro, puoi andartene».

L'uomo si alzò e uscì lentamente.

Dunque, era stato così! Il Panzeri aveva veduto realmente il mantello nelle mani del bigatt e, partendo da quell'indizio, aveva inventato la storia del cappello e tutto il resto. Era chiaro; ma non gli rivelava gran cosa. Che il bigatt fosse innocente, lo sapeva. Sani venne a dirgli che era giunto l'autista del senatore.

«Sono le due».

«Va bene. Fallo venire».

Entrò quel giovane, che gli aveva aperto la porta di casa Magni, la seconda volta che vi si era recato. Ma, dimessa l'uniforme verde bottiglia, si presentava adesso come un giovanottello dall'eleganza facile e pretenziosa, qualcosa tra il garzone di barbiere e l'operaio.

«Sono venuto senza che nessuno lo sappia...» disse, avanzando con disinvoltura fino al tavolo del commissario. «Secondo quel che m'ha fatto raccomandare lei...».

«Siedi».

Sedette.

«Tu guidavi sempre, quando il senatore usciva in auto?».

«Sempre. Il padrone sapeva guidare; ma non lo faceva che qualche rara volta e soltanto in campagna. E anche allora io lo accompagnavo».

«Dunque, sei in grado di dirmi dove andava?».

Il giovanotto sorrise.

«Sono tre anni che sto in casa del senatore. Come vuole che ricordi tutti i luoghi dove siamo andati?».

«Non fare lo sciocco! Non t'ho chiesto tutti i luoghi. Ti farò domande precise».

La voce di De Vincenzi suonava aspra. L'autista si fece serio di colpo e accennò di sì col capo.

«Risponderò come posso».

«Nessuno ti chiede di più. E tu sei obbligato a farlo».

Voleva che capisse che, tra loro non si era stabilita alcuna complicità. Il sorriso fatuo con cui il giovanottello aveva detto di essere venuto all'insaputa di tutti gli era dispiaciuto, come un principio di familiarità.

Il giovanotto cominciò a sentirsi a disagio e si agitò sulla sedia.

«Il senatore usciva di casa tutte le sere o quasi. Prendeva sempre l'auto?».

«Qualche volta».

«E dove andava?».

«Se prendeva la macchina, a teatro o in qualche ristorante dei dintorni e della periferia».

«Al Sempioncino?».

«Quasi mai. Preferiva Monza... Qualche volta più lontano...».

«Solo?».

Il giovane esitò. Doveva essere stato pagato per tacere e si domandava se dovesse continuare a farlo, anche adesso che colui che pagava era morto.

«Devi rispondere. Pensa che ci sono di mezzo due cadaveri».

«Quando andava nei ristoranti o negli alberghi, non era mai solo».

«Sempre la stessa?».

«Raramente era la stessa signora».

«Donne d'occasione?».

«Sì... mi pare... ma non del genere che può credere lei».

«Non cercar di capire quel che credo io. Dimmi ciò che sai...».

«Gliel'ho detto. Non erano cocottes».

«Va bene. Dunque, tu dici che cambiava. Ma una ne aveva, che non cambiasse? Che fosse realmente la sua amante?».

«Non di sera».

«Quando?».

«Nel pomeriggio. Dalle tre alle sei. In quei giorni, si faceva condurre prima all'ospedale, ma ne usciva subito».

«Dove lo conducevi?».

«Aveva un appartamento... una garzoniera...».

«Dammi l'indirizzo».

«Vicino al Parco... in via Abbondio San Giorgio...».

«Numero?».

«18, al pianterreno».

«E in quell'appartamento, sempre la stessa... signora?».

«Sì. In questi ultimi tempi. Prima, tante».

«Tre mesi? Quattro mesi?».

«Forse, sei mesi. Cominciò in ottobre, mi pare».

«Come puoi esser sicuro che fosse sempre lei?».

«Andavo io a ricondurla con l'auto, a casa sua. Scendeva nei dintorni, naturalmente».

«Dove?».

«Dove lei abitasse, non so. Scendeva in piazzale Tonoli e la vedevo prendere il viale dei Mille».

De Vincenzi trasalì. Una strana agitazione si era impadronita di lui. Sentiva di avvicinarsi al punto cruciale. Anche per non rivelare quel suo orgasmo, s'era fatto rude. Gli dispiaceva frugare a quel modo nella vita intima del morto. Eppure non poteva farne a meno.

«Sai chi era?».

«No!» rispose il giovanotto con troppa precipitazione e il commissario non insisté, per quanto fosse sicuro che sapeva.

«Non importa. Non è questo che conta. E, quando si recava a questi appuntamenti, il senatore prendeva qualche precauzione? Ti sei mai accorto che temesse d'essere seguito?».

«Non credo. Soltanto mi aveva ordinato di far sempre la circonvallazione, quando andavo al piazzale Tonoli da via Abbondio San Giorgio. Un giro interminabile».

«E lui, intanto?».

«Qualche volta se ne andava a piedi o prendeva il tassi. Qualche altra, tornavo io a prenderlo con la macchina».

«Le chiavi dell'appartamento?».

«La portinaia. Né lui, né la signora le avevano».

«E prima... prima di sei mesi fa, la signora era sempre la stessa?».

«Per un certo tempo. Poi cambiava. Ne ha avute anche due nello stesso periodo. Naturalmente, in giorni diversi».

Quei particolari facevano aumentare sempre più in De Vincenzi il senso d'imbarazzo, quasi di vergogna che lo aveva invaso.

Tagliò.

«Nient'altro. Puoi andare».

L'autista, colpito dal congedo brusco, balzò in piedi.

«Quando ha bisogno di me...».

«Non ho bisogno di nessuno».

L'altro uscì, senza capire che diavolo fosse entrato nella testa del commissario.

De Vincenzi era rimasto assorto. Che brutta, che ripugnante commedia, la vita! Lui, in fondo, era un sentimentale e un puritano. Il tradimento di una moglie lo feriva, come se il tradito fosse lui. Se avesse dovuto fare il giurato, avrebbe assolto tutti i mariti che uccidono. Non questa volta a ogni modo, si disse subito, perché c'era anche il cadavere di quella disgraziata. Un orrore!

Si alzò e si mise soprabito e cappello.

Quando fu in mezzo alla stanza per attraversarla, si fermò. Guardava all'albero che rinverdiva nel cortile, al di là dell'inferriata polverosa. La campagna! Tanta purità! Che strano impasto di sentimenti discordanti, opposti, era in lui! Aveva voluto tuffarsi, per bisogno dello spirito, in quella vita e anelava senza posa a uscirne, come il carcerato anela alla libertà. Nessuno che lo avesse veduto agire e parlare, con quella sua precisione netta e algebrica, con quella logica tagliente e implacabile, avrebbe ammesso che la sua anima era ancora quella del bimbo, che ha bisogno delle carezze materne.

Un rumore nella stanza accanto lo fece sussultare, come colto in fallo.

S'affrettò a uscire.

«Tornerò fra un'ora. Forse, prima».

«Se viene il dottor Verga?» gli gridò Sani.

«Trattienilo».

Sulla piazza, nel sole di primavera, i colombi avevano coperto il monumento a Manzoni.

De Vincenzi salì in un tassi e diede l'indirizzo di via Abbondio San Giorgio, 18. Inconsapevolmente, aveva abbassato la voce, per parlare all'autista. Gli sembrava che tutti avrebbero subito compreso che cosa andasse a fare laggiù. Per lui era come se stesse per tradire un segreto d'anima, più che un segreto d'ufficio.

Se realmente «coloro che ci lasciano ritornano», pensò, io dovrei trovare lo spirito di lui a interdirmi di penetrare in quell'appartamento!

Perché si vide dinanzi le labbra troppo rosse e il volto cereo della vedova, in gramaglie, col petto leggermente ansante sotto il vestito di crespo?

E perché sentì all'orecchio la voce di Chirico, il padrone della libreria insanguinata, proferir con vibrazioni nuove e profonde quella frase troppo grande in bocca di lui, ometto risecchito e bilioso: «Tutto un mondo che non conosciamo vive attorno a noi».

Poi fu il corpo turbevole e tanto stranamente voluttuoso di Patt ad apparirgli, così come l'aveva veduta appoggiata al tavolo di marmo dell'ambulatorio, col capo un poco rovesciato all'indietro e un sorriso ambiguo sulle labbra carnose, che scoprivano i denti perlacei, saldamente piantati nelle gengive.

E quell'altro corpo di donna nudo, palpitante ancora, per quanto inanimato, con la gola segnata dalla stretta demente dell'assassino...

Una teoria di fantasmi.

Fioretta Vaghi, che veniva a dargli, piangendo d'amore desolato, la prima lettera dell'enigma. La medium, che faceva la chiromante per pagare i debiti del marito giuocatore. La maestrina, che aveva una volontà autoritaria, sotto l'apparenza della rassegnazione. Il dottor Marini, che credeva nell'aldilà, fino a confessarsi sicuro che i morti tornano.

Ombre o creature umane?

Personaggi di fantasia o persone vive?

Tutti fuori fuoco in quel quadro di un delitto commesso con la più sottile arte e con la più selvaggia immaginativa.

Il tassì s'era fermato davanti a un atrio di marmo nero, in una strada, che aveva da un lato la fila delle case alte, bianche, nuove, e dall'altro una scarpata verde e un prato, con la staccionata di legno giallastro.

Il sole batteva, non caldo ancora, ma acuto, come il raggio di un radiografo.

De Vincenzi si scosse; gli ci volle qualche istante prima di ricordare perché si trovasse in quel luogo. Pagò l'autista, che lo guardava con malizia quasi sapesse di averlo accompagnato a un buen retiro. E gli diede una così forte mancia, che quello fece girare la macchina, per andarsene, fischiettando il ritornello di una canzone salace.

Trovò la portinaia in una stanza a vetri, che sembrava un salotto. La casa era di lusso. La donna s'accordava all'ambiente. Indossava un abito di seta e sedeva inoperosa con le gambe accavallate e ben visibili. Aveva un musettino da furetto, con le orecchie leggermente ad ansa e tutte le linee del volto, che fuggivano irregolari.

Sorrise al giovanotto, che entrava.

«Desidera?».

«Qual è l'appartamento che aveva in affitto il senatore Magni?».

«Ah!».

Si rizzò in piedi.

«Come dice?».

«Vorrei visitarlo. Sono un commissario di polizia».

La donna prese sul tavolo un registro e l'aprì.

«È questo» indicò sul libro, seguendo col dito una linea di parole, spaziate nelle caselle delle finche.

«Desidero visitarlo».

Non guardò neppure il registro, mentre quella lo aveva aperto e lo sciorinava, per dimostrargli che era in regola.

Prendo le chiavi.

Le staccò da un quadro. Era un mazzettino di due chiavi inglesi piccine e tutte denti.

«Debbo accompagnarla?».

«Naturalmente».

Pochi gradini. Una porta lucente come specchio.

«Vado avanti ad aprir le finestre».

«Non importa. Accendete la luce».

Si sentiva avvolgere da un odore pesante e complesso di fumo, di acqua di colonia, d'altri profumi dolciastri.

Nell'anticamera c'era una cassapanca, un divano, un tavolino. In terra un grande orcio di terra cotta, che serviva da portaombrelli. Nessun segno di casa abitata. Anche i due quadri a olio appesi alle pareti erano senza espressione, quasi fossero stati fatti a serie.

La portinaia spalancò la prima delle tre porte, che si aprivano una per lato, di fronte e di fianco alla porta di ingresso.

«Il bagno».

Bianco e turchino, tutto a mattonelle di porcellana. Un grande specchio, di faccia alla vasca rettangolare, a linee diritte. Un'orgia di rubinetti, di chiavette, di bracci, di attaccapanni nichelati.

Anche qui il senso del nuovo, del disabitato, come il lavabo di un ristorante di lusso, per quanto sopra una mensola di vetro si allineassero alcune bottiglie d'acqua di colonia, di lozione, di aceto aromatico e vi fosse una grande spugna carnosa nella vaschetta e un accappatoio da bagno color granato accendesse una macchia contro il bianco e azzurro della parete. — De Vincenzi aveva veduto tutto con un'occhiata.

«Andiamo avanti».

La seconda porta era quella del salottino. Quando la donna girò il commutatore, si fece una luce gialla, che bagnò d'oro un vasto divano di velluto nero, una poltrona bassa, un piccolo tavolo. Sembrava una scena da teatro. Tutt'attorno alle pareti ricadeva dal soffitto un tendaggio di seta gialla. Alla finestra, una tenda pesante di velluto faceva la notte. In un angolo, il piccolo bar di palissandro reggeva le fiamme colorate delle sue ampolle di liquori. Sul ripiano brillava, accanto a due bicchieri di cristallo, uno shaker d'argento.

Tutto era intimo al modo d'una tomba.

E non un segno personale. Neppure un po' di disordine, che avrebbe comunque rivelato la presenza di un essere vivente. Il velluto del divano era teso, liscio.

«Andiamo avanti!...».

La voce della donna suonò equivoca, torbida quasi: «Questa è la camera da letto».

Qui la luce riflessa si accese tutt'attorno al soffitto di stucco bianco, con un rosone sbalzato nel mezzo.

Alle pareti, un tendaggio azzurro chiaro; alla finestra, un'altra tenda, di velluto azzurro, più scuro, più denso.

Il letto vastissimo, basso, con un antico scialle di casimirro per coperta. Accanto a esso, ai due lati della te sta, due tavoli. Contro una parete, una grande psiche, sorretta da due colonnine alte da terra.

In fondo al letto un torcere da chiesa, massiccio, altissimo, monumentale, con il grosso cero fino e la fiamma della lampadina elettrica al posto dello stoppino.

De Vincenzi fece qualche passo nell'interno, mentre in lui il senso del disagio si mutava quasi in angoscia, tanto era acuto. Poi si affrettò verso un altro piccolo tavolo in un angolo, che gli era rimasto nascosto dal letto. Aveva veduto, in una grande cornice d'argento, il volto d'una donna.

Sentì immediatamente che era lei.

Fu una delusione. Questa qui era bella come quasi tutte le donne sono belle. L'osservò, prendendo la cornice in mano e accostandosi l'immagine allo sguardo. I capelli corti erano arricciolati e ariosi attorno al volto, dal piccolo naso disegnato finemente e che pure mancava di linea. Le labbra sorridevano, scoprendo la chiostra dei denti piccolini. Il mento pronunziato allungava un poco l'ovale. Impercettibilmente, i pomelli salivano ed era questo l'unico segno, che caratterizzasse quel volto, altrimenti comune. Gli occhi ridevano anche essi, sotto l'arco sottilissimo delle ciglia depilate e disegnate col lapis.

Il giovane sentì pesare su di lui gli sguardi ironici, carichi di lubricità della portinaia.

Depose il ritratto in fretta e chiese con voce, che non riuscì a render ferma: «È lei?».

«Sì, signore» rispose la donna, sempre fissandolo con sfrontatezza.

«Non ci sono altre stanze?».

«No» e aveva l'aria di dire che quelle bastavano.

«Il mobilio apparteneva al professore?».

«Certo. Provvide lui a tutto, quattro anni or sono, quando prese in affitto l'appartamentino...».

De Vincenzi pensò che anche tutto quel velluto e quelle sete e i mobili e il bar e la cornice d'argento avrebbero fatto parte della eredità della vedova...

Sul pianerottolo, salutò con un segno del capo la portinaia, che lo seguiva, e uscì in fretta, quasi fuggisse. Aveva l'impressione di uscire da un sepolcro.

Capitolo diciannove

Battute d'aspetto

Dal momento in cui si trovò per la strada — uscito appena dall'appartamento, che aveva protetto i molteplici amori del senatore Magni, De Vincenzi compì i più strani e apparentemente scriteriati atti della sua carriera di commissario.

Persino Sani, che aveva cieca fiducia in lui, dovette chiedersi se il suo immediato superiore non avesse per caso perduto il controllo dei propri centri inibitori.

Si sarebbe detto che il profumo acre e denso di quelle stanze, in cui non penetrava mai la luce del giorno, gli fosse salito, attraverso le narici, al cervello, operando su di lui come un etere.

Tornato a San Fedele, quando Sani gli ebbe annunziato l'arrivo del dottor Verga, egli, che pure aveva mandato Cruni a prenderlo a casa, non volle riceverlo.

«È realmente ammalato, e per venire da te, si è alzato da letto…».

«Ci ritorni. Gli farà bene!…».

Sani lo guardò sorpreso e non obbiettò nulla.

«È stanco» pensò. «Quando sarà finita tutta questa storia, insisterò perché prenda qualche giorno di congedo».

Ma De Vincenzi era così poco stanco, nel corpo almeno, che lo si sentì passeggiare interminabilmente, avanti e indietro per la sua stanza, fin quasi alle sei del pomeriggio.

A quell'ora aprì l'uscio, che aveva chiuso a chiave, e apparve col sorriso sulle labbra. Ma lo sguardo gli brillava in modo febbrile e il suo sorriso era più una contrazione nervosa che altro.

Andò a mettersi davanti al tavolo del collega e lo fissò.

«Vedi!» pronunciò lentamente, dopo qualche istante di silenzio. «Tutto sarebbe chiaro se non ci fossero quei ferri chirurgici e quel camice. Sono essi che guastano ogni teoria! Non riesco a farli quadrare col resto, neppure se prendo i fatti che conosco e torco loro il collo...».

Sani intuì quanto quel problema lo martoriasse e non osò sorridere.

«Avranno appartenuto al professore...» disse, ricorrendo alla ipotesi più semplice.

«No! Non si va al Sempioncino con quattro ferri chirurgici e un camice nelle tasche».

«Li avrà avuti con sé l'uccisore...».

«Di sua proprietà?».

«Può darsi. E questo aiuterebbe a trovarlo».

«Troppo! Si può credere che un uomo, diabolicamente abile, come colui che ha ucciso il senatore Magni, fornisca un indizio decisivo contro di sé, con la coscienza di farlo e senza esservi spinto dalle circostanze? Per quanto abbia voluto sfidare gli uomini e forse il destino, non aveva ragione di esagerare a tal punto! Sarebbe stata sadica voluttà di denunziarsi, di perdersi, la sua!...».

«Sei sicuro che quel pacco e quel biglietto abbiano connessione con l'assassinio?».

«No! Non ne sono sicuro. Ed è proprio questo che mi turba! Come ammettere che soltanto il Caso abbia fatto coincidere i due fatti? Allora esiste realmente una forza inconscia, intelligente, che governa e regge e crea persino l'impossibile, perché da esso sgorghi la luce?». Rise e aggiunse: «Per ora sarebbero le tenebre...». «C'è la calligrafia del biglietto...». «Già, ma non aiuta. Non è quella dell'assassino». «Tu lo conosci?». «Chi?». «L'assassino».

«No!».

«Ma devi pur avere un sospetto fondato?». De Vincenzi alzò le spalle.

«Che conta? Non corro mai appresso ai sospetti, io! E tanto meno questa volta. Se ti dicessi che affermo con tanta sicurezza che la calligrafia del biglietto non è quella dell'assassino, pur non avendone fatto alcun controllo, soltanto perché la mia intuizione me lo dice, penseresti che sono maturo per Mombello...».

Girò su se stesso e tornò nella sua stanza. Poco dopo ne usciva, col soprabito e il cappello. «Te ne vai?».

«Sì. Avverti il Questore. Rimarrò assente parecchie ore. Forse, tutta la notte. E in tal caso non tornerei qui che domani a mezzogiorno. Può darsi, anche più tardi… Dipende dal viaggio che ho da fare».

«Vai lontano?».

«È questo che ancora non so. E per saperlo, dovrò correre il rischio di rovinar tutto».

Sani lo guardava e non riusciva a dissimulare completamente la sua preoccupazione.

«Sei più enigmatico del delitto stesso!».

«Perché, vedi!, a giuocare con gli enigmi se ne prende l'abitudine. È una forma di pragmatismo subconscio, che opera in noi. E questo qui è un vero puzzle animato del quale non si riesce a trovar tutte le parole, sino a formarne una frase logica».

Tacque un istante.

«Ancora l'azione più orrenda è la più spiegabile! A guardar bene, nello specchio d'acqua della Darsena si vede il volto dell'assassino! A rivederci».

Uscì in fretta, lasciando Sani dolorosamente colpito da quel suo modo.

Era ancora giorno.

L'animazione per le vie appariva intensa. Per la Galleria e sotto i portici si faceva fatica a passare. Egli, giunto in piazza della Scala, tornò indietro e, ripassando davanti a San Fedele, prese via San Paolo, attraversò il corso e si trovò in piazza Beccaria.

Poco dopo entrava nella libreria di via Corridoni, con le mani in tasca e l'aria indifferente dell'amatore di libri.

Gualtiero Gerolamo lo guardò sorpreso e un lampo di angoscia gli passò nei miti occhi umidi. Chirico sal tellò dalla scrivania al suo fianco e lo salutò, togliendosi il cappello e grattandosi in testa. «Signor commissario…».

C'erano un paio di clienti, che frugavano nelle scansie. Uno di essi, corpulento e barbuto, con una grossa catena d'oro sul ventre, aveva tra le mani un opuscolo e ci dissertava sopra in bolognese, senza che nessuno lo ascoltasse. S'interruppe, per guardare il sopravvenuto di sopra gli occhiali.

De Vincenzi rispose con un cenno del capo al saluto del padrone e sorrise dell'attesa ansiosa di Pietrosanto. Si avvicinò al banco e prese qualche libro, uno dopo l'altro, leggendone i titoli, facendoseli girare fra le mani, osservandoli attentamente. Si sarebbe detto che stesse per chiederne il prezzo.

«Qualcosa di nuovo, signor commissario?».

Chirico gli aveva parlato a voce bassa, ma, subito gli altri rattennero il respiro, attendendo la risposta. I due clienti dovevano sapere o intuire chi egli fosse e non si erano fatti ingannare da quel suo cercare fra i libri.

«Di nuovo?» ripeté lui, quasi non avesse compreso la domanda. «Ah! sì... Può darsi... Tutto è finito».

«Come?!».

Anche Gualmo, non contenendosi più, gli si avvicinò, col suo passo cauto e silenzioso, la testa in avanti, gli occhi spalancati e fissi.

L'uomo barbuto depose l'opuscolo e si tolse gli occhiali.

«Già! Qualcuno è stato arrestato. Lo saprete a suo tempo».

«Ma chi è l'assassino? E perché è venuto proprio nel mio negozio?».

«Come ha fatto a entrare?» proferì Pietrosanto, a cui quell'enigma era rimasto immanente nello spirito. «E lei ha ritrovato il libro rubato?».

De Vincenzi represse un sussulto.

Già! C'era il libro. «La Zaffetta — Venetia 1531 — in 8°». L'aveva quasi dimenticato e certamente non ne aveva tenuto conto nel suo puzzle. Eppure era un elemento capitale. Adesso, che aveva respirato il profumo dell'appartamento di via Abbondio Sangiorgio, anche il libro pornografico, pubblicato per vendetta contro una cortigiana, assumeva ai suoi occhi un significato netto e preciso, si rivelava nel dorso e nella costa, come tutti quei libri che giacevano di là, quando la luce veniva accesa dentro le tetre stanzucce del retrobottega.

«Il libro! Già! Ritroveremo anche quello. Mi faccia vedere il posto preciso dal quale è stato tolto».

E si diresse verso il corridoio, preceduto da Gualmo e seguito da Chirico.

I due clienti osservavano e, se il padrone non avesse chiuso la porta dietro di sé, lasciandoli nel negozio, li avrebbero seguiti.

Chirico aveva chiuso la porta per un movimento istintivo; ma appena ebbe raggiunto Pietrosanto, che stava indicando al commissario la scansia degli «erotici», lo prese per un braccio e lo spinse verso il corridoio: «Vada di là, lei! Quei due sono rimasti soli...».

Pietrosanto si agitò tutto a quella ingiunzione, che feriva nel profondo la sua curiosità. Ma dovette ubbidire. La diffidenza sospettosa del padrone era legge, che egli non poteva contrastare.

De Vincenzi si guardava attorno. Il cadavere non c'era più naturalmente; ma lui lo vedeva sempre davanti a sé, disteso a terra. Soltanto, adesso, aveva per lui un volto non più di ghiaccio, immobile, ma animato. Lo vedeva vivere, quel cadavere, quando entrava nell'appartamento clandestino, quando sedeva sul divano di velluto nero e si avvicinava al bar di palissandro, con tutte le fiammelle dei liquori. Lo aveva dinanzi agli occhi, vivo! E viva era anche la donna del ritratto, per quanto lui non l'avesse conosciuta mai.

Che parte aveva avuta quella donna nel delitto?

Forse, nessuna. Forse, la parte principale.

Come mai pensò anche alla vedova in gramaglie e gli sembrò vederla risalire via Dante, per entrare nell'Agenzia di Harrington?

«Avete tenuto qualche altra seduta spiritica in questi giorni?».

«No!» esclamò l'ometto.

«Perché?».

«Oh! Non sempre si tengono, le sedute... I soci vanno a periodi... Il Circolo serve più di ritrovo per discussioni, lettura delle riviste e dei libri, che altro».

«Oppure lei mi nasconde la vera ragione?».

Chirico si tolse il cappello, si passò una mano sulla testa rasa, dai capelli corti, duri come i peli d'una spazzola.

«Quale?».

«La profezia della medium...».

«Naturalmente, son cose che impressionano...».

«Sa che ho parlato di nuovo con la signora Sorbelli?».

«Ah!».

«Mi ha promesso di tenere una seduta per me. Mi interesso di spiritismo, adesso... Forse, è stato lei a indurmici, convincendomi che attorno a noi vive tutto un mondo, che non conosciamo...».

Chirico lo guardava con diffidenza. Che si facesse giuoco di lui non lo pensava; sentiva invece che aveva un progetto ben definito, uno scopo da raggiungere.

Dove voleva arrivare?

«È un temperamento sensibilissimo, quella signora... Troppo, persino!».

«Desidero che partecipi anche lei, signor Chirico, alla seduta...».

Gli si avvicinò. Gli mise una mano sulla spalla.

«Potremo tenerla nella sede del Circolo!».

«Dipende dal Presidente...».

«O dal segretario? Il segretario è lei! Bisogna farla in quel luogo, signor Chirico. È indispensabile».

«Quando?» mormorò l'ometto, oramai convinto che non gli sarebbe stato possibile sottrarsi. Furbo come era, capiva che De Vincenzi era venuto da lui, soltanto per parlargli di quella seduta. Ma che cosa aveva nella mente? Quale tranello voleva tendere a lui o ad altri?

«Glielo farò sapere domani. Forse, dovremo tenerla domani sera. Certo, prima di lunedì...».

«Domani è domenica».

«Oh! Le telefonerei a casa... Ma potremo anche fissare la seduta per lunedì alle nove... Lunedì notte fanno gli otto giorni che il senatore Magni è stato ucciso».

Chirico ebbe un fremito e fissò il commissario con terrore.

«Che vuol fare?».

«Nulla!».

«Verrà davvero la signora Sorbelli?».

«Certamente!».

«Oh! No!».

«Sicuro! Ma lei crede proprio che i morti tornino?».

L'altro era livido e non rispose.

De Vincenzi si mise a osservare il posto di dove era stato tolto il volume rubato. Se avesse potuto vedere la mano, che si era protesa a prenderlo! Ma lui la vedeva quella mano, bianca, affusolata, vibrante, la mano di un uomo nervoso e sensibile, perché era convinto che doveva essere stato il senatore a togliere quel volume dal suo posto! Ma da che cosa derivasse in lui quella convinzionc non avrcbbc saputo dirc.

Tornarono in negozio. I due clienti non si erano mossi. Gualmo scrutò il commissario. Poi vide il pallore cadaverico di Chirico e gli occhi gli si allargarono ancora di più.

«Inviteremo anche il signor Pietrosanto!» disse, senza sorridere, De Vincenzi. «Siamo intesi».

«Invitar me? A che cosa? Dove?».

«Lo saprà lunedì».

E uscì dal negozio, ripetendo a Chirico: «Siamo intesi, eh?».

L'ometto gli corse dietro, lo raggiunse sul marciapiede e dovette afferrarlo per un lembo del soprabito, perché si fermasse e gli desse ascolto.

«Chi altro parteciperà alla seduta?».

«Glielo farò sapere lunedì. Agli inviti penserò io».

«Ah!» riuscì a proferire il pover uomo e se ne tornò in negozio con un peso sulle spalle, che lo schiacciava.

De Vincenzi prese un tassi in piazza del Verziere, proprio a quel posteggio dove la notte di martedì, quattro giorni prima s'era separato dal dottor Marini, dopo aver passeggiato con lui per un paio d'ore.

«Corso Plebisciti» disse, all'autista, salendo.

Aveva dato l'indirizzo, quasi spintovi da una forza superiore alla sua ragione. Eppure, soltanto la ragione avrebbe dovuto dettarglielo. Egli non poteva, ormai, fare altrimenti.

Quando furono in corso Plebisciti, fece fermare la macchina davanti al numero 17.

Una casa enorme, simile a tutte le altre, che la precedevano e la seguivano. Un portone con un po' di verde nel fondo, tra il biancore del vasto cortile, che s'apriva su altre facciate di case interne, diverse per colore e forma dal corpo principale.

Nella portineria, nessuno. In mezzo al cortile, curvo sopra una aiuola senza fiori, a toglier la paglia di torno a una palma, che l'imminenza dell'aprile liberava dal suo riparo invernale, era un uomo con una specie di spolverina nera, lucida, che gli arrivava quasi ai talloni.

De Vincenzi avanzò e i suoi passi, scricchiolarono sulla ghiaia. L'uomo si raddrizzò, voltandosi. Ancora ave va le mani piene di paglia lunga e nerastra. Due occhi nerissimi in un volto abbronzato, magro sino ad aver la pelle tesa sulle mandibole e sui pomelli sporgenti. «Desidera?». «Un'informazione». «Non c'è mia moglie in portineria?». «Non c'è».

«Starà preparando da mangiare...». Il portinaio gettò la paglia sulla terra nuda e soda dell'aiuola, battè le palme una contro l'altra, se le fregò ai lembi della spolverina. «Di che si tratta?». «Voi siete il portinaio?». «Sì. Ma lei chi è?».

«Se vi chiedo un'informazione confidenziale, saprete tacere d'avermela data?». L'uomo ebbe un gesto.

«Degli inquilini io non so nulla. Né del loro denaro… Non si guarda nelle tasche di nessuno noi!… Non conosco le rendite e i guadagni… Da me lei non potrà tirar fuori proprio niente». Il commissario sorrise. «Non sono un agente delle tasse!». L'altro alzò le spalle.

«Ne vengono sempre. Che cosa vuole, allora?». «Ho bisogno di sapere dove si trova… in campagna… la moglie del dottore Marini. Il suo indirizzo, insomma». L'indifferenza un poco sdegnosa del portinaio si fece ironica. «Lo chieda al marito!».

Lo guardava con sospetto. Gli occhi neri avevano lampi di malizia.

De Vincenzi non voleva dire chi fosse. Con quella sua bonarietà espansiva e cordiale, il dottor Marini doveva essersi guadagnata certo la confidenza dei propri portinai. O quell'uomo o sua moglie glielo avrebbero riferito. E lui a ogni costo non lo voleva. Meglio era passare per un innamorato da marciapiede, per uno sfaccendato, che corre dietro all'avventura.

«Eh! Già…» disse, sorridendo con un impaccio pieno di sottintesi. «È proprio al marito che non voglio chiederlo».

Trasse dal taschino una moneta da venti lire e la tenne fra le dita.

«Nessuno saprà che siete stato voi a dirmelo».

L'uomo guardò la moneta e si passò di nuovo le palme sui fianchi e sul petto, per pulirsele.

«Sono le sette passate… è l'ora in cui il dottore torna per la cena…».

«Chi c'è in casa?».

«La domestica… La cameriera è andata via con la padrona…».

Abbassò la voce: «Sono andate a Pegli… Villa Doria…».

E tese la mano, con un movimento furtivo, guardandosi attorno.

Il pezzo d'argento scomparve nella tasca del panciotto, sotto la spolverina lucida.

De Vincenzi uscì e discese lentamente corso Plebisciti e poi i viali alberati di corso Indipendenza.

Pegli, Villa Doria. Sarebbe partito alle 21 per Genova, dove avrebbe dormito. Poteva essere di ritorno a Milano alle 14 del giorno dopo, che era domenica. Aveva ancora più di ventiquattr'ore per preparare la «seduta» di lunedì sera.

Quello era un tentativo disperato. Avrebbe dato gli effetti che avrebbe dati. Ma non gli rimaneva altro da fare. Prove? Dove trovare le prove? Aveva lavorato soltanto sopra indizi apparenti. Ecco: su nient'altro che sulle apparenze psicologiche. E l'anima umana ha così strani e tortuosi e profondi meandri in cui nascondersi!

Lui aveva realmente paura di concretare a parole, anche soltanto dentro di sé, la teoria che s'era formata.

Dacché, nel suo spirito una teoria si era andata concretando. Oscuramente egli sentiva dove si trovava la spiegazione del mistero. Ma gli mancavano troppi dati, troppi anelli di congiunzione, per poter concludere e per potere agire sulla base delle proprie conclusioni.

Eppure, agire doveva. Gli otto giorni chiesti al Questore e al giudice sarebbero terminati martedì prossimo. Quarantott'ore di tempo. Credere — come per altri delitti era accaduto — che il delinquente si tradisse con qualche azione imprudente o disperata non doveva neppure sperarlo. L'autore di quei due assassinii aveva una completa padronanza di se stesso e dominava l'ambiente nel quale si muoveva con assoluta sicurezza a quel modo con cui, forse, aveva dominato la stessa vittima, quando l'aveva condotta a morire nel negozio del libraio.

De Vincenzi camminava sotto gli alberi, in mezzo a uno dei viali paralleli, fra due linee di panche, sulle quali sedevano mamme e governanti, balie e domestiche. Le panche si andavano vuotando. Attorno a lui era uno sciamare di bimbi, che correvano, spronati dalla voce delle accompagnatrici.

Il giorno moriva con la rapidità dell'agonia crepuscolare, che precipita i suoi ultimi istanti, in un bagliore terso e diafano.

In lontananza, dietro alla città, al di sopra dell'aureola di San Francesco — il santo d'Assisi, che si eleva sottile e stilizzato come un volo di rondini, tutto purità, slancio, passione consumatrice, in mezzo a piazza Risorgimento — ancora gli ultimi raggi del sole tingevano il cielo di rosso.

De Vincenzi dimenticò se stesso, il mistero di quel delitto, il suo intimo martirio d'indagine.

Non fu più e soltanto che una creatura umana in perfetta comunione con la Natura, sotto quegli alberi verdi, tra quell'infanzia garrula, col volto che guardava al cielo. E a un tratto si sentì solo, unico, avulso da tutti gli altri esseri e dalla terra. Fu una sensazione incomparabile, prodotta forse in lui dalla lunga tensione nervosa di quei giorni.

Le tenebre e poi la luce delle lampade lo richiamarono alla realtà. Prese un tranvai della circonvallazione che lo portò, dopo un giro interminabile, a casa sua, al Sempione. Aveva deciso di partire nelle prime ore del mattino. Sapeva che c'era un treno alle quattro. Prima delle otto sarebbe stato a Genova e dopo mezz'ora a Pegli.

Scese alla fiorita stazione di Pegli, alle otto e mezzo del mattino, dopo circa quattro ore di viaggio, fatto da solo coi suoi pensieri in uno scompartimento di seconda classe.

Aveva già veduto il mare dal finestrino del treno, prima di arrivare a Genova. E, sulla Riviera, trovò la luminosità calda della primavera in isboccio.

Ma una sottile angoscia gli stringeva la gola per quell'incontro imminente con una donna, che non conosceva e che pure continuava a vedere viva davanti a sé, con quel suo volto regolare, a cui soltanto i pomelli leggermente salienti davano espressione. Le ciglia depilate e disegnate a matita... i capelli ariosi, tagliati corti... un sorriso di felicità sui denti perlacei... E tutti i pomeriggi o quasi, fino a otto giorni prima, quella donna era solita entrare nell'appartamento di via Abbondio Sangiorgio e sedere sul divano di velluto nero...

Che cosa le avrebbe detto?

E, se non fosse stata lei, la moglie del dottor Marini, a essere l'amante del senatore? Perché, insomma, lui non aveva nessuna ragione specifica, nessuna prova, per crederlo.

Quando l'autista gli disse che ogni volta ella scendeva dall'auto sul piazzale Tonoli e si avviava pel viale dei Mille, egli aveva avuto la rivelazione improvvisa di quella che ritenne subito una verità. Ma, se la sua intuizione fosse stata errata? Viale dei Mille conduce a corso Plebisciti, ma conduce anche altrove...

«Villa Doria?» chiese all'unico facchino, che stava inaffiando le aiuole, al sommo della scala, davanti agli uffici della stazione.

«Non può sbagliare. Appena fuori, volti a destra e vada diritto. Passato il cavalcavia, in fondo al viale, troverà un grande cancello... Quella è Villa Doria...».

«Grazie» e si avviò.

«Entri nel parco, sa? La villa si trova nell'interno... Domandi al custode».

Il parco era immenso. In fondo, tra gli alberi, si vedeva un grande caseggiato bianco, con le finestre verdi. Una villa principesca. Possibile, che la moglie del dottore abitasse lì dentro?

«Ah! Quella signora milanese, che è arrivata da due giorni con la cameriera! Hanno preso in affitto il padiglione interno... Deve salire... Passi accosto alla villa principale... troverà un sentiero... E poi non può sbagliare, perché il padiglione sta a mezza costa e lo vedrà subito dal basso».

Era il vecchio padiglione da caccia della villa dei Doria. Lo vide, infatti, a due piani, dipinto in rosso mattone, con davanti un giardino a terrazza.

A mano a mano che saliva, lui lo distingueva sempre più chiaramente, senza essere a sua volta veduto dall'alto, perché il sentiero saliva incassato fra due siepi, tutto buche e franamenti.

Le finestre della facciata erano spalancate. Il sole sommergeva la casa.

Sulla ringhiera di un balcone, vide il bianco delle lenzuola e le coperte di un letto appena disfatto.

Quando fu proprio sotto la terrazza, mentre continuava a salire, poté dare un'occhiata al giardino, attraverso le sbarre della balconata di ferro, che lo circondava. E scorse una donna in vestaglia azzurra, distesa sopra una seggiola a sdraio, col viso rivolto verso il mare. Fu una visione rapida, di cui trattenne nella memoria due piedini nudi, che si agitavano dentro le babbucce, e una massa di capelli biondi rovesciata contro la spalliera.

Si trovò in un ripiano, su cui si mostrava la facciata laterale del padiglione con una piccola porta rialzata da tre gradini e alla sinistra, in angolo, il cancello della terrazza fiorita.

Si fermò, esitante. Doveva suonare alla porta o varcare il cancello, che era semiaperto?

Si decise e lo spinse, avanzando sul vialetto ghiaiato, tra la facciata principale e un'aiuola di rose.

La donna si trovava proprio al limite della terrazza–giardino, davanti alla ringhiera e gli voltava le spalle. Vide di nuovo il gran fulgore dei capelli dorati, che il sole incendiava.

Davanti, in lontananza, oltre il paese e la spiaggia, la distesa marina.

Cercò di fare il maggior rumore possibile, strisciando coi piedi sulla ghiaia.

«Chi è?» pronunciò stancamente una voce dolce, leggermente trepida, ma la donna non si volse.

«Mi perdoni...» disse De Vincenzi.

«Chi è?» ripeté la voce.

«La signora Marini?».

«Sono io. Avanti... Venga avanti...».

S'era voltata e lo guardava con indifferenza.

Non si era ingannato! La donna del ritratto gli stava dinanzi. Più bella della fotografia, il suo sguardo appariva leggermente atono, quasi smarrito. Doveva aver pianto di recente, perché aveva ancora gli occhi umidi, dolci, come macerati dalle lacrime.

«Che vuole?».

De Vincenzi sentì che non avrebbe mai osato dire a quella donna chi egli fosse e quale compito avesse. Il solo annunzio della sua qualità l'avrebbe fatta crollare. Ne era certo. Doveva mentire. Tutta una storia da inventare in dieci secondi. Non aveva altro modo, se non voleva che il tentativo fallisse.

«Mi deve perdonare, signora!... Vengo da Milano... Debbo parlarle... Sono... cioè ero un amico del povero senatore Magni...».

La donna balzò in piedi. Gli occhi le si fecero duri, foschi. Un leggero fremito la percosse visibilmente.

Le labbra le apparvero esangui sul volto trascolorato e lei le agitò per parlare, ma non ne uscì suono.

«Si calmi, signora. Sono un amico».

La donna sedette di nuovo, ma senza più distendersi. Di fianco alla sua poltrona si trovava un seggiolino portatile di tela e con la mano lei lo indicò a De Vincenzi, che vi sedette, mormorando: «Grazie!».

Seguì un lungo silenzio.

Il mare, davanti, sembrava una immensa lastra d'acciaio splendente.

Subito ai piedi della terrazza, che strapiombava d'una ventina di metri, si stendevano i pini della villa; gran di pini mediterranei, che al sommo dell'altissimo tronco s'aprivano a ombrella.

Un'immobilità quasi magica teneva tutte le cose.

Dietro di essi, la villa era silenziosa.

«Perché è venuto?» mormorò finalmente la donna, senza guardarlo.

«Sì... perché sono venuto?... E molto difficile a dirsi... Ero un amico di Magni... Sono stato a scuola e poi all'Università con lui e con suo marito... Col dottor Marini ci siamo perduti di vista... Non c'era amicizia tra noi... Ma con Ugo, no. Ugo mi confidava tutto. Ricorreva a me, in ogni caso difficile o soltanto fastidioso. Non aveva segreti per me».

La donna lo fissò. Ritrovava un po' della sua forza. Il pallore del volto diminuiva.

«Che cosa vuol dire?».

«Ch'egli mi aveva condotto nell'appartamento di via Abbondio Sangiorgio...».

«Perché viene da me?».

Gli occhi le sfavillavano.

«Perché l'ho ritenuto mio dovere, doloroso, amaro; ma insfuggibile...».

Esitò.

«Continui!» ordinò lei.

«In quell'appartamento c'è un ritratto... Se qualcuno non lo toglie a tempo, cadrà nelle mani della vedova...».

«Che m'importa?».

Disse la frase d'impeto, con profonda sincerità. Sembrava che nulla più avesse valore per lei! Tanto, dunque, l'aveva amato? Soltanto quello era il suo dramma?

«Anche suo marito, presto o tardi, può vedere quel ritratto. Dati i rapporti di amicizia, che aveva col povero morto, egli certamente assisterà la vedova nelle pratiche per l'eredità...».

La donna non rispose; ma il volto di lei espresse un profondo sdegno, quasi una sfida sarcastica.

«Questo è tutto quel che lei ha da dirmi?».

«E lei? Io ero venuto a mettermi a sua disposizione! Ho pensato che ella potesse aver bisogno di un confidente sicuro e devoto...».

«Le ho detto che non m'importa! Il passato si è chiuso così tragicamente, per me, che tutto quanto può accadere non ha importanza. Mi dispiace che si sia incomodato a venire fin qui».

«E se le dicessi che l'ho fatto anche per un'altra ragione?».

«Quale?» la voce era tornata dura, tagliente.

«Per proporle di allearsi a me, in un'opera che io ritengo doverosa, come un debito sacro da assolvere... Vendicare Magni!».

La donna tornò ad alzarsi, forse per celare il turbamento. De Vincenzi la imitò. Lei lo guardava negli occhi. Se anche le parole di lui l'avevano turbata, adesso si era rimessa.

«Come vuole vendicarlo?».

«Cooperando con le autorità a scoprire l'assassino».

«Come potrebbe farlo, lei? E come io potrei aiutarla?».

«Lei, signora, deve saper tutto di Magni... Assai più di me, certamente. Forse, può fornire un indizio capi tale. Egli può... deve essersi confidato a lei... Averle detto se aveva nemici... se li temeva... se ha sentito avvicinarsi il pericolo».

La donna scosse la testa.

«Non mi ha detto nulla di tutto questo. Certo non sapeva di essere minacciato».

«E lei?».

«Io?».

«Lei non ha mai avuto l'impressione che potesse esserlo... che lo fosse?».

«È ridicolo chiedermelo! Se avessi avuto una tale impressione, lo avrei avvertito... lo avrei difeso!».

«E suo marito?».

«Che c'entra mio marito?» esclamò la donna e ancora una volta la sua voce suonò piena di sarcasmo sprezzante.

«Suo marito era amico del senatore. Frequentava assiduamente la casa di lui... Può sapere qualcosa... può avere formulato qualche ipotesi... che non ha detto ad altri, ma che potrebbe aver confidata a lei, sua moglie...».

«No. Non lo ha fatto. Del resto, io sono sofferente da vari giorni... e l'ho lasciato quasi subito... dopo la tragedia... per venir qui».

«Capisco! Mi perdoni...».

Lei chinò la testa, per congedarlo. Evidentemente si era alzata, per fargli intendere che il colloquio doveva terminare.

Ma lui non si mosse. Sembrava assorto. Mormorò: «Uno strano... Un inspiegabile delitto...».

Alzò gli occhi per fissarla. La donna continuava a tacere.

«Non un delitto di teppa... Non gli hanno rubato nulla... Una vendetta, certo!... E lo hanno colpito alle spalle...».

Fece una pausa. Gli occhi di lei rimanevano inespressivi. Non avevano neppur più quei loro lampi terrorizzati.

«... E perché proprio in una libreria? Giacché poi qualcosa hanno effettivamente rubato... Un libro da uno scaffale... Un libro capisce?... Ci sarebbe da credere che abbiano ucciso per quel libro...».

Adesso, la donna lo guardava con concentrazione, come se si sforzasse di capire. Una domanda le salì alle labbra, ma non la formulò.

«Ed era un libro d'amore osceno... un libello infamante... La Zaffetta attribuita a Pietro Aretino...».

Non terminò. La donna era caduta di schianto, lunga distesa in terra, con la testa tra il verde di un'aiuola e il corpo sulla ghiaia.

Capitolo ventesimo

Le donne sono sei

Dovette afferrare la donna caduta e portarla nell'interno della villa.

Depostala sopra un divano, chiamò la cameriera, che accorse spaventata a quella voce di un uomo sconosciuto.

Le versò fra le labbra qualche goccia di cognac; ma teneva i denti serrati come una morsa e il liquido le corse dagli angoli della bocca sul mento e sul petto.

Appariva rigida come un cadavere e, se non avesse respirato con un rapido ansimo rumoroso, c'era da crederla morta.

Non sapeva che fare. La cameriera, una bruna procace, lo guardava sospettosa, non comprendendo come e perché si trovasse lì quell'intruso.

Dopo un silenzio, durante il quale la ragazza si era contenuta a fatica, lo interrogò quasi con violenza: «Che cosa le ha fatto? Chi è lei?».

De Vincenzi alzò le spalle.

«Vada a chiamare un dottore. Ma in fretta. Quanto ci mette ad andare in paese e tornare?».

La ragazza di primo impeto, abituata a obbedire, si avviò quasi correndo verso la porta. Ma sulla soglia si fermò e si volse a guardarlo, indecisa. Doveva lasciar solo con la sua padrona, inerte e senza conoscenza, uno sconosciuto, capitato nella villa chi sa da dove e perché?

«Andate!» ordinò lui, con voce dura e dandole del voi. «Qui rimango io!».

E quella andò.

De Vincenzi guardava la donna distesa. Doveva essere già ammalata. O il colpo ricevuto era stato troppo forte.

Ma perché, al titolo di quel libro, ella s'era schiantata come se avesse ricevuto una mazzata sulla testa?

Tutte le ipotesi si presentavano possibili.

Si chinò a toccarle leggermente la fronte e la sentì di ghiaccio.

Il dottore chissà quando sarebbe arrivato!

Cominciò a guardarsi attorno. La sala aveva pochi mobili, ma belli. Era come divisa in due parti da un arco, lungo la volta del quale correva una pelle di serpente, argentea e nera. Nel caminetto, tra gli alari, si vedeva un mucchio di cenere recente: dovevano accenderlo alla sera, che lì sul mare, col calar del sole, la temperatura si abbassa repentinamente.

Adesso, il sole c'era. Entrava sino a metà camera. E fuori tutta un'orgia di colori festosi, accesi. Le aiuole erano rosse, gialle, bianche, turchine.

Quella donna, a cui soltanto l'ansimo convulso dava vita, aveva i capelli d'oro e la vestaglia azzurra.

De Vincenzi si avvide, nel tornare a guardarla, che la vestaglia si era un poco aperta, scoprendo un seno. Gliela chiuse dolcemente sul petto. Poi si pentì d'aver lo fatto, come se quell'atto fosse stato per lui la confessione di un turbamento.

Si udirono passi e voci ed egli si allontanò in fretta dal divano.

Entrò il dottore, seguito dalla cameriera.

Anche il sanitario, data un'occhiata alla donna, lo scrutò come per chiedergli chi fosse.

Era un uomo magrissimo e ossuto, che doveva aver fatto la guerra, perché recava una lunga cicatrice sulla fronte e il distintivo glorioso della mutilazione all'occhiello.

Si chinò sulla donna svenuta, le aprì le labbra, le sollevò le palpebre con un movimento esperto del pollice.

«Ho visto» disse, rialzandosi. «Acqua bollente e alcool. Le farò un'iniezione».

La cameriera sparì a quell'ordine, che era dato a lei.

De Vincenzi si teneva sempre in disparte.

«Ha avuto una forte commozione?» chiese il medico.

«Credo».

«Lei è un parente?».

«Un amico del marito».

«Ah! Il dottor Marini, eh?».

Precisamente.

«Avrebbe dovuto avvertirmi che mandava qui sua moglie, ammalata... Fra colleghi...».

«Crede sia grave?».

«No. Ma forse le si manifesterà la febbre... probabilmente assai forte... Ne avrà per qualche giorno».

Tornava la cameriera con l'acqua e l'alcool. Il dottore trasse dalla tasca una piccola scatola lucida.

De Vincenzi disse a voce alta: «Mi ritiro, perché debbo partire».

«Pensa lei ad avvertire il marito?» chiese il medico, guardandolo con leggera meraviglia.

«Debbo farlo? Se fosse possibile evitargli altre preoccupazioni... Egli ne ha molte in questo momento...».

«Non è cosa grave in fondo e la signora è giovane e sana...».

«Appunto! È meglio non impressionarlo. Non gli dirò nulla. Buon giorno!».

Il medico, già chino con la siringa sul corpo della signora, non rispose.

De Vincenzi uscì e discese a lunghi passi saltellanti pel viottolo pieno di buche e di franamenti.

Alla stazione, s'informò dei treni pel ritorno. Che cosa sarebbe rimasto a fare lì? Cercar di strappare alla signora Marini il suo segreto — qualunque esso fosse — era impossibile. Ovvero, avrebbe dovuto precipitar le cose, procedendo a un interrogatorio in regola, «da istruttoria». Non voleva. L'esito sarebbe stato più che dubbio e lui avrebbe dovuto rinunciare all'unica speranza che aveva di cogliere il colpevole di sorpresa.

Ma chi era il colpevole?

In treno, il suo cervello continuò a lavorare, senza tregua.

Riprese, uno a uno, tutti i pezzi del puzzle e se li dispose davanti.

Li mosse, allora, li trasportò, tentò di farli combaciare. Un giuoco di pazienza da mandare all'inferno Giobbe o Tobia. Eppure, si trattava di leggere nel profondo del cervello e del cuore umani, che sono sempre più chiari e aperti, per tortuosi sfuggevoli mitomani che siano, di quanto gli uomini stessi non credano.

Ma si trattava soltanto di questo?

Era veramente sicuro di possedere tutti gli elementi del problema? E se proprio quello essenziale gli mancasse?

I viaggiatori entrarono e uscirono dal suo scompartimento, si mutarono alle stazioni, una vecchia signora rimase per tutto il viaggio seduta di fronte a lui. Egli non li vide, anche se in corti istanti li guardava, tanto era assorto.

Discese dal treno, a Milano, come se fosse uscito da un lungo sogno, popolato di fantasmi.

Si recò direttamente a San Fedele.

Per la strada, in città, aveva ritrovato la sua apparenza serena. Molto, effettivamente, lo era. Quel viaggio, senza dubbio, gli aveva fatto compiere un altro passo gigantesco verso la verità.

Sani lo accolse con la gioia silenziosa, che lui sempre provava, quando lo rivedeva, anche dopo poche ore di assenza.

«Novità?» chiese De Vincenzi, andando a sedere al suo tavolo.

«Nessuna d'importanza, se parli, come credo, dell'assassinio del senatore. Il giudice ha fatto mettere in libertà il bigatt e ha mandato a San Vittore l'uomo di Harrington, quel Panzeri... Capo d'accusa: falsa testimonianza e calunnia. Se lo condannano, avrà il fatto suo...».

De Vincenzi si rannuvolò.

«Poteva aspettare! Non gli avevo chiesto che otto giorni di pazienza ed essi terminano dopodomani...».

«Ha fatto tutto da sé, il giudice! E io non l'ho saputo che dopo».

«Lo credo. Tu non puoi averne colpa. E poi?».

«Null'altro. Il dottor Verga è sempre a letto ammalato».

De Vincenzi annuì con un cenno del capo.

«Ieri sera e questa mattina presto, miss Patt si è recata a trovarlo».

«Naturalmente».

«La vedova continua a rimanere chiusa in casa...».

«Anche questo è naturale».

«Di Fioretta Vaghi... l'infelice innamorata di Verga... nessuno ha più parlato...».

De Vincenzi, ascoltando il collega fargli quel rapporto circostanziato, si mise a sorridere.

«Sorridi?».

«Di te. Devi esserti imposto un vero esercizio mnemonico, per passare in rivista come fai tutte le persone del dramma».

«Ieri sera... tu non c'eri... mi annoiavo... ho messo giù la lista di coloro, che da vicino o da lontano sono entrati nella faccenda».

«Bravo! Dammela. Mi servirà, per fare gl'inviti di domani sera».

«Gl'inviti?» chiese Sani, togliendosi dalla tasca un foglio piegato in quattro. «Offri un ricevimento agli... attori?».

«Qualcosa di simile. Lo saprai, perché dovrai intervenirvi anche tu assieme a Cruni, sebbene non proprio nella sala...».

Aveva preso il foglio e, apertolo, lo aveva scorso.

«Sì. Mi sembra che tu non ne abbia dimenticato nessuno... di quelli che conosci».

E mise il foglio spiegato davanti a sé, sul tavolo.

«Oggi è domenica. Non si può far nulla. Sarà per domattina... Dicevi, dunque? T'eri fermato a Fioretta Vaghi...».

«Sì. Quel pregiudicato... Santini, il fratello della povera Norina... s'è fatto trovare a casa a ogni visita degli agenti... E non sembra che in questi giorni abbia commesso nulla d'irregolare».

«È certo che la morte della sorella è stata per lui un colpo forte!».

«Il dottor Marini è andato ieri sera a far visita alla signora Magni, che non lo ha ricevuto...».

«Come lo sai?».

«L'autista!... Quel ragazzo, da quando ieri lo interrogasti, crede di esserci diventato indispensabile e ieri sera tardi me lo son visto capitar qui a riferirmi tutto quello che era avvenuto durante il pomeriggio».

«Harrington?».

«Sorvegliato. Ieri sera il rapporto di Paoli non segnalava nulla d'importante... Oggi, Paoli non s'è ancora veduto...».

«Bene. Mi sembra che tu non abbia dimenticato nulla... Mentre io ho dimenticato qualcuno e qualcosa...».

Suonò il campanello.

«Debbo andarmene di là?» chiese Sani.

«Ma no...» disse subito il commissario e si volse al piantone, ch'era apparso sull'uscio. «Chiamami il brigadiere Padovani, alla Squadra del buon costume».

Il piantone scomparve.

De Vincenzi spiegò a Sani: «Ho dato un incarico a Padovani... fin dal primo giorno che cominciammo l'inchiesta... e non ne ho saputo più nulla... È vero che io stesso mi ricordo di lui soltanto adesso...».

E alzò gli occhi sul brigadiere che entrava, con quel suo passo elastico e scivolante, più danseur mondain che mai.

«Venite un po' qui, voi!... Martedì notte che faceste?».

«Girai tutti i locali notturni, cavaliere... Non ne ho dimenticato uno solo!».

«Ebbene?».

«Niente! In nessun luogo, tra la notte dal lunedì al martedì, hanno veduto il senatore Magni… In parecchi locali era conosciuto… negli altri, ho mostrato la fotografia, che mi feci dare da Bertolò, ma né i camerieri, né i padroni, né i direttori ricordano di averlo veduto… Se anche è entrato in qualche caffè, non deve esservisi fermato, perché altrimenti me lo avrebbero detto…».

«Ho capito. Grazie. Potete andare».

Padovani s'inchinò e uscì.

«Un altro buco nell'acqua!» esclamò De Vincenzi, guardando Sani. «Da quando ho cominciato a occuparmi di questo affare, non ho potuto raccogliere una prova, una sola! Se dovessi far condannare qualcuno… per quanto convinto della sua colpevolezza… non troverei al mondo un solo collegio, giudicante a darmi ragione!».

«Qualcuno o… qualcuna?».

«Pensi che possa essere stata una donna?».

«Ci sono troppe donne di mezzo! Sta diventando un'ossessione».

«Il fatto non è privo di significato, mio caro! Te lo dico io! Ma non nel senso che credi tu. Non è delitto che può esser stato commesso da una donna, questo! E poi c'è l'assassinio di Norina… nessuna donna avrebbe potuto commetterlo!».

«Hai ragione! Ciò non toglie, però, che le donne siano troppe!».

«Debbono esserlo!».

«Le hai contate? Contale!».

«Ho la tua lista. La signora Magni…» e alzò la mano chiusa, facendo scattare un dito a ogni nome «miss Patt… Fioretta Vaghi… la signora Sorbelli…».

«E sua figlia…».

«Quelle due contano per una. La madre ha valore nel quadro in quanto è medium e, nella vita, non ha valore affatto, senza la figlia. Dunque, sono quattro per ora… E poi c'era Norina, poveretta!… E poi un'altra signora, che tu non conosci e che io sono andato a trovare a Pegli! Ecco! Sono sei donne…».

«Sei donne attorno a un cadavere! Neppure le prefiche erano tante!».

«Sei donne e un… libro!…» mormorò De Vincenzi. «E anche il libro ha per titolo un nome di donna!…».

Sani lo guardava.

«E tu concludi?».

«Io non concludo, mio caro! Ho paura di concludere. Ci sono troppi fatti misteriosi. Troppe domande a cui non si riesce a trovar risposta!».

Sani tacque. Fissava De Vincenzi.

«E tu, allora, inviti tutti quanti a un… ricevimento!».

«Provo a vedere quel che succede a farli riunire al completo attorno a un tavolo!… Chiamo i morti a soccorso, giacché i vivi non vogliono servirmi…».

Il tono era leggero; ma la voce aveva inflessioni stranamente vibranti e profonde. E gli occhi gli brillavano. S'intuiva ch'egli stava attraversando una crisi, che lo sconvolgeva e c'era da ammirare la magnifica padronanza, che aveva di sé e dei suoi nervi.

«Ebbene, qui oggi non c'è più nulla da fare. Vattene a casa… Non ti consiglio di andartene in giro per la città, perché è domenica e la gente in festa è fatta per dar noia…» gli disse Sani.

«Vuoi che continuiamo a parlare, noi due? Ti adopero, per non pensare da solo. Mi sembra che per me sia meno faticoso, così. Perdonami!».

Si alzò, andò a prendere un involto dall'armadio e lo recò sul tavolo.

«Qui dentro ci sono tutti gli oggetti trovati indosso al cadavere del senatore… e tutti quelli che hanno pertinenza col delitto… o che io credo che l'abbiano…».

Aprì l'involto e ne uscì per primi il camice e i ferri. «Questo, per esempio» e sollevò il camice di cotone bianco «non ha appartenuto al professore. E troppo grossolano per essere stato suo. Lo ha affermato Patt… e Patt non s'inganna. E anche i ferri non furono suoi. Lui li aveva di lusso… i bisturi col manico d'onice… Eppure, io mi ostino a considerarli come strettamente legati al delitto… Ecco il foglio sul quale colui, che lasciò ferri e camice sui gradini della chiesa di San Vito al Pasquirolo, ha scritto la sua frase, che potrebbe essere cinica, se non dovesse rispondere alla necessità impellente per lo speditore di disfarsi di essi. Due ipotesi: cinismo e urgenza contingente. Se ne possono trovare altre: inganno, burla, furto... Tutte non risolvono e non spiegano».

Sani lo ascoltava con attenzione, fissando quei quattro ferri lucenti. Indicò il bisturi. «Quelle macchie?». «Non le ho fatte analizzare. Forse, sono di sangue.

Ma, se si fosse trovato che lo sono realmente, di sangue, il mistero si sarebbe fatto più fitto, per me. E io non ho davvero bisogno di complicazioni! Ho preferito rimandare a quando si sarà chiarito il mistero maggiore, la spiegazione del minore mistero di questi ferri e del camice... Non saprei dirtene la ragione, ma ho creduto fin dal principio che non sarebbero stati il camice e i ferri... inviati di proposito alla Questura... a guidarmi verso il colpevole».

Mise da parte, ravvolgendoli nel camice, i ferri, e via via prese gli altri oggetti.

«Il portafogli del morto...».

Ne fece l'inventario.

«Tremila lire... sette biglietti di visita... una carta d'identità... una tessera della Camera Alta... un permanente delle Ferrovie... la fotografia di sua moglie...».

Fissò Sani.

«Non meravigliartene! Tutti coloro che tradiscono la propria moglie ne portano il ritratto nel portafogli... non lo hanno in un medaglione... Non c'è altro, nel portafogli. E nelle altre tasche c'erano: due fazzoletti, un taccuino da ricette, un lapis, una stilografica d'oro, orologio e catena, una piccola rubrica con gli indirizzi dei clienti. L'ho esaminata e non mi ha appreso nulla... Un portasigarette d'oro, con undici sigarette Capstan... Il senatore fumava poco o nulla, perché il tabacco è un antiafrodisiaco... Alle dita, la fede e un anello di brillanti. Niente altro».

De Vincenzi si voltò verso l'armadio.

«Lì, nell'armadio, ho lasciato gli abiti di Norina Santini... Non servono... La borsetta della morta non è stata ritrovata ed era dentro di essa, forse, che si nascondeva qualcosa d'interessante. Assieme agli abiti ho messo anche il ritaglio del giornale col ritratto del senatore, che Norina aveva nel tiretto del suo cassettone... Ecco tutto».

«È poco» mormorò Sani.

«È molto invece quel che non c'è. Il cappello. Quell'accidente di Harrington, con la sua storia del bigatt mi ha confuso la pista! Se avessi saputo dove era andato a finire il cappello, mi sarei avvicinato assai più presto alla soluzione del problema. Ma un'altra cosa non c'è, che appunto con la sua mancanza costituisce un indizio prezioso. Il libro erotico... La Zaffetta — Venetia — 1531».

«Come puoi credere che l'assassino...».

De Vincenzi sorrideva. Sani s'interruppe.

«Continua!».

«Un libro, erotico!... perché rubarlo dopo avere ucciso?».

«E se avessero ucciso per quel libro?».

«Che vuoi dire?».

«Ah! No!» esclamò De Vincenzi. «Spiegartelo non posso! Sento che è così. Che deve essere così. Ma non chiedermene le ragioni, perché le ignoro. E, se le conoscessi, non avrei bisogno di riunire in una sala... a luci spente... le principali persone del dramma!».

Prese gli oggetti sparsi sul tavolo e li ravvolse di nuovo nel giornale. Andò a rimetterli nell'armadio, che chiuse. Poi si volse: «Vedi, che a parlare vengono le idee! A far questo inventario, che abbiamo fatto, io ho rivissuto, una a una, le ore di questi giorni, da martedì a oggi, e ho avuto limpida la visione, dei fatti. Non mi sono ingannato. Non posso essermi ingannato».

Afferrò il cappello e se lo mise in testa.

«Usciamo a prendere un po' d'aria!...».

Sani si alzò in fretta, per seguirlo. E in quel momento apparve sulla soglia l'alta e sottile persona di miss Patt Drury.

I due uomini ebbero un sobbalzo.

«Buon giorno, commissario» disse la ragazza.

De Vincenzi si era riavuto dalla sorpresa e sorrideva.

«È una gradita visita la sua, miss Drury! Vuol sedere?».

E le porse una seggiola.

Sani sparì nell'altra stanza.

La ragazza sedette. Era seria in volto. Le mascelle leggermente sporgenti apparivano contratte duramente. E gli occhi avevano perduto quella loro luce saettante, che era a volte ironica e a volte carica di disprezzo.

Non parlava.

«È venuta a portarmi notizie del suo fidanzato?».

«Sta meglio. È già in piedi, oggi. Non ha avuto che una leggera influenza...».

«Ne sono lieto».

Aspettava.

A un tratto, facendo uno sforzo, la ragazza esclamò, a voce troppo alta, perché non tradisse la sua eccitazione: «C'è una cosa che Edoardo... che il dottor Verga le ha taciuta, quando le confidò quello che noi due avevamo fatto la notte in cui... uccisero il senatore...».

«Lo so» disse De Vincenzi.

L'altra ebbe un sussulto.

«Come fa a saperlo? Che cosa sa?».

Lentamente, De Vincenzi pronunziò: «Che loro due... mentre stavano ad attendere il professore davanti alla sua casa sul viale videro uscire dal portone Norina... la cameriera...».

Patt balzò in piedi.

«Chi glielo ha detto? Dove si trovava lei?».

«Io?» sorrise De Vincenzi. «Qui a San Fedele, mi trovavo! E in quanto a dirmelo, non me lo ha detto nessuno. Ma che Norina quella notte fosse uscita di casa è dimostrato dal fatto che l'hanno uccisa. Oh! Perché l'avrebbero uccisa se non fosse uscita?!...».

La ragazza continuava a guardarlo con profondo stupore.

«Ma lei, miss Drury, viene certamente a fornirmi qualche particolare, che mi sarà prezioso. Non si può intuire tutto! Occorre sapere. E lei sa, perché ha veduto. Mi dica quel che ha veduto».

«Meraviglioso!» mormorò Patt, con ammirazione; poi scosse la testa. «Che magnifico detective americano sarebbe lei!».

«Crede? Io dico di no. Non so neppure fumare!».

E rise.

«Segga e racconti miss... Patt. Mi permette, adesso, di chiamarla così?».

«Naturalmente. Glielo permisi fin dalla prima volta, che mi parlò. Ma lei allora... era disposto a credermi addirittura l'assassina!».

«Non ho mai pensato una cosa simile! E neppure che fosse la complice dell'assassino...».

«Oh! Questo avrebbe avuto il diritto di sospettarlo! Ma, dunque, le dico subito che è stato Edoardo a volere che venissi da lei. Egli, quella sera che le raccontammo quanto era accaduto al Sempioncino e dopo, tacque l'episodio di Norina, per una delicatezza verso la fanciulla e verso il morto, che lei può facilmente capire. E, quando lei ci annunzio la morte di Norina, fummo troppo sconvolti tutti e due, per parlare. Ma il dottor Verga voleva venir qui subito il giorno dopo e lo avrebbe fatto, se non si fosse ammalato. Ieri, che lei lo mandò a chiamare e poi non volle vederlo, le avrebbe certamente detto tutto».

«Capisco».

«Sì, è semplice. Dunque, fu verso la una e mezza che Norina uscì...».

«Prima o dopo, di quando lei e il dottore videro... o credettero vedere il senatore avviarsi verso casa in compagnia di un altro uomo?».

«Dopo. Subito dopo».

«Naturalmente».

«Come?».

«La ragazza senza dubbio stava attendendo il professore alla finestra. Lo vide arrivare... Vide che tornava in dietro... non seppe vincere la propria impazienza... e forse aveva qualche altra ragione che ignoriamo... e scese in istrada per seguirlo, e per raggiungerlo e parlargli, non appena fosse stato solo...».

«È probabile che sia stato così. Certo è che Norina uscì dalla casa del professore poco dopo l'una e mezza... le ore le sentivamo suonare e le contavamo... e non tornò che verso le due... Fu anzi appunto, perché l'avevamo veduta tornare dopo appena mezz'ora, che io e Edoardo ci trattenemmo ancora ad aspettare per la strada fin quasi alle cinque, sicuri che il senatore rincasasse, dal momento che la ragazza era tornata...».

«E invece non rincasò... perché lo avevano ucciso!... Ma Norina doveva aver veduto chi era l'uomo, che accompagnava il senatore e molto probabilmente vide anche il luogo dov'essi entrarono... la libreria di via Corridoni... Sì, tutto questo era chiaro nel mio spirito, anche prima; ma io ringrazio lei e il dottor Verga, per aver voluto darmene la conferma».

«Allora, posso andarmene?» disse la giovane, che, quasi liberata da un peso, aveva ritrovato la sua sicurezza.

«Se vuole... A rivederci domani sera».

«Domani sera?».

«Già. Ho bisogno che lei e il dottor Verga si trovino domani sera alle nove in via Broletto, al Circolo di Studi Psichici... L'avrei avvertita domani, ma dal momento che lei è venuta da me, glielo dico ora. Verranno?».

«Certo verremo. Non ci ha detto, forse, lei stesso di tenerci a disposizione della Giustizia?... E non è per questo che fa piantonare la casa del mio fidanzato?».

«Oh! Miss Drury!».

«... Patt...».

«Miss Patt! Grazie!».

«Grazie a lei!».

E l’americana uscì, sorridendo con blanda ironia.

Capitolo ventunesimo

La seduta

Chirico era fremente.

Il volto pallido gli si era fatto livido. Neppure se fossero andati ad annunziargli che tutti i suoi debitori erano falliti, avrebbe perduto il sangue dal viso a quel modo.

Tutto quanto gli era stato umanamente possibile d'inventare e di opporre, per schermirsi dall'obbligo di presenziare a quella seduta, lui lo aveva inventato e obbiettato.

Per sino d'avere la moglie gravemente ammalata.

Ma De Vincenzi non aveva voluto sentir ragioni. «Per un paio d'ore, sua moglie potrà stare senza di lei. Mentre se non fa quanto desidero io, le faccio spiccare un mandato di cattura e, prima di sera, l'accompagno a San Vittore. Procuri di sceglier bene tra queste due alternative». Naturalmente, Chirico aveva scelto la seduta spiritica e adesso camminava concitatamente su e giù per la vasta sala di lettura del Circolo di Studi Psichici, in preda a un vero orgasmo.

Erano le otto e mezza e la sala era vuota.

Chirico aveva fatto in modo che lo fosse per tutta la serata. E non gli era stato difficile, del resto. Pochi era no i soci che vi convenivano e vi si attardavano e lui, che li conosceva uno a uno, aveva potuto avvertirli di astenersi dall'andare al Circolo, per quella sera.

E alla sera, senza essere riuscito a ingoiare neppure una cucchiaiata di minestra e un boccone di carne, con grande e preoccupata meraviglia di sua moglie — la quale godeva del suo consueto ottimo appetito — era scappato in via Broletto, che non erano ancora le otto, e s'era messo ad aspettare, passeggiando pel salone.

Il Circolo di Studi Psichici, se aveva un segretario, non aveva né fattorino, né custode. La pulizia delle quattro stanzette e del salone veniva fatta dalla portinaia detentrice altresì delle chiavi, quando il Circolo era chiuso.

Sicché Chirico aveva aperto da sé le porte delle quattro stanzette — quella d'ingresso e le tre interne, una delle quali era il suo ufficio — che davano sul salone; aveva acceso tutte le luci e... s'era messo ad attendere uomini e avvenimenti.

Con quel cadavere, la maledizione s'era abbattuta su lui e sopra i suoi libri. Il negozio di via Corridoni era diventato l'antro dei misteri.

E poteva esser vero che quella sera il mistero si sarebbe squarciato e dallo spacco di esso — come di tra i due lembi di un velario, sopra un palcoscenico — avrebbe fatto la sua apparizione l'assassino?

Chirico credeva alla materializzazione, alla trasfigurazione, alla ideoplastia, che non è altro se non il modellamento della materia vivente per opera dell'Idea. Ma si trattava di credenze teoriche, di una forma di credo spirituale. Si crede in Dio, ma se Iddio ci apparisse, materializzato, si cadrebbe a terra di colpo, uccisi da un aneurisma, che il volgo chiama accidente secco...

Era appunto l'accidente secco, che Chirico temeva per sé quella sera, dato il caso che la signora Sorbelli fosse riuscita a far tornare nel mondo dei viventi lo spirito visibile — ectoplasma, lui poteva anche permettersi il lusso d'adoperare termini scientifici — del defunto senatore Magni.

Ricordava uno studio dell'illustre Bozzano, del quale aveva appreso a memoria persino le parole: «Il subcosciente del medium è capacissimo di creare fluidicamente o di materializzare fantasmi animati e intelligenti di defunti a lui sconosciuti in vita, ma conosciuti da qualcuno dei presenti».

E alla Sorbelli, per di più, lo spirito, che stava per evocare, era perfettamente conosciuto in vita!

L'ometto si agitava. Aveva deposto il cappello, si era tolto quel suo pastrano troppo lungo. In giacca appariva ancora più miserello. Il vero tipo del gestore di un'agenzia di pegni, in un ghetto d'ebrei romano o veneziano.

Questa volta l'avventura era tanto più grande di lui da schiacciarlo.

Alzò le mani al soffitto e ne fermò poi una sulla testa per grattarsela.

Che cosa avrebbe inventato quel commissario della malora, per scovare un assassino, che era incapace di trovare coi mezzi consueti, logici, onesti, i quali non avrebbero procurato patemi e accidenti secchi ad alcuno?

E perché la sorte si accaniva contro di lui, Chirico, lardellandolo di colpi come un tagliere?

«È permesso» belò una voce tapina e il segretario del Circolo saltò dallo spavento.

Stava sulla porta Pietrosanto.

«Avanti, perbacco! È questo il modo di entrare, senza far rumore?».

Gualmo aveva attraversato la stanzetta d'ingresso con le sue suole di gomma silenziosa. Oh! Come avrebbe potuto fare altrimenti?

«Ma non sono entrato!».

Era vero. E d'entrar proprio in quel salone, nel quale vedeva tanti tavoli e tante seggiole, aveva paura. Sapeva adesso che si trattava di una seduta spiritica e per lui essa voleva dire tavoli e seggiole, che si sollevano, balzano, ricadono.

Anche Gualmo arrivava in via Broletto dopo ore di spaventosa ansia, per quanto in lui il desiderio di conoscere il nome di quell'assassino, ch'era riuscito a introdurre un cadavere attraverso le porte chiuse del negozio, fosse tanto vivo da superare persino lo spavento dell'ignoto, a cui lo avevano obbligato ad andare incontro.

«Venga avanti e mi aiuti a toglier tutti questi tavoli di mezzo. Ne basterà uno. Il più grande».

E Chirico indicò un tavolo massiccio, a quattro gambe.

Sgomberarono, accostando gli altri tavoli e le seggiole alle pareti. L'ometto volle mettere il tavolo scelto per l'esperienza proprio di fronte alla porta aperta di una delle tre stanzette, quella di mezzo. La stanzetta non conteneva che una libreria e una seggiola. La libreria aveva gli sportelli a vetri e Gualmo vide il padrone andarli a chiudere con la chiave, ch'era nella serratura e mettersela poi in tasca.

«È qui dentro che di solito avvengono le materializzazioni... I fantasmi compaiono nel riquadro di questa porta...».

Gualmo lo fissò.

«Ma lei... lei ha veduto proprio?...».

«Sì» fece Chirico sdegnoso e lo guardò con compatimento. «Che crede? Può benissimo accadere che lo spirito del senatore Magni torni in terra, per dirci il nome del suo assassino».

Gualmo inghiottì la saliva.

Nell'ingresso si udì rumore di passi.

Tutti e due si volsero di scatto.

Erano De Vincenzi, Sani, Cruni e due agenti.

De Vincenzi, che alla mattina aveva visitato assieme a Chirico la sede del Circolo, andò subito alla porta della stanzetta di destra e guardò dentro, poi si volse a Sani: «Mettiti lì con gli altri... Portatevi le seggiole, voi tre...».

Quando furono entrati tutti, il commissario fermò in alto e in basso la mezza porta, che Chirico aveva spalancata, e prima di chiuder l'altra chiese a Sani: «Hai capito bene?».

«Non dubitare!».

«Pazienza, allora, e non respirate neppure».

Chiuse la porta e si guardò attorno.

Anche lui era pallido; ma vide Chirico in volto e rise.

«Un po' commosso?».

«Uhm!» fece l'altro e guardò l'orologio. «Son quasi le nove. A che ora verranno?».

«Adesso».

«Quanti sono?».

«Quando ci saranno tutti, li conti».

Era nervoso. Non per i molti rischi, che correva. Carriera spezzata, dimissioni, eccetera. Non ci pensava neppure. Ma perché, se gli fosse fallita quella prova, avrebbe avuto la rivelazione matematica della propria impotenza a dominare avvenimenti e uomini.

La certezza che tutto il suo metodo era sbagliato... Che la sua pretesa di leggere nelle anime e di cercare gli indizi psicologici, invece di quelli materiali visibili, era presunzione e null'altro.

Lui non credeva nello spiritismo, o per lo meno non credeva in esso, se non come forza ipnotica, e suggestiva.

Ma che i morti tornassero? No! Non lo riteneva possibile. E tanto meno che tornassero giusto a tempo per smascherare un assassino.

Sapeva, però, che altri lo credevano fermamente e contava su questa loro convinzione.

Due ore era stato, quel pomeriggio, da solo con la signora Sorbelli, in casa di lei, mentre la figliuola si trovava a scuola, e non s'era fatto leggere le carte e neppure i fondi del caffè. Aveva parlato, quasi sempre lui, anzi, e l'altra lo aveva ascoltato con gli occhi allucinati e con le labbra tremanti.

«Vuole proprio questo da me? Proprio questo? Ma, se cado in trance realmente, come mi avviene sempre, in qual modo potrò ricordarmi, parlare, dire quel che vuole lei?».

De Vincenzi l'aveva rassicurata. Se avesse pensato fortemente a quanto lui le aveva detto, se le sue frasi se le fosse impresse profonde nella memoria, esse si sarebbero rivelate da sole, anche durante il sonno ipnotico. E gliele aveva fatte ripetere, quelle frasi, interminabilmente. Certo, egli contava d'averla soprattutto suggestionata.

Ma tra poco, che cosa sarebbe avvenuto?

Eppure, si sentiva tanto sicuro di non aver commesso alcun errore di osservazione, di deduzione, di sintesi, che non gli sembrava possibile gli avvenimenti si svolgessero diversamente di come li aveva previsti e preparati. E se anche, all'ultimo istante, gli fosse venuto a mancare qualche elemento, se gli si fosse ingranata una o più rotelline di quella delicatissima macchina ch'egli aveva montata, ebbene dalla realtà stessa dei fatti sarebbe sgorgata la verità, come polla dal terreno, come fiamma dalla paglia riarsa, sotto il solleone, se la scintilla la penetra.

Primo, al convegno, giunse quel magro giovanotto, lungo e invasato, del dottor Sigismondi. De Vincenzi lo aveva pregato di non mancare, perché temeva che a un certo punto di un dottore ci sarebbe stato bisogno, con quella medium ammalata di cuore e con le altre donne.

Arrivò con la sua busta nera sotto il braccio e il profilo più tagliente, più rostrato che mai.

«Deponga quella busta dei ferri in un angolo... che non gliela vedano subito e lei segga. Crede nello spiritismo, lei?».

Sigismondi si mostrava disposto anche a crederci. E a ogni modo ferrato nella materia lo era di certo.

«Verrà un tempo, e forse assai presto, in cui queste cose, che oggi appaiono paradossali, diventeranno banalità ammesse e accettate. Siamo infermi intellettualmente e tardi nell'accogliere l'evoluzione della scienza. La ricerca psichica e lo studio della fenomenologia spiritica appartengono al campo della scienza e non a quello della ciarlataneria».

Chirico approvava col capo. Gualmo ascoltava con attenzione e vibrava d'ansia. Fu quasi balbettando che disse: «La culla ha un ieri e la tomba un domani». Vampe di rossore gli salirono al volto, quando tutti si voltarono a guardarlo e subito si scusò: «L'ho letto in Victor Hugo...». Gli altri non sorrisero. Non era il momento. Entrava la signora Sorbelli, accompagnata dal dottor Verga e da miss Patt.

La medium aveva indossato un abito nero, chiuso fino al collo e non portava cappello. Aveva i capelli, ancora tutti nerissimi, divisi in mezzo al cranio e tirati sulle due bande. Il volto grassoccio, così pallido com'era, appariva affinato, spiritualizzato. Gli occhi le brillavano come carbonchi.

Avanzò con passi automatici e De Vincenzi le porse subito una seggiola, inchinandosi davanti a lei, con l'impressione di rendere omaggio a una dama.

Miss Patt non aveva perduto per nulla né la baldanza, né quel sottile fascino, carnalmente turbevole, che obbligava gli uomini a guardarla con gli occhi accesi e con le labbra aride.

Accanto a lei, il dottor Verga assumeva inconsapevolmente l'aspetto di un giovane attore, che si mettesse in posa per un primo piano d'un film di passione. Erano la vamp e il suo partner.

Ma tutto, in quel salone, aveva assunto l'aspetto teatrale e artificioso.

Anche De Vincenzi, che s'era messo un abito grigio, dal taglio impeccabile. Anche Chirico, così miserello e sordido. Persino Gualmo con l'abito scuro delle domeniche.

Doveva essere quella donna vestita di nero, bianca in volto sotto le due ali corvine dei capelli, che, seduta in mezzo alla stanza, taceva, con gli occhi fissi nel vuoto, a spandere attorno a sé una luce irreale, a dare a tutte le cose e alle persone un po' della propria fissità, rendendole quasi inumane.

Certo, anche miss Patt, dopo qualche istante, perdette la sua naturalezza. Il sorriso che aveva sulle labbra si fece troppo segnato, quasi convulso.

De Vincenzi guardava all'ingresso. Soltanto la palpitazione leggermente affrettata delle narici sottili tradiva in lui l'ansia e l'attesa.

Sorrideva con un movimento macchinale e faceva girare attorno al medio, spingendolo col pollice, un anello d'oro liscio, del quale non si ricordava che nei momenti di orgasmo.

Ma ognuno era troppo intento a controllare se stesso, per poter notare le reazioni altrui.

Entrò la vedova in gramaglie e tutti le s'inchinarono, tranne la signora Sorbelli, che non la vide neppure.

De Vincenzi le si fece incontro.

«Voglia perdonarmi, signora» disse a voce bassa. «Forse, è una prova troppo dura per lei e pel suo dolore».

«Se si tratta davvero di quanto mi ha velatamente accennato nella sua lettera... e se io ho saputo legger bene, la ringrazio di farmela subire».

E sedette.

Tutti gli altri rimanevano in piedi.

Nessuno chiedeva che cosa si attendesse, né quale fosse la parte, che gli era stata assegnata.

Che fossero lì per qualcosa di molto grave, tutti sentivano. E ognuno guardava con diffidenza agli altri.

Presenti fra loro erano anche due cadaveri.

Si udì una voce d'uomo e poi un'altra che rispondeva. La seconda era calda, esuberante, quasi gioviale.

De Vincenzi si volse di scatto verso la porta d'ingresso.

Apparivano il dottor Marini e Pietro Santini.

Il giovanotto venne con la sua aria equivoca, la giacca troppo attillata, i pantaloni troppo larghi, lo sguardo obliquo, a completare il quadro. Fu un'altra macchia di colore. Un altro tipo sulla scena.

Marini avanzò subito verso De Vincenzi.

«Ho incontrato questo giovanotto per le scale» disse. «Cercava il Circolo. Gli ho detto di seguirmi. Spero non essermi ingannato, nel condurlo qui».

«No» rispose De Vincenzi. «E ringrazio lei, dottore, per non aver mancato. Come vede, io sono tenace nei miei propositi. Mi ero messo in testa di assistere a una seduta spiritica».

Marini si guardava attorno.

Scorse la signora Magni ed ebbe un gesto. Sussurrò al commissario: «Ma perché proprio lei? Ha fatto male, ha fatto male, De Vincenzi!».

Lo rimproverava con aria paternamente indulgente e pure profondamente addolorata.

De Vincenzi si strinse nelle spalle.

«Lo ha voluto!» disse.

«Ah!» sospirò Marini. «Ma non conti su di me per addormentare la medium...».

«La guardi» interruppe il commissario, indicando con un movimento del capo la signora Sorbelli, che non s'era mossa. «Non le sembra che basterà spegnere la luce, perché cada in trance?».

Anche la vedova volse lo sguardo verso il lampadario, che ardeva al soffitto, e un lampo di sgomento passò negli occhi di tutti.

«Ma lei non la spegnerà! Sarebbe un'imprudenza della quale non calcola le conseguenze. Non si scherza con l'aldilà. Non si scherza coi morti, commissario!...».

De Vincenzi andò a chiudere la porta d'ingresso e poi, nel tornare, l'altra che dava sul salone.

Il dottor Marini si manteneva calmissimo. Sembrava soltanto dolorosamente stupito che anche gli altri non si unissero a lui nel tentar di convincere il commissario della poca opportunità di un esperimento, fatto, in quelle condizioni.

«Tra i fiori c'è l'astero, che è il simbolo di Cristo!».

Una voce, che veniva d'oltretomba. La medium parlava e tutte le luci erano accese.

Le due donne e i sette uomini ebbero un sussulto. La vedova rabbrividì sotto le gramaglie.

De Vincenzi fissò la donna seduta in mezzo alla stanza, che aveva parlato, senza muovere le labbra. Fingeva o era realmente caduta nel sonno ipnotico? Che cosa avrebbe detto ancora? Da quale profondità aveva tratto quella frase, vuota di senso o intensa d'un significato grave e profondo?

Lui non aveva troppo abusato, forse, di quella creatura eccessivamente sensibile, che doveva avere i nervi tesi sino allo spasimo, vibranti al tocco invisibile di onde eteree?

Si sentì afferrare per un braccio. Era Marini.

«Stia attento! Quella signora è ammalata. Lei si sta assumendo una responsabilità di cui mi auguro voglia rendersi conto».

De Vincenzi non rispose.

La donna adesso taceva.

Aveva deposto le mani sulle ginocchia. Il corpo le si protendeva leggermente in avanti.

A un tratto, prima che alcuno potesse sostenerla, rovesciò il capo all'indietro sullo schienale e, poiché ebbe gli occhi rivolti verso la luce, agitò le mani frementi, sollevandole in alto.

De Vincenzi sentì istantaneamente che gli avvenimenti si mettevano da soli pel loro corso e che nulla più avrebbe potuto arrestarli.

Un senso di gelo gli si fece sulla nuca e alle terapie. Ebbe l'impressione di non aver più la possibilità dell'iniziativa, ma d'essere anche lui sotto il dominio di una forza tanto più poderosa, quanto più occulta.

Andò alla parete e spense la luce.

Alcune voci esclamarono: «No!» con terrore.

Nel buio si sentiva il respiro oppresso dei presenti e quello rantolante della medium.

Che cosa sarebbe accaduto?

«7 rododendri sanguigni e paonazzi. le clematidi turchine come fiamma... le campanule amorose... E poi c'è la genzianella, che ama il sole e l'aconito con la sua piuma di corvo...».

Parole. E la voce le proferiva tutte eguali, senza espressione, così fredde da sembrare il filo d'una lama.

I denti di qualcuno battevano con rumore di unghie, che percotessero tasti d'avorio.

Ognuno guardava nel buio per vedere. S'aspettava che sorgesse un bagliore, un corpo evanescente e fosforeo, qualche manifestazione visibile di quel mistero pieno d'orrore.

De Vincenzi non comprendeva di dove nascessero tutti quei fiori. La donna pareva si trovasse in un giardino pieno d'incantamenti. Ma quale facoltà aveva di leggere i colori con quella precisione morbosa? Nessuna delle frasi che lui le aveva apprese, poteva neppur lontanamente richiamare l'idea di un giardino fiorito.

Era finzione?

Era l'inconscio bisogno di parlare per parlare?

O qualcosa di più terribile?

De Vincenzi reagiva a se stesso. S'imponeva di rimaner soltanto spettatore, per giudicare.

Dovette pensare ai due cadaveri, per aggrapparsi a qualcosa di solido, di esistente, di materiale.

«Lo specchio dell'acqua è freddo e immoto e c'è un volto di donna, che mi fissa...».

La voce s'era animata. Le parole non correvano più sul filo d'una lama. Ma s'erano fatte esse stesse d'acciaio flessibile e vibravano.

De Vincenzi sentì che il sangue gli scorreva di nuovo nelle vene. Quella era, press'a poco, una frase sua. Ma allora, la donna fingeva? Aveva preparato tutta quella scena e la recitava da grande attrice? Lui non aveva immaginato nulla di simile e sentiva quasi vergogna di essersi fatto giocare.

Meraviglioso!

Anche la profezia era stata una commedia!

Un grido terribile, inumano, straziante lampeggiò nel buio, come cosa viva.

Tutti rabbrividirono dalle anche al petto, percossi da verghe sottili. L'angoscia li afferrò alla gola.

Il grido si ripetette. E nel buio si udì il rumore di una lotta. L'allacciamento di due corpi, che si dibattevano.

De Vincenzi si gettò contro il muro, vi fece scorrere sopra le mani, cercando disperatamente. Trovò il commutatore e la stanza s'inondò di luce.

La signora Sorbelli era in terra riversa e, curvo su di lei, comprimendole il ventre con un ginocchio, il dottor Marini la stringeva alla gola con mani inesorabili, e le dita premevano a fondo, penetravano...

De Vincenzi si lanciò di balzo. Ma prima di lui arrivò Pietro Santini. Afferrò il dottore pei capelli, lo rovesciò all'indietro, lo strappò dal corpo della donna con la violenza con cui si svelle un arbusto dalla terra.

Lo tenne sollevato e stava per schiantarne la testa contro il tavolo massiccio, quando De Vincenzi lo raggiunse e lo colpì con un pugno alla mandibola.

«Lascialo!».

Pietro vacillò e lasciò la presa.

Il dottore s'afflosciò, girò su se stesso, s'appoggiò con la schiena al tavolo, vi si aggrappò e rimase così, ansante, rantolante, gli occhi iniettati di sangue, la bocca bavosa.

In terra, la donna aveva perduto conoscenza. Gli altri guardavano terrorizzati.

«Sani!» gridò De Vincenzi.

La porta della stanzetta si aprì e i quattro uomini apparvero.

«Frugalo!» ordinò il commissario.

Sani si gettò sopra Marini e gli passò le mani sul corpo, premendone le tasche. Da quella di destra della giacca tolse una rivoltella.

«Dammela!».

Era una rivoltella piccola, nera.

De Vincenzi se la mise in tasca. Poi si volse a guardare il dottor Sigismondi, che si era inginocchiato vicino alla signora Sorbelli e le ascoltava il cuore.

Il dottore si alzò, corse alla sua busta, ne trasse una fialetta.

«Acqua!».

I due agenti s'affrettarono verso l'ingresso.

«Lì» riuscì ad articolare Chirico e indicò la terza porta.

C'era acqua corrente e un bicchiere. Sigismondi lasciò cadere molte gocce dalla fiala nel bicchiere, per metà pieno d'acqua, poi versò a forza il liquido, tra le labbra della donna immota.

«Non c'è altro da fare» disse. «Non ho con me la siringa delle iniezioni. Non sapevo! Se il cuore le regge è un miracolo».

Ma la donna riprendeva a respirare.

«Portatela in un'altra stanza!» disse De Vincenzi agli agenti ed essi la sollevarono e la trasportarono nella stanzetta di mezzo, là dove avrebbe dovuto apparire il fantasma materializzato.

Sigismondi li seguì e lo si vide prendere il polso della donna e curvarsi nuovamente su di lei, che i due uomini avevano deposta in una poltrona.

«Cruni, conduci via quello lì...» e De Vincenzi indicò Santini.

Il giovanotto era mortalmente pallido e saettava Marini coi suoi obliqui occhi, che la collera rendeva ancor più strabici.

«Fallo chiudere in casa».

Cruni lo afferrò per un braccio. L'altro si lasciava trascinare. Uscirono. Allora, De Vincenzi si volse a guardare la signora Magni.

Si teneva ritta, senza bisogno di appoggio alcuno, e fissava il dottor Marini con intensità, quasi sforzandosi di capire un enigma.

La verità — se pure quella che appariva era la verità — le si era rivelata tanto folgorante e in modo così drammatico, ch'ella non poteva ancora rendersi conto del significato di essa.

Il commissario le si avvicinò, le prese con dolce rispetto una mano e la condusse verso l'ingresso. La donna si strappò dalla sua concentrazione con un sussulto.

«Non ha più bisogno di me?» disse.

«Non credo. Grazie».

Quando passarono dinanzi al dottor Verga, che nel buio aveva afferrato Patt per un braccio e che la teneva ancora, De Vincenzi gli disse: «Vuole accompagnare a casa la signora, dottore?».

Verga lasciò il braccio e s'inchinò, ma l'occhio gli corse con apprensione alla fidanzata.

«Ho giù l'auto» disse la vedova. «Posso condurre a casa la signorina».

I tre uscirono, la signora Magni avanti, Patt e Verga subito dietro.

De Vincenzi, che li aveva accompagnati fin sulla soglia, tornò rapidamente e si guardò attorno.

Non c'erano più che Chirico e Pietrosanto, ch'eran caduti a sedere in un angolo e lì rimanevano inerti e spenti, come i lucignoli dei ceri, a funzione finita, dopo passato il chierico con lo spegnitoio. Tutti raggricciati in se stessi sembravano proprio due stoppini abbruciacchiati.

E poi Sani e gli agenti.

Sani stava presso il tavolo a cui si appoggiava ancora il dottore Marini. Questi si andava calmando. L'occhio gli ritornava normale. Le labbra gli si asciugavano.

Quando vide ritornare De Vincenzi, parlò subito.

«Quella donna è una ciurmatrice!» e diede un'occhiata alla stanza in cui si trovava la Sorbelli con Sigismondi. «Questa sera stava per ripetere la stessa immonda finzione di quando predisse la morte di Magni. Ho perduto il lume della ragione. Voglia perdonarmi».

Allora De Vincenzi disse poche parole, con voce gelida.

«In casa sua, mentre lei era qui, hanno trovato La Zaffetta.».

Il dottore emise un debole gemito e sollevò verso il commissario i suoi tondi occhi fattisi supplici: «Dovevo ucciderlo! Mi creda! Dovevo ucciderlo!».

E De Vincenzi tirò un sospiro, perché nessuno era andato in casa del dottor Marini, quella sera, e nessuno aveva trovato La Zaffetta.

Capitolo ventiduesimo

«Da trent'anni lo odiavo»

«Vuol parlare adesso o domani?».

«Come vuole! Meglio subito».

«Aspetti. Segga. Telefono al giudice».

«No. Prima con lei! Bisogna che lei capisca».

«A che cosa può esserle utile?».

«Vorrei che lei vedesse sino in fondo alla mia anima! Oh! Lo so che non servirà a salvarmi. Ma questa sera, dopo quanto è accaduto, non potrei non dir tutto! Domani, lascerò che parlino gli altri. Firmerò tutto quello che vorranno. Ma lei deve conoscere le ragioni, che mi hanno spinto a ucciderlo».

«Le conosco!».

«No! Le dico di no! Non può conoscerle!».

Sempre aggrappato al tavolo, s'infiammava. Sembrava discutere con trasporto una questione generica e teorica.

Era tornato l'uomo normale, soltanto un poco concitato e un poco ansante, forse per l'accesso di poco prima. Poiché egli aveva avuto un vero accesso. De Vincenzi non ne poteva dubitare: gli occhi di lui e quella bava biancastra alla bocca glielo avevano detto senza possibilità d'errore.

Ma adesso l'accesso era passato e Marini sorrideva con sarcasmo.

«Lei crede che l'abbia ucciso, perché mia moglie mi tradiva con lui! Questo crede, lei! E sbaglia! Le dico che sbaglia. Se non ci fosse stato l'odio, non lo avrei ucciso e non avrei sopportato il tradimento. Avrei scacciato mia moglie sei mesi fa, quando la cosa cominciò. Me ne ero accorto subito. Non sono un marito cieco, io! E stavo in sospetto, perché sapevo che lui avrebbe tentato di togliermi anche quella! Ma l'odio aveva una ragione più forte, aveva radici tanto profonde, che non era più possibile strapparle! Lo vede che lei non sa nulla, ancora?!».

Si guardò attorno. Fece per muoversi verso una seggiola, Sani la prese e gliel'accostò. Sedette. Doveva sentirsi stremato. Le mani gli continuavano a tremare legger mente.

De Vincenzi fece un segno col capo agli agenti, che erano rimasti in mezzo alla stanza, pronti a intervenire, e i due si ritrassero nel fondo, presso la porta d'ingresso.

Sani aveva tratto un blocco di carta e un lapis e diede un'occhiata al commissario. Questi gli rispose di sì con gli occhi e lui andò a sedersi dall'altra parte del tavolo, dietro le spalle del dottor Marini, pronto a scrivere. Marini non se ne accorse neppure. Guardava De Vincenzi, che rimaneva in piedi, con le mani in tasca, la persona un po' curva, lo sguardo stanco quasi stremato anche lui. Adesso che la tensione nervosa della battaglia s'era allentata, adesso che sapeva d'aver vinto, un grande dolore umano, fatto d'amarezza e di scoramento, l'aveva invaso. Quel dramma atroce gli dava il senso terribile di quanto la vita fosse cattiva, pericolosa, inutilmente irta di spine. E anche un senso di sgomento, come se un più tragico mistero e insolubile si fosse sostituito all'altro meschino e impercettibile che l'aveva tenuto sino allora. Che cos'era quella sala, con quegli uomini, con quell'uomo, che era un assassino, sotto la vasta volta celeste? La terra? Un pianeta. E tanti altri astri e pianeti, più grandi, lontani. Tanti! E sulla terra, quel punto così minimo, con un uomo il quale in quel momento doveva credere che tutti gli astri, tutti i pianeti, tutto l'universo facessero capo a lui, che aveva una tragedia tanto grande dentro di sé!

«Le ho detto io di voler parlare e adesso mi accorgo che forse le parole non varranno a farle capire perché l'ho ucciso. L'odio per l'odio esiste! Ma in me c'era qualche altra cosa. E poi risaliva lontano! Eravamo fanciulli. In collegio. La nostra camerata, dove trascorrevamo il maggior tempo dello studio e della ricreazione, aveva un'unica finestra, che dava sul giardino. Il resto della sala era buio, tetro. Da quella finestra entrava il sole, si vedevano gli alberi, era uno spiraglio aperto sulla natura miracolosa, sulla libertà. Ognuno di noi collegiali aveva un banco tutto per sé, coi propri libri, con quanto gli apparteneva, lo consideravamo come il nostro sacrario. Ebbene, io avevo il mio banco proprio davanti a quella finestra ed era la mia felicità. Da pochi giorni mia madre mi aveva accompagnato in collegio e mi ci aveva lasciato. Avevo sofferto al distacco.

Piangevo di notte. Mi diedero quel banco e non piansi più! Ma arrivò Magni. Era già un giovanetto, alto, sottile, assai bello. Aveva un sorriso, che conquistava subito tutti. Fu quel sorriso? Fu perché l'aveva accompagnato in camerata proprio il rettore, consegnandolo all'istitutore con molte raccomandazioni sussurrate a voce bassa? Fu perché il mio destino lo volle? Il fatto è che l'istitutore mi ordinò di cedere il mio posto al nuovo arrivato! Da quel momento, l'odiai. Alla notte facevo sogni orribili e sempre lo vedevo morto, strangolato da me! È la verità! Mi sentivo in preda a un'ossessione. Per vincerla, tentai di essergli amico. Ci chiamavano gli inseparabili. Ma lui aveva accettato la mia amicizia, come dovutagli, quasi fosse la sottomissione di schiavo a padrone. Ogni giorno di più faceva pesare su me la sua superiorità. Lui aveva tutto e io nulla. Vivevo della sua luce! Mangiavo gli avanzi dei suoi pasti! Quando fummo più grandi, non potevo guardare una sola delle nostre compagne di scuola, senza che lui, subito, non l'avesse fatta innamorare di sé! L'odio per l'odio! Ah! Esiste. Se esiste!».

Tacque.

Si sentiva il suo respiro e il rumore della matita di Sani sulla carta, contro il legno del tavolo.

Di là, Sigismondi si muoveva, disse qualche parola. De Vincenzi corse a chiudere la porta della stanzetta e poi tornò a mettersi davanti all'uomo seduto.

Nessuno sapeva che Chirico e Pietrosanto esistessero ancora, nel loro angolo.

«Ha capito, adesso? Comincia almeno a capire?».

«Lo sapevo» disse lentamente De Vincenzi e l'altro lo guardò sorpreso.

«Per questo, allora, ha scoperto che ero stato io a uccidere? Per questo mi ha teso il tranello? Per questo ha mandato a prendere quel libro, a casa mia?».

«Anche per questo».

«Meglio così!».

Tacque ancora. Poi sollevò il capo e lo sguardo gli brillava.

«Se non ci fosse stato lei, nessuno mi avrebbe scoperto! Il mio è stato un capolavoro! Vuol sapere come l'ho ucciso? Oh! Debbo riconoscerlo: non avevo stabilito che fosse proprio per quella notte. Ero ben determinato a farlo; ma aspettavo che mi si presentasse l'occasione. Volevo ucciderlo, senza che si potesse mai attribuirne a me la colpa! Stavo in agguato, come il cacciatore d'una belva. Sapevo che era l'amante di mia moglie. Anche quella mi aveva portata via! L'avevo preveduto, del resto, e non avevo fatto nulla per impedirlo. Sarebbe stato inutile. E lei non ne aveva neppur colpa! Lei non faceva che cedere a una forza più forte. Doveva amarlo e tradirmi, perché il mio destino voleva così!».

De Vincenzi rivide l'alcova di via Abbondio Sangiorgio, il ritratto nella cornice d'argento, la donna distesa sulla sedia a sdraio, contro il sole e il mare, con la vestaglia azzurra e i capelli d'oro e quei piedini nudi nelle babbucce...

«Quella notte» continuò il dottore, con voce trionfante, come se narrasse la più bella delle sue imprese «venne lui a cercarmi. Sapeva che alla sera andavo sempre in un caffè di Porta Venezia ed entrò lì dentro che erano le dieci. Mi sembrava nervoso. Si mordeva le labbra a quel modo che faceva sempre, quando qualcosa o qualcuno lo contrariava. «Andiamo a camminare» mi disse, dandomi un ordine, secondo il suo solito. Girammo tutta Milano. Lui parlava. Diceva di averne abbastanza delle donne e che esse lo annoiavano. Mi parlò di sua moglie. Io a bella posta gli parlai della mia. Covavo il mio odio. Vivevo di esso. Mi era necessario come la cocaina a un intossicato. A più riprese palpai la rivoltella, che avevo nella tasca. Avrei voluto condurlo verso la campagna. Forse, pensavo già a ucciderlo. Ma lui non volle. Entrammo in quattro o cinque bar, senza sederci. Bevevamo in piedi. Lui beveva whisky. Volle che anch'io ne bevessi. Le idee mi divennero lucide, il cervello mi si rischiarò. Fu dopo il quarto o quinto whisky, che decisi di ucciderlo quella notte stessa. Ma come? Improvvisamente, mi ricordai d'avere in tasca le chiavi della libreria di via Corridoni...».

Dall'angolo di Chirico e di Pietrosanto venne lo scricchiolio delle seggiole e i due uomini mandarono un «Oh!» di stupefazione e di protesta.

Questa volta anche De Vincenzi ebbe un moto.

La matita di Sani correva sempre sulla carta e i fogli scritti si ammucchiavano sul tavolo.

«Come le avevo? Il destino, le dico! Una quindicina di giorni prima ero entrato in quella libreria, per cercare un libro di occultismo. Avevo in mano la mia borsa, un giornale, i guanti, non so che altro. Il fatto è che, quando volli andarmene, m'accorsi che avevo posato tutta quella roba sulla scrivania del proprietario. Andai a prenderla e vidi accanto ai guanti un piccolo mazzo di due chiavi. Ero distratto... sa come avviene?... quelle chiavi somigliavano alle mie... credetti di avervele posate io, assieme ai guanti... le presi e me le misi in tasca... Fu dopo qualche giorno che mi accorsi di averle e dovetti lambiccarmi il cervello, per ricordarmi dove le avevo prese. Avrei voluto riportarle subito. Non lo feci. Non ne trovai il tempo. O forse fu sempre il destino, che non volle... Quella notte, quando Magni mi disse di voler tornare a casa e ci avviammo dalla piazza del Duomo, dove ci trovavamo, verso Porta Vittoria, passando per via Corridoni, mi ricordai delle chiavi. Pensai subito a ucciderlo lì dentro e poi a richiudere il negozio, nessuno avrebbe potuto sospettare che fossi stato io. Ebbi persino uno scoppio di riso dentro di me, immaginando quel che sarebbe accaduto alla mattina, quando avrebbero trovato il cadavere. Con Magni parlavamo di spiritismo. Gli dissi che Chirico aveva un libro assai raro e interessante, gli proposi di andarlo a prendere subito. "Ho le chiavi" aggiunsi. "Chirico me le ha date, perché andassi a prendermi io stesso il libro, questa notte...". Non c'era nulla di strano. Chirico è il segretario di questo Circolo e Magni lo conosceva benissimo e poteva credermi. Ma non voleva. Diceva di esser stanco. Continuò a camminare fino al principio di viale Bianca Maria. Vidi che mi sfuggiva. Ma conoscevo un'altra debolezza sua, ch'era poi un aspetto del suo erotismo morboso e vizioso. "Lo sai che Chirico ha una collezione di libri porno grafici?". Allora, venne. Tornammo indietro. La strada era deserta. Neppure un'anima al largo di via Cesare Battisti. Aprii la saracinesca e dovemmo metterci in due, per sollevarla. Quando fummo dentro, la riabbassai. "Se vedono la luce" dissi "ci prendono per due ladri!". Lui rideva. "Dove sono gli erotici?" mi chiese. Dovemmo cercarli. Finalmente, li trovammo. Lui prese subito il volume della Zaffetta. Ne scorse qualche pagina. Mi voltava le spalle. Lo sentii dire "Ah, sapevano vendicarsi delle donne, in quel tempo! Le trattavano da quel che erano! P... e nient'altro!". Allora, sparai. Fu più forte di me. Lo avrei fatto, forse, anche se lui non avesse detto quelle parole; ma furono esse che agirono su di me come una frustata. Mi sembrò che in quel momento parlasse di mia moglie, che m'insultasse a sangue, insultando lei!...».

Un altro silenzio.

Chirico si chinò verso Pietrosanto a mormorargli una frase e Gualmo lo guardò coi suoi grandi occhi acquosi, senza capire.

«Poi lei prese un sacco» disse De Vincenzi «che trovò in un angolo, e segnò la striscia del corpo sulla polvere, per far credere che fosse stato trasportato là dentro cadavere, dal di fuori?...».

De Vincenzi parlava lentamente. Voleva dar tempo a Sani di scrivere. Oramai, per lui tutto era così chiaro, che avrebbe potuto fare a meno di muovere domande, tranne una che si riservava per ultima.

«Ha capito anche questo? Sì. Era caduto davanti alla porta della terza stanzetta. Mi guardai attorno.

Volli completare l'opera. Afferrai il libro, che lui aveva lasciato cadere e me lo misi in tasca. Perché? Non so! Mi sembrava che quel libro mi avrebbe sempre ricordato la mia azione e volevo tenermelo. Le ho detto che l'odiavo! Ma nello stesso tempo, mi preoccupai di confondere gli indizi, di perfezionare il delitto. Segnai la striscia per terra. Aprii la porta, che dava sul cortile, uscii e vidi che il portone era aperto. Me ne sarei andato per di lì. Così non avrei avuto bisogno di rialzare la saracinesca, che sarebbe stato sempre un rischio. Tornai indietro, presi il cappello di Magni, spensi tutte le luci, accostai la porta dietro di me, in modo che sembrasse chiusa. Quando fui in istrada la vidi sempre deserta e diedi un giro di chiave alla saracinesca, per dar meglio l'impressione che avessero introdotto il cadavere nel negozio dalla porta del cortile...».

«E non pensò che uno dei proiettili era andato a conficcarsi in un libro, di fronte al cadavere!».

«No, a questo non pensai. E come avrei potuto? Ma pensai al cappello!».

Fu un grido di vittoria il suo.

«Me lo tenevo stretto contro il petto, sotto il soprabito. Andai a piedi fino in via Commenda e lo lasciai cadere contro il muro del Dormitorio. Lo avrebbe trovato qualcuno di quegli ospiti… forse un pregiudicato… un disgraziato, certo, che non avrebbe esitato ad appropriarselo».

Ah! Dunque, il bigatt doveva aver trovato davvero il cappello. Se Harrington non gli avesse imbrogliato quella pista! E De Vincenzi pensò alla vedova, che andava a chiedere l'aiuto del detective.

«Sua moglie vide il libro, che lei aveva portato con sé?».

«Sì. Come lo sa? Alla mattina, quando mi alzai, glielo trovai tra le mani. Lo avevo posato sulla scrivania del mio studio. Glielo tolsi di scatto, dicendole che lo avevo acquistato per ragioni di studio».

Ecco, perché la donna gli era caduta davanti, di colpo, appena lui aveva nominato la Zaffetta.

Ma adesso bisognava toccare il punto più orribile.

«E quella ragazza?» chiese con voce gelida.

L'uomo rabbrividì. Gli occhi gli si empirono d'orrore.

«Ah! No! Mi faccia grazia! È mostruoso! Norina ci aveva veduti dalla finestra… ci seguì… vide che entravamo nella libreria… La sera dopo mi venne a cercare a casa. Povera disgraziata! Un'altra sua vittima. Lo amava! Mi sentii perduto… La condussi fuori con me… La feci bere… Poi… poi… sul parapetto della Darsena… È mostruoso!».

Si coprì il volto con le mani.

De Vincenzi guardò Sani. Tutti e due erano lividi. Sani gli fece segno d'aver scritto.

Ma a lui toccava il compito d'insistere. Era come bere un calice di tossico.

«Sospettava di lei, quella ragazza?».

«No» mormorò l'assassino. «Voleva soltanto sapere. Ma avrebbe parlato! Avrebbe detto che io quella notte mi trovavo in compagnia di Magni... Non potevo non fare quel che ho fatto...».

«E avrebbe strangolato anche la Sorbelli!».

«Oh! Quella lì!».

E, togliendosi le mani dal volto, diede un'occhiata alla porta chiusa. Di nuovo gli occhi gli si erano iniettati di sangue. Un ammalato, certo. Quando aveva ucciso, doveva essersi trovato in preda a un accesso di follia sanguinaria.

«Quella lì!» ripeté.

«Fu lei a dirle di profetizzare la morte?».

L'altro esitò. Poi si decise.

«Sì. Volevo mettergli paura. Sapevo che era superstizioso e che amava la vita».

«Anche allo spiritismo lo aveva attirato per la stessa ragione?».

«Forse. Nell'oscuro del mio animo, certo pensavo di danneggiarlo, mettendolo a contatto con qualcosa di soprannaturale e di terrorizzante».

«E... quella donna perché si prestò alla commedia?».

«L'avevo suggestionata. Da principio volevo pagarla; ma vidi subito che non sarebbe stato il mezzo e che era inutile, del resto. Lei non poteva non fare quel che volevo io!».

«E questa, sera?».

«Questa sera, ho capito subito, che avrebbe parlato».

Ebbe un lampo. Balzò in piedi, fissando De Vincenzi. Sollevò una mano accusatrice, verso di lui. Fremeva. Di nuovo le labbra gli schiumavano.

«Lei... lei... è stato lei a suggestionarla... a insegnarle che cosa doveva dire questa sera!».

De Vincenzi lo fulminò con lo sguardo.

«Risponda a questo!» martellò con voce dura. «Ha indotto la signora Magni ad andare da Harrington, con la speranza che si trovasse un innocente da far condannare?».

Il dottore non rispose subito. Abbassò la mano. Ansava.

«Risponda!».

«Sì. Era il piano del cappello, che continuava».

«Quanto ha dato ad Harrington?».

«Lo domandi a lui. Tutto questo non ha importanza, oramai!».

«Era vero».

«Questa è la stessa con cui ha ucciso il senatore?».

E traendola dalla tasca, gli mostrò la rivoltella nera.

«Sì. Ne ho una sola».

«Sta bene. È finito».

L'altro disse: «Lo so. È finito».

«Sani! chiamò De Vincenzi».

Sani raccolse i fogli.

«Deve firmare?».

«No. Domani. Perquisiscilo un'altra volta e mettigli le manette».

«Ha paura che tenti di avvelenarmi?» esclamò il dottor Marini con voce triste, mentre il vicecommissario lo frugava.

Era tranquillo. Rassegnato.

«Oh! Non abbia questa paura! Lascerò che la Giustizia segua il suo corso».

Nelle tasche non aveva nulla di sospetto.

I cerchi d'acciaio scattarono. I due agenti s'avvicinarono e presero i capi delle catenelle, uno per parte.

S'avviarono.

De Vincenzi li fermò.

«Perché ha messo quattro ferri chirurgici e un camice sui gradini della chiesa di San Vito?».

Marini non capiva. Dovette ripetergli la domanda.

«Quattro ferri e un camice? Non so di che cosa voglia parlare. Io non ho messo nulla sui gradini della Chiesa di San Vito».

Doveva esser vero. Non avrebbe avuto ragione di mentire.

«Andate» ordinò il commissario.

Fu il dottore a fermarsi, questa volta.

«La prego! Mia moglie si trova a Pegli... Villa Doria... L'avverta lei».

De Vincenzi pensò che non lo avrebbe fatto, ch'era l'unica cosa che non avrebbe avuto la forza di fare, fece un cenno evasivo col capo e si volse subito a Sani.

«Accompagnalo in guardina. Al Questore penserò io».

«Tu rimani?» chiese Sani, guardandolo con apprensione, perché lo vedeva pallidissimo, con gli occhi cerchiati e stanchi.

«Sì» e indicò la porta dietro cui stava la medium. «Quella mi preoccupa».

Poi ebbe un gesto. Le guardie scendevano già le scale col prigioniero. Prese Sani per un braccio.

«Dimenticavo! Appena lo hai condotto a San Fedele, va' a casa sua, corso Plebisciti, 17, e trova il libro.

È intitolato: La Zaffetta. Reca la data di Venezia, 1531. Trovalo a ogni costo».

«Non dubitare».

De Vincenzi rimase in mezzo alla sala, fissando il vuoto.

Si sentì toccare un braccio. Era Chirico. Aveva i pomelli accessi.

«Le mie chiavi!» disse. «Potrò riavere il mazzo delle mie chiavi?».

Epilogo

Fu il giorno del processo, quando quei quattro ferri chirurgici e quel camice apparvero fra i corpi di reato col foglio contenente lo strano invito di consegnarli alla Questura, che anche l'enigma di essi fu chiarito.

Nessuno era riuscito a capire che cosa c'entrassero col duplice delitto e non c'entravano per nulla, infatti.

Una coincidenza del Caso!

Venne uno studente a deporre e a riprenderseli. Uno studente del quarto anno di chirurgia. Glieli avevano sottratti, mentre si trovava nell'Anfiteatro dell'Università, a sezionare un cadavere. Era stato lo scherzo di un compagno...

Il dottor Marini fu condannato all'ergastolo. Non avevano ammesso l'infermità mentale, o non gli avevano accordato le attenuanti.

De Vincenzi quella sera stessa partì per l'Ossola.

Manteneva la promessa fatta a Sani di prendersi un po' di riposo.

E rivide la casetta in mezzo all'orto, la mamma, la domestica e il cane...

Nelle notti stellate, andava a sedere sull'erba dei monti e guardava il cielo. «Tutto un mondo ci circonda, che noi non conosciamo».

Printed in Great Britain
by Amazon

82872149R00150